胡松涛

著

河南文艺出版社
·郑州·

图书在版编目（CIP）数据

嫘祖/胡松涛著. --郑州:河南文艺出版社,2022.10
ISBN 978-7-5559-1333-7

Ⅰ.①嫘… Ⅱ.①胡… Ⅲ.①长篇小说-中国-当代
Ⅳ.①I247.5

中国版本图书馆 CIP 数据核字（2022）第 162501 号

策　　划	党　华	
责任编辑	党　华	
责任校对	赵红宙　李振方	
书籍设计	吴　月	

出版发行	河南文艺出版社	印　张	11
社　　址	郑州市郑东新区祥盛街 27 号 C 座 5 楼	字　数	256 000
承印单位	郑州印之星印务有限公司	版　次	2022 年 10 月第 1 版
经销单位	新华书店	印　次	2022 年 10 月第 1 次印刷
纸张规格	890 毫米×1240 毫米　1/32	定　价	66.00 元

印厂地址　郑州市高新区冬青西街 101 号
邮政编码　450000　　电话　0371-63330696

目　录

卷一　嫘前时代

嫘前简史(一)

太初混沌。大荒之上没有一棵草,没有一朵花。

盘古分别天地,他的汗水化为雨泽。他喜则天晴,怒则天阴,嘘为风雨,吹为雷电,睁眼为昼,闭目为夜①。那白天跟黑夜,没有被人动过。那夜真是黑啊。

阴阳交通,经天营地。风神吹拂八方,万物开始以各自的面目呈现。

大音希声。开启鸿蒙。一条条蚯蚓在暗黑板结的土地里穿行,吃一口土,湿漉漉地吐出来,品尝土地的味道跟心事。它们一口一口地,把硬土嚼软,把粗土嚼细,把密不透风的幽暗嚼出细微的光亮。柔弱的蚯蚓硬是把西陵之土,吃了一遍又一遍,

---

① 《艺文类聚》:"天地混沌如鸡子,盘古生其中。万八千岁,天地开辟,阳清为天,阴浊为地……。"《绎史》:"首生盘古,垂死化身,气成风云,声为雷霆,左眼为日,右眼为月,四肢五体为四极五岳,血液为江河,筋脉为地理,肌肉为田土,发髭为星辰,皮毛为草木,齿骨为金石,精髓为珠玉,汗流为雨泽,身之诸虫,因风所感,化为黎甿。"《广博物志》:"盘古之君,龙首蛇身,嘘为风雨,吹为雷电,开目为昼,闭目为夜。"《述异记》:"盘古氏……喜为晴,怒为阴。"

吃了无数遍。

蚯蚓嚼土。八风鼓吹。生土变成熟土,硬土变成松土。生命的根须跟在蚯蚓身后游走深入,柔弱的萌芽冲向沉寂的地平线。

天帝派来女夷①,跟风一起,引导着、摇动着草木生长。土生万物,地发千祥。大地潮湿的肉身嫩青了,开放出头一朵花,飘扬出头一声鸟叫。

有神,不知其名,正月一日为鸡,二日为狗,三日为羊,四日为猪,五日为牛,六日为马,七日为人②。人间万物正在生成。

负暄老人说,造人的是女娲娘娘,女娲娘娘开始做人时格外用心,用泥土做出来的人又聪明又漂亮,后来她累了,心情有些烦躁,潦草地用藤条甩泥巴,泥巴变化成人,这些人就比较粗糙了③。老人指着自己的鼻子说,就像俺这样的,属于渣滓。

神造万物,放置于天地之间,各有各的位置。那些从未露面的神,凡人看不见的神,那些不留下一个脚印的神,从遥远的天外搬来一些东西,从神仙的故乡挪来一些事物,在尘土中种下是是非非。比如,种下五颜六色,种下四季,种下花草,种下石头,种下气味,种下方向,种下盐,种下从生到死的密码,种下可知与永远的不可知……就这样把人间的秩序跟模样都排好了。就这样了。

天帝跟众神放手,让万物按照已经定好的秩序运行。

就这样了。一切都安顿好了。

---

① 《淮南子·天文训》:"女夷鼓歌,以司天和,以长百谷禽兽草木。"
② 《北史·魏收传》引董勋《答问礼俗说》曰:"正月一日为鸡,二日为狗,三日为猪,四日为羊,五日为牛,六日为马,七日为人。"
③ 《太平御览》卷七八引《风俗通》:"俗说,天地开辟,未有人民,女娲抟黄土作人,剧务,力不暇供,乃引绳于泥中,举以为人。"

铺满花草的西陵土地上,声音在虫子身上曲曲折折响着,虫子在草叶上下曲曲折折走着,草叶在风中曲曲折折摇摆着,风在虚空里曲曲折折隐形现形,虚空中曲曲折折走来一群漂泊的无根人。他们逐水草而来,惊讶于眼前的世界。噫兮,头顶是高大的树木,脚下是香草苔藓,土地的香,花草的香,弥漫四周。泪水挂在他们脸上。他们住下来,跟着神,跟着蚯蚓,学会了耕种。他们的根与土地的根树木的根脉缠绕在一起,成为一群有福的人。

人跟蚯蚓一样,都是食土之物。食土者还有猪和蚂蚁等众多动物。高高低低的草木也是食土者。大家合力,一遍一遍、日复一日地吞土嚼地,深耕旷野,推翻泥土,松动岁月。西陵之墟就肥沃成耕种之地、拯救之地、模范之地、大用之地、无尽藏之地、生生不息之地。

嫘前时代,云端和地面还没有截然分别。白云高高地飘在天上,若即若离地缠绕在人呀树呀的腰间,甚至浮在人们的脚下,时不时地把自己低垂成花朵。鸟看见水滴彩虹在云彩上住,看见人族在云彩上播种,就衔来树枝在云彩上搭巢。云彩悄悄地将鸟巢安置在树杈上。聪明的鸟儿一看明白了,记住了,知道应该在树上而不是在云彩上安家。许多人也住在树上,免得惊动夜间走动的凶猛之物。鸟住在树上睡着了不会掉下来,人不行,打个瞌睡就会掉下来。人只好从树上走下来,脚踏实地地在土地上过日子。

天帝造万物,造出山呀水呀鸟呀虫呀树呀,唯独没有造路。

人从树上走下来,拄着树枝,跟着鸟兽的足迹,在草木之间踩出一条条弯弯曲曲、坑坑洼洼的小路。小路几脚宽。人在上面走一会儿停下来,等着小路跟上来。通向远方的路就这样从脚下延伸到远方。人在路上,走着走着就走到另一条路上,走着走着就走出自个儿额头的白发跟纹路。一辈人一辈人就这样走过去了。路在时间之外，或者说路跟人不是一个时间。反正人的时间与路的时间不是一个算法。路用自己的时间，明晃晃地跟在人身后，不声不响地收走了人的脚印，一声不吭地收割了一茬又一茬人。人不知道路张着一张无形大嘴在收人，一个都不剩下。当然，所有的路最终也会被草木被大地被天帝收走，到如今也没有例外。

有水的地方就有草木，有草木的地方就有鸟兽。富饶的原野上，花朵点点，灿烂地开放着。树上的鸟巢像卧在树上的黑鸟，像女子脸上长个好看的痣。鸟儿掠过长空歌唱，累了回到树洞巢穴里歇脚做梦。走兽出没在花草跟树木之间，见面时通常要打个招呼。一草一木大虫小虫都自己生长自己的。每只小鸟每只蝴蝶每个兽虫都有自己的居所跟花园。人会说话，草木虫子走兽等万物，都会说话。彼此和善，遇见了停下来说些闲话。那时没啥正经的话要说，说的都是闲话。闲话就是正经话。

万物载出载入，载飞载鸣，互歌互舞。草木是草木的样子。鸟是鸟的样子。虫是虫的样子。兽是兽的样子。人是人的样子。彼此看对方，不觉得对方是异类，毕竟可以从对方脸上身上看见跟自己相似的地方。人遇见一群鸟，一高兴就忘记自己是人，自己也就成了鸟。草木遇见人，一高兴就忘记自己是草木，就长出四肢，跟人一个样子。风摇动着鸟巢，把巢中的小鸟摇大了。小鸟常常站在人的头上肩上胳膊上，把那里当成树枝，从这个树枝飞向那个树枝。

嫘前时代，人跟虎豹相望而行，人不伤害它们，它们也无害于人。老虎的尾巴是可以拉着玩耍的，蟒蛇也不咬人。老虎嘴里叼着一个小孩，它是帮助那个孩子涉水过河，就像它叼着虎崽挪窝一样。猫搬家也是用嘴衔走小猫咪。世间万物相游戏，偶尔谁恼了，生气了，大家劝一劝，或者过一夜，气很快就消了息了，把不愉快忘得干干净净，又和好起来，啥都不放在心里。心像青天一样明净，青天上飘着白莲花样的云朵。

人正发蒙，舌头尚不灵便，声音直接从身体中发出，跟鸟鸣从鸟的嗓子眼里发出一样，跟兽叫从兽的嗓子眼里发出一样，直接简单，不大会拐弯。总之，那所谓的语言跟文字，都没跟上来。大自然中的许多事物，都没有名字。它们不知道自己是谁，当然也不需要称谓跟名字。

嫘前时代，人也混沌，物也混沌。人说到某个事物的时候，因为没有名字，只好用手指去指。最初伸手去指的时候，伸出一把手，张开五个指头。五个指头指向五个方向，弄得蜜蜂蝴蝶跟所有的眼睛都四处张望，连天生有方向感的鸽子也糊涂了，分不清五指之所指。刚刚认识东西南北的人们，在五个指头的指引下，一下子全懵了。误解跟混乱持续许久。为方便起见，大伙约定成俗，用健壮的大拇指，来赞美天地万物跟令人心悦诚服的人与物；用拇指边上那个配合捏取食物的食指，指引东西南北以及被称为东西的万物。这个约定一开始就受到了蝴蝶的青睐。当人头一次伸出食指指向一朵黑色的花朵时，一只蝴蝶站在食指上，然后顺着食指之所指，翩翩飞去，很快就找到那朵美丽的黑花，并且找到了黑花子房中藏匿的另一只蝴蝶。传说食指还有一个用处，就是五方鬼主用它来剜恶鬼的眼睛，这只是人族传说，没有人亲眼见过。

天地之间，万物尽有，自在呈现。

各色花，各色草，各色果之间，穿越着飞禽走兽。大地上到处是天然的食物。桑葚熟了。桃子熟了。梨熟了。核桃秋天成熟了落在地上,人像松鼠一样捡拾起来吃。红艳的柿子挂在树上,人爬上树摘着吃。鸟儿一挥翅膀飞来,吃饱了闲闲地叫上几声。蜜蜂知道很远的地方新开的花朵,新鲜的花朵里有属于它的甜蜜美食。反正那时候,万物华实,无私馈赠,到处都是食物,伸手可采,张嘴即食。天地之间有无尽藏也,能够满足众生之需。鸟兽虫子,不织而衣,不稼而食。人在这棵树下待半天,在另一朵花前看蝴蝶,待在水边看鱼在水中悠游跟飞跃,渴了就趴在水边,将嘴伸进水中喝上一气。

日子就这样缓缓地走动着。

嫘前简史(二)

天地之间,载生载育。

一片土地上生长的吃物,恰好满足这片土地上生长的众口,恰好够这片土地上的羽虫、毛虫、甲虫、鳞虫、倮虫填饱肚子,不会多多少,也不会少多少。这是天帝当初安排好的。

天地万物,皆为吃物,只是供给不同对象而已。这也是天帝安排好的。在这足够满足众口的吃物中,有的吃荤,像大块吃肉的老虎跟狼;有的吃素,像那些牛马羊;有的啃啃骨头,比如狗狗;有的负责把散落在尘埃里的细碎吃物捡起来,比如小虫蚂蚁;有的餐风饮露,吃些花粉跟露珠就中了,比如知了蝴蝶蜜蜂。有的吃水。还有的吃火,比如火虫子。这都是天帝安排好的。天帝不允许人族什么都吃。天帝规定了人族必须有不可以吃的东西,不然人族就无法无天、无法管教了,那可不中。

有一年,土地里生产的吃物不够吃了。天帝拨云一看,地上长出许多胃口巨大的巨人巨兽。天帝不许巨人部落和巨兽存在,周饶国里那些指头人也太小了①，与周围不协调。算了，让他们灭失吧。正好，正中，这是天帝所喜欢的。天帝保留下那些不高不低不大不小不强不弱的人跟兽。正好，正中，使人跟草木跟兽虫的块头相对般配，使人跟草木跟兽虫跟地上成长的吃物大致平衡。如果地上长出来的吃物与众口的胃口差距甚大，不是土地出了毛病，大多时候是人跟动物出了毛病，主要是人族出了毛病。这是一眼就能够看出来的。

万物的比例来自天成。天帝规定了众生的个头大小，不能乱长。定数都是早已安排好的，万物生长的时限不可随便。兔一鼠二猫三狗四猪五羊六驴七马八人九②，都是定好的。天帝规定了众生各自下崽的数目，不能像羊拉屎蛋蛋一样，一下一堆，地上的小虫虫受不了，羊也受不了。当然羊每次拉几个屎蛋，也有大致数目，不是想拉多少就拉多少的。正像人生百岁，多几年少几年，都是定好的。天帝规定了一切，以防天地之间发生那种失去管控的事情。

天帝重点盯着人。人这种尘埃实在太渺小了，渺小得看不出棱角，必须放大来看。人本来也是四肢爬行，爬着爬着，后蹄直立起来，跟树一样直立起来。人的肉体一直立起来，就放开了眼孔，看到一个不一样的世界，开放了精神。天帝发现女娲造出的这种虫子还有些小聪明，聪明得退化掉了尾巴，比所有长着尾巴的生物都聪明，聪明得两只后蹄站起来，支起高高的个子、重重的身子，歪

---

① 《山海经·海外南经》："周饶国……其为人短小冠带。"郭璞注："其人长三尺，穴居，能为机巧，有五谷也。"

② 兔一鼠二猫三狗四猪五羊六驴七马八人九，这是古人发现总结出的诸种动物的孕期，以月为单位。

歪扭扭地站立、行走、跳跃、奔跑,追逐吃物,追赶日头,跟着天命行走,摔倒了还能爬起来,困了累了还知道躺下来休息,躺下来之后还能站起来,即使被打倒了也能站起来,也真是不容易。天帝悄悄地感叹。

人的小聪明还表现为,知道了啥中吃,啥不中吃。他们跟着拱地的猪,找到了山药之类的根果;跟着牛羊,认识了瓜果、葫芦等园果;跟着飞翔的鸟儿,知道了桃、李子等挂在树上的悬果;还跟着大象、长颈鹿、猴子等,认识了青豆、豇豆等包在荚壳里的角果,认识了谷子、黍子、高粱、小麦等长在秸秆上的穗果。那众多的果子,不同样子的果实,每个都好看的果子,动物知道哪个能吃,哪个不能吃,人都跟着学会了。牛羊吃草,总是先用鼻子闻闻草的气味,选择那些能吃的,用嘴扫扫草叶,拂去上面的尘土,惊走藏身其中的虫蝶,净净地吃。人跟着食草动物学会了吃植物及其果实,跟着虎狼等学会了吃弱小动物的肉身。人第一次尝肉,腥膻;嚼嚼,还挺香,就有滋有味地吃起来。人把草木果实以及他者的血肉吃进肚子,长成自己的血肉,长成战胜他者的力气跟才智,这是其他动植物比不了的。

人族不断地自我驯化,又驯化了植物,种植了果树、五谷、蔬菜,驯化了动物。比如,那些鸭呀鹅呀,天上能飞,地上能走,水中能游,本领比人强多了,要不是人家鸭跟鹅主动与人为友,人根本拿它们没办法。厉害的是,人的脑袋开了窍,知道跟着鸟兽模仿,跟着鸟兽学习,还把鸡呀牛呀羊呀猪呀狗呀哄得跟人一家亲,听人的话,帮人干活。人不像话的是,最终还是张着大嘴把它们都给吃掉了。这就是人的不好。还有少数人,把大多数人也驯化了。天帝想,啥时候那些驯化人的人跟被他驯化的人一样规矩,人族就算长大了,至于人族能不能长大,走着看吧,这个不能过于乐观,当然也不能悲观。

嫘前时代,万物生生不息,教给人活着的能力与技巧。跟有翅膀的鸟儿比,跟没有翅膀的走兽比,跟没有手脚的一草一木比,人的小聪明不少,但仍是笨手笨脚的,甚至是比较蠢笨的。就说睡觉吧,最初人连咋睡觉都不知道,跟着大象学侧着睡,跟着老鼠学坐着睡,跟着河马学仰着睡,跟着马学站着睡,跟着狗学趴着睡,最终找到了自己觉得舒服的睡觉姿势。人学动物的技艺,有的学会了,有的还没学会,有的永远也学不会。比如,鱼生下来就能在水里游呀游,游也是游,立也是游,坐也是游,卧也是游,在水中游了一辈子,人就学不会,没有法子。这是天帝规定的。

嫘前时代,人们都是在鸟叫声中醒来,以日头跟肚子的饥饿为时辰。时间在自己的肚子里,在头顶上的日头上。那时候不用操心费神,不用辛苦勤奋,就能填饱肚子跟不大的欲望。吃不完的果实掉在地上,吃不完的粮食搁在地头。快进入冬天的时候,青蛙、黑熊等找一个洞洞长眠去了,许多小鸟飞向了南方,松鼠、老鼠除了准备一些过冬的食物,从来不多搬多藏一点东西。那些藏起来吃不完的东西,也会变成种子,在该发芽的时候发芽,再结出新的果实。人和动物的肚子里还没有长出私心,即使私心长出来了也还没有长大,偷盗的事情,争夺占有的事情,都极少发生。

有一年冬天很漫长,大雪封门,小鸟能够找到吃的,大树小树不吃东西,人找不到吃物,被饿死冻死。活下来的人想起秋日里越过树枝跟光线收藏松子的松鼠,想起家里墙缝里的藏储粮食的老鼠,从此知道应该提前预备越冬的食与物。

有一年,天地之间飞着一种奇怪的鸟。它长着一张人的脸皮,脸上长着四只眼睛,脸的两边各长两只耳朵。它不停地颢颢叫着,好像自呼其名,人族叫它颢颢。颢颢飞来飞去。大地肉身的水在它的叫声中纷纷藏匿,天下就不可挽回地大旱起来①。那一年,阴阳也不交通,贼风到处刮。菀槁不荣,谷子高粱都不好好长了,长出的果实好像也商量好了,都不饱满。不饱满的庄稼又被风刮倒,没有被风吹倒的又莫名其妙地着了火。荆榛四处蔓延,蒺藜爬得到处都是。地上不生产吃物,几乎绝收。树上的花朵没有蜜蜂和风帮忙,也不结果。倒在地上的树木,也不长耳朵,后来才知道那叫木耳。大地精光。人间闹了饥荒。没有东西吃,连菜根也嚼不成了。于是乎,人间、水间、山间、空间,万物因食物而动起杀机。

大鱼潜伏在水面下袭击浮水的小鸭。天上的大鸟一头扎进水里抓起一条鱼。一群蜜蜂飞行时被燕子跟大马蜂围剿。蜜蜂累得半死才得以逃脱,在河边喝水时,又中了青蛙的埋伏,好不容易逃出来,又碰上一群饿鸡。蝈蝈儿不声不响地吃掉瓢虫跟蚂蚁。蚯蚓嚼着土刚钻出地面,却被一只麻雀取得。另外几只麻雀穷追蝴蝶。长虫饿得爬上树枝偷杀松鼠,螳螂提着大刀半道上打劫了它。树蛙变化成树的颜色,夜色下仍被循声而来的蝙蝠猎杀。狼撕扯着牛的肉身。雄狮扑向小鹿。老虎扑向大象。乌鸦饿得连石头也不放过。明火虫儿吃起了蜗牛②。平常不吃明火虫儿的蝙蝠,津津有味地吃下这个发光的虫子。蛐蛐儿没有力气唱歌。仅存的老鼠,吃掉了本来留存不多的带字的物件,吃掉了古老的残余历史。有个老鼠把婴儿的鼻子吃了一半,被人族大呼小叫着赶走。一只

---

① 《山海经》:"有鸟焉,其状如枭,人面四目而有耳,其名曰颢,其鸣自号也,见则天下大旱。"

② 明火虫儿,即萤火虫,中土古语。

公鸡饿得把人的眼珠子叨下来，伸伸脖子吃了下去。猫没鼠可吃，只好到河湖里用尾巴钓鱼。鹞鹰俯冲而下，阴影投在狗身上，狗闪身躲过，猫飞上了天空。麻雀等长着翅膀的鸟儿，一个个饿得在树枝上站立不稳，一头跌落下来。各种小兽捡吃鸟的身体。大兽追过来猎吃小兽的身体。那个素日里非练实不食的鹓鶵，也急急地寻找腐鼠。有个叫竖走的人，饿得实在没办法，与横行的螃蟹打了一架，敲碎了螃蟹壳，找出壳里面的肉，成为头一个下嘴吃螃蟹的人。人们听见他唱道："一个大螃蟹，这么硬个壳，两只眼睛呀八个脚。两个大夹子呀夹得紧，扯呀扯不脱，俺硬是，把它的壳敲碎了。"狗听见歌声跑过来，把螃蟹壳叼走吃掉了。牛羊饿得也顾不得祖先古训，自断后路，拔出草根嚼嚼吃了。草根忍着疼痛，不吭一声，有的往更深更偏的地方钻去，有的连忙周身长刺来保护自己。人没得吃了，瘦得皮包骨头，就开始剥树皮吃，但不敢剥老树的皮。老树是神。皂角树的皮也还幸运地长在皂角树上，没有被剥掉，不是因为树上倒悬着一把把刀样的皂角，而是因为皂角树芽能够充饥，皂角能够洗手洗衣，能够洗掉人间的灰尘跟暗黑的血汗。人的面孔上开始露出凶猛野兽的表情。他们摇摇晃晃地，拿着棍子石头追打林子中的走兽，有的没有吃到走兽，反而被走兽吃掉了。

　　桑之未落，其叶沃若。桑之落矣，其黄而陨。树叶摇着摇着飘落下来，落叶不难看。一棵树一棵草死了，还带着香味。许多动物都是找一个不为人知的地方，悄无声息地体面地死去。人走着摇着，一头栽下，死身不好看，气味更不好闻。大片的死亡，使生者空前地产生食物恐慌、死亡恐慌。鸡看见，它曾经羡慕的倮虫那光滑的皮肤，因为倮虫见到死人，吓得脸色煞白，而泛起一层粟米样的鸡皮疙瘩。从此,鸡跟其他动物都知道,人紧张的时候,身体上就会立即生出一层鸡皮疙瘩,有时还伴随着牙齿打架的声音,身上会不由自主地吓撒①,就像人哭的时候会流泪会流鼻涕。狗说,知道狗会打架,人会打架,不知道人的牙齿也会打架。老鼠说,以前听到人睡觉时像俺一样磨牙,从来不知道人的牙齿会打架。食物恐慌,死亡恐惧,弥漫于人间,还有动物植物之间。人在梦中也常常做饥饿的梦,被饥饿惊醒。

大灾大难过后,万物互为食物的打拼时代开始了。活着成为最大的事情,其他都不是事儿,都是小事儿。寻找食物,维持生存,成为所有动植物最重要的本能。人的牙齿白厉厉排着,吃天上飞的,有人甚至吃了几天白云,见白云吃不饱肚子才作罢;吃水中游的;吃地上走的;吃树上长的;吃土里钻的。吃饱之后的本能是,繁殖跟育幼。为了生存跟繁衍,动物植物在造物主给自己规定的躯体里,建立和修炼自家的觅食、杀戮、防身、逃跑之秘籍,各自建立自己的地盘密道。

众生相遇,首先彼此打量一番,鼻子闻上一闻,进行最初的判断跟分类:中吃? 不中吃? 如果中吃,心中暗自掂量一下,它是我的吃物,还是我是它的吃物? 估摸与掂量的结果,如果能够吃掉对方,当即下手下嘴,毫不含糊;那些会玩爱玩的,还要吃出个花样跟仪式。估摸着不敌对方,就赶紧躲开,躲得远远的。如果势均力敌,就彼此防范着,慢慢地寻找机会,再张嘴把对方吃掉。实在吃不掉对方,就彼此迁就着,保持安全距离,以图共存。一些动物一些植物为了不被他者吃掉,就吸纳天地之毒,暗藏于身,作为护身

---

① 吓撒(hé sǎ):发抖、战栗。中土古语,中原至今仍在使用这个词。

杀敌之利器。

众生的关系,特别是人跟鸟兽的关系,人跟人的关系,不再是和平相处,而是为了生存而互吃。动物不再把人族作为自己的朋友,而是把人看作最大的天敌,刻印在肉身记忆跟灵魂中,一代一代遗传下来。

人的胃口跟私心越长越大。品尝草木,喝水,吃肉,连石头都要尝尝,知道石头跟沙子不能吃才作罢。显然,人族的肚子跟脑子都出了毛病,总感觉不饱、不够、不满、不能停、不能满足。他们天天汗流浃背地到处趸摸吃物,吓得兽呀鸟呀鱼呀,见后蹄直立的人就浑身吓撒,连忙躲避。人吃遍天下一切可吃之物。麦子谷子高粱给人能量,瓜果令人口舌留香,蜂蜜简直就是甜蜜的药,有的则是满嘴的辛酸苦辣。牛羊从来都能绕开毒蘑菇,人不小心吃到毒物,有的中毒死了,有的歪打正着治好了肉身之病。在一遍又一遍的试错中,成就了后来的中医。

因为敌对,因为互吃,因为远远地躲避,因为各自为了安全地生存,众生都在不停改造自己的嘴脸跟行为。人与草木虫子走兽渐行渐远,各自按各自的律动生活着,彼此再也不能像以前那样,闲闲地平和地坐在一起说话。彼此之间长时间不说话,不搭腔,几乎绝断交通言语,渐渐地就听不懂对方的话语,各自的语言边界逐渐形成。大凡天地之间的事情,总是有例外的,知鸟语者世间也遗存个把,方便要紧处传递消息,比如说孔子的学生公冶长①,就能够听懂鸟语,跟鸟说话,这种本领在人间还稀少地存在而未灭绝。

天地不仁。日月无情。众神也无情。

---

① 公冶长(前519—前470),又称公冶氏,孔子弟子,"七十二贤"之一。

在天帝看来,下界众生,或者吃,或者被吃,无不处于吃与被吃的循环链中。众神在上界品着琼浆玉液,偶尔俯视人族的呜咽,看看人间等闲事。有一天,天帝忽然笑了。众神看见,众生在互为食物的紧张境地中,相摩相荡,慢慢缓和乃至和谐下来,学会了共生、共谋、共存、共适、共荣。这成为人间万类万物之常态,像风跟风,云跟云,风跟云样。天帝说:"这样子不赖嘛。"

尽管如此,堕落仍在持续。黄鼠狼偷鸡。蚂蚁黑着脸偷吃蜂蜜。野猪、大象、老鼠、猴子偷走人族地里的庄稼。许多禽兽干些偷鸡摸狗的事情。不可避免的争斗天天发生。人族的堕落尤其严重。思想者,嗜杀者,好斗者,弄权者,尚武者,说谎者,盗窃者,贪婪者,破坏者,痴物者,尚贤者,沉思者,等等者,个个都有莫名其妙的毛病,大面积地出现并且流行。人世难逢开口笑,疆场上彼此弯弓刀,只有草木还像以前那样,平和和气,自足自觉,这让天帝满意。天帝看着人的兽行,兽的兽行,人兽诸多不好的德行,叹息一番,把目光转移到别处。

天地无私。天地不仁,以万物为刍狗。

天帝亦无情,任无羽无毛无甲无鳞的倮虫弄得世界越来越不太平。

西陵志

　　向西看去,露珠闪闪烁烁之处,滚滚的厚厚的沉重的大地蔓延开来,似乎还带着一种巨大的响动。定睛看去时,它突然停住,凝结成一道需要稍稍仰视的广阔地平线。

　　朝着那个地平线走去,在草木跟土地的气息里走了半天,只见那草木汇聚之处,鸾鸟自歌,凤鸟自舞,灵寿实华。穿过杂花杂草杂果密布的林子跟藤蔓,穿过众多的鸟儿跟走兽,走过红的黄的白的黑的各色花朵,脚步惊飞几只不知名的大鸟小鸟,走出了一身热汗,走得听见自己的心跳声跟喘气声,身后的日头跑到头顶上面。大地下沉,地平线隐匿,青天高高低低。四周平平坦坦,一望无际。唯有极目西望,恍惚可见,平原的尽头是紫雾中漂浮的模糊远山。

这时候已经站到了鸿蒙辽阔的西陵。①

西陵之墟，不干不湿，四季分明，天真具足，万物茂盛，是人神安居之地。

甘冽清醇的西陵河、棠溪等大河小溪，潺潺流淌，携带水草鱼虾，满怀好意地穿过林子、穿过庄稼地，滋润了桑间人家、动物植物，蜿蜒着流向西陵大地无边的阔远里。

大片的竹林染得空气青青绿绿。从竹叶上滑落的一滴青色露珠，带着自己的微小光亮，一闪而过。循着布谷鸟喜鹊小虫的叫声可以看到，面水避风的高处住着几家蚂蚁，住着一家七星瓢虫，一棵大树上住着三家喜鹊，树下散布着谦卑的土木房子，跟土地颜色融合在一起，像是从大地上随意生长出来的蘑菇。跟西陵人家为邻的，还有临水而居的蜜蜂、天鹅等众鸟虫，跟众多草木，都是朴素亲切的样子。

土气清和的西陵，是西陵氏居住之地。至于啥时候叫西陵，已不可考。

西陵氏是大江与大河之间众多部落中的一个。远远近近的还有，神农氏、大典氏、小典氏、有熊氏、方雷氏、彤鱼氏、烈山氏、厉山氏、魁隗氏、连山氏等部落，还有崇拜蜜蜂的有蛴氏部落，都是古老的部落。那些需要七八个人扯起手才能搂抱住树腰的修楠巨梓，以及奇形怪状的大树，见证了这些部落的悠久。许多老树的枝桠上落满鸟粪与星星的碎屑，树身上还藏着一些奇怪的鸟跟奇怪的人。老人说，千岁老物，一树一灵。西陵人遇到老树古木，都要垂

---

① 《水经注》："故柏国也，汉曰西平。其西有吕墟，即西陵亭也。西陵平夷，故曰西平。"

首致敬,走在树下脚步都变得轻轻的。他们有所畏惧,有所怕。这是先辈传下来的老规矩。

西陵老人传下话说,千年的老树都会变成精怪,西陵有许多成精的树。有人看到树疤上生长着天宫才有的灵芝,看见树身上闪动着各种颜色的眼睛,看到在树皮内部游动的生灵影子,听到某个枝桠在寂静中说着人话。有棵干云蔽日的老树,树身下面的一片土地永远是干的,下再大的雨也没被淋湿过;它身边长出来一群子子孙孙树,长成迷宫样的林子,形形色色的鸟声在枝丫间回响,许多虫子在里面居住,大白天也有成群的明火虫儿打着灯笼走动;蝴蝶误入其中,碰到树枝,咔嚓一声,不知是折断了翅膀,还是弄断了树枝。老人吓唬孩子说:一个人可不敢进去,踩到青苔滑倒,被小草拉住没啥,迷路也没啥,就怕被哪个妖精往你脸上吹口气,把你变成小鸟小兽,你就再也不能回家了,回到家里你也不会喊爹喊娘,家里人也不认识你了;在老林子里若有声音从背后喊你的名字,可不敢回头,一回头,鬼就把你的魂勾走了。

风从南边来。风从东边来。风从西边来。风从北边来。风从天上来。风从地上来。噫兮,有一天的风,刮得乱了分寸,分不清刮的啥风。树林子乱摇了一阵子,弄得众鸟乱飞,弄得一群猴子荡起一根根青藤从一棵树跳到另一棵树上,弄得松鼠晕树了,弄得风晕风了,风才停下来,停在树枝上歇息。

桑伯摇摇晃晃地走来,靠在一棵树上。在众鸟的议论声中,他折一桑枝,随手插在长着香草苔藓的土地上,嘴里说:

"嫘。"

各种树,各色草,各个鸟,各类虫,闷闷无知。它们在微风中嚷嚷道:"听不懂。""不知桑伯恁说的啥幌子。"①

"嫘。"

桑伯发出这个声音的时候,说出了冥冥之中天帝的选择。

"嫘。"

人族鸟族都不知道,这一声"嫘",标志着嫘时代即将诞生。唯有神知道,一个属于嫘的时代就要到来了。这是人族的一个重要时间,一个具有起点意义的时间。

桑伯将食指竖在嘴前,"嘘"了一声。

众生知道这是不让说话的意思。新生的鹦鹉忍不住地问:"为什么用食指而不用其他指头呢?"

万物生发,木曲木直。眼看着桑伯插下的桑枝,直曲生长,长得枝叶茂盛,长成一棵桑树。

桑伯将食指竖在嘴前,又"嘘"了一声。只见他将一个黑色子粒,放在桑树树干上,那个黑色子粒闪身藏在桑树皮下。

叨木官儿看得清楚②,桑伯竟然往桑树身上放一个虫子。这不符合桑伯的习惯,不是种树的桑伯应该干的事情。叨木官儿得管管这事,它敲敲树枝问道:"为啥? 为啥? 你得给我个说法。"

叨木官儿话音刚落,只听见虚空中有个声音说:"伏羲化来的这个虫子,得种在桑树上③。你记住,保护这个虫子,不可妨碍它,更不能伤害它。"

叨木官儿看看周围,看不见说话者。叨木官儿告诉自己:保护这个虫子,不能伤害这个虫子。

---

① 恁,同"您"。啥幌子:什么、啥。这些中原古语,至今仍在使用。
② 叨木官儿,即啄木鸟,中土古语。
③ 《广博物志》卷五十引《皇图要览》:"伏羲化蚕,西陵氏始养蚕。"

人还有飞禽走兽,谁也不能造出一棵树,更不能造出一棵桑树,这是大家都知道的事情。不服气不行。

每一棵树,都是好看的。树是天生的,不是人生的。人只能栽树种树,从来造不出来一棵树,也生不出来一棵树。

树比人强。树不需要跟人那样的四肢五官,不张嘴吃东西,它站那儿不动,却寿比人长。每一棵树都以公开或秘密的方式活着。人只知道树公开的部分,不明白树还有隐秘的部分。人看到的树,从来不是树的全部的样子。

那个桑伯,总是喜欢靠着树。如果离开了树,他一定是在种树。后来传说他种树的地方,都是有神灵的地方。不过他种的树太多了,已经分不清哪棵树是他种的,哪棵树不是他种的。总之,在没有树的地方种树,在树跟树之间种树,尤其是种桑树,最初是神的工作。西陵之墟的人学会了种树,喜欢上了种树。这是神留下的传统跟遗教。西陵人一边种树,一边说:"没有一棵不好看的树。"

西陵人说:"种树的都是好人,好人跟树一样好看。"

西陵人说:"在地上种树,能吃到天上的果子。"

西陵人说:"一个人一辈子不种几棵树,算是白活了。"

卷二　嫘时代

子篇　西陵

《说文解字》:"子,十一月,阳气动,万物滋。人以为偁。象形。凡子之属皆从子……"

子,本义为"婴儿",引申为"儿女",又特指"直系血统的下一代男性"等,还泛指"臣民",亦有"结果实""幼小"等含义。

子,十二地支的头一位。

【嫘】

那时候,远古留下的天梯依稀还能交通。

西陵老人负暄闲话说:"天梯有两种,一种是昆仑山、肇山、登葆山、灵山等神山,爬上这些神山就能上天。"老人加重语气说:"山得爬啊。一种是那棵名叫建木的神树,擎天柱地,长在天地中心,爬上这棵高耸入云的大树,能够虚步太清,传说伏羲就是缘建木以登天。"①孩子们问:"那神树是西陵河边上的那棵大树吗?"老人说:"不是,离咱们远着哩,远得很哩。"孩子问:"远得很有多远?"老人不耐烦地说:"爬一边去。"

天有九重。天梯入云端,一般人是没有能力跟胆量攀爬上去的,也有几个可着肚子长个胆的好高骛远之徒,沿着天梯攀爬,也不知道啥子原因,总是在中途掉落下来。只有生着鳞羽的神人,地上的仙人,还有得道者有德者,才能够克服一系列不可能,沿着天梯升降,在没有天梯的地方跟云中君打个招呼,改换成云梯,上达九天。上天的这几条道路大家都知道,可真正能够上去的人扳着指头数数也没几个。

西陵老人说:老早的时候见过一个奇人,他朝天上抛一颗桃子,桃子始终没有落下来,他就往地上插个竹竿,顺着竹竿往上爬,去寻找那颗桃子。他顺着竹竿往上爬,竹竿一节一节地拔节往上长,眼看那个人顺着竹竿爬到了云端,眼看着不见竹竿上的人影子,竹竿又缩回到刚才那么短,爬竹竿上的那个人跟桃子一样没有下来。噫兮。竹竿插在那里没人敢动,长成一片竹林,就是西陵之墟的竹林……

那时候,神与人的界限还没有格外分明,彼此尚有往来。人跟神同住在一座山上,一方水塘边,或者一个部落里,互为邻居。人活在神中间,神活在人中间,如同人活在草木虫兽中间,草木虫兽活在人中间。人有人的本事,神有神的神通。人忙人的事情,神做神的事情,有时候神跟人做着相似的事情。神如凡人。人未必知

---

① 《淮南子》:"建木在都广,众帝所自上下。日中无景,呼而无响,盖天地之中也。"

道身边谁是神，神一定知道周围谁是不是神。人见到神，神见到人，分别心也不强，都不惊奇，咧嘴一笑，说些闲话，毕竟是相处多年的邻居。

那时候，火从石头里走出来，普遍地走到人族的家园。

那时候，猪、狗、牛、羊、鸡等动物从西陵的野地里走进人家，成为人家的一部分。走进人家的狗、猪、牛、羊、鸡与生活在自然中的狗、猪、牛、羊、鸡渐渐疏远，家养的与野生的就分别了。

那时候，日子过得慢慢的，日子后面还有日子，日子多的是。白天后面是黑夜，黑夜是做梦的地方。反正每天都是慢慢的慢慢的慢慢的。人从睡梦中醒来，迷瞪一会儿，慢慢地睁开眼，不着急起来，先找回丢了一黑①的自己，找到自己睡前的样子，找到了，让魂魄跟肉体结合在一起，再慢慢起来。一个人在河这边说句话，自己再绕到河那边，接过话头，自己跟自己接着说。桑伯在桑树下，用桑树枝横横竖竖画几个格子，在这边摆几个石子，在那边摆几个树叶，走一步石子，再绕过去走一步树叶，再绕过来走石子……也不知他玩的啥，反正一玩就到天黑。那时候，没有时间追赶人们，没有事情逼迫人们。内无眷慕之累，外无伸宦之形，眼前无长物，心中无心事，欲望还不那么多，大家都过着没有意义的生活，做着没有意义的事情，大家都不讲意义，如同河流不讲意义，大树不讲意义，蜜蜂蝴蝶不讲意义。没有意义的日子过得有滋有味。

东西南北风吹过，雨呀雪呀洗过，野火烧过。各种树各色草各类鸟各位虫，在众声喧哗中，早把桑伯说的那一声嫘忘记了——

嫘。

---

① 一黑：一夜，一晚上，中原古语。

天帝知道,在一声春雷中,一个豆芽似的女孩,从天地玄宫深处走出来,走在西陵的百草百虫中,一摇一摇地,齿更发长,走出青枝青叶,走出花红柳绿。走着走着就跟荷花一样高出了荷叶,走着走着就伸手够得着树上的花朵跟果实。得天地氤氲之秀,她出落成为西陵之墟最好看的闺女。

嫘姑娘,眼睛亮亮的像西陵湖水。她款款地从水草丰美的西陵大地深处走来,一步云移,一步花开。花朵模仿她的笑脸,柳枝学她的腰肢,长腿的鹿惊奇她的长腿,春风学她的清爽跟温柔,冬雪临摹她的白净,月亮喜欢她的睡态,河边草地上那群大马小马喜欢看她迈开长腿奔跑。

有一天,一只青鸟扑棱棱来到西陵,站在桑伯种的那棵桑树上,朝着西陵的虚空问一声:"嫘呢?"

众生见这外来之鸟,赤首黑目,声音清亮,一派仙气。就问:"你问的啥幌子?"

"嫘姑娘呢?"

"呀你是说嫘呀,你是说那个爱吐舌头的小闺女呀。"

桑伯靠着桑树睡觉。香草苔藓无语。青鸟的问话桑伯在梦中听到了。他听到周围的声音嚷嚷成一片。

"你说嫘呀,那不——"伸手一指——

嫘正领着她的弟弟,追着花样的蝴蝶找到一个花朵,跟着摇摆的花朵找到小仙人样的蜜蜂,撵着细腰蜜蜂的透明翅膀上发出的嗡嗡声找到蜂蜜之庐,摇动莲蓬样的蜂窝找到里面储藏的用花露酿成的蜂蜜,尝着琥珀样的蜂蜜找到嘴里面的甜蜜。

青鸟跟着嫘——

嫘的小弟弟,贪图蜜蜂屁股后面的一滴微蜜,扯断了一只蜜蜂温热的身子,蜜蜂无血……嫘的脸一沉,说:"不跟你玩了。"背过身去,不理弟弟。嫘还没来得及生气,弟弟"哇"的一声咧嘴大哭起来,他被他弄死的蜜蜂咛①了一下。嫘连忙拿着弟弟的小手,拔出蜜蜂的刺,挤被蜜蜂咛的地方,挤出一滴血。嫘吹着弟弟的手说:"看你还招惹蜜蜂不,小心晚上骄虫找你算账。"

万物有神。西陵之墟都知道,骄虫是蜂神。《山海经·中山经》云:"有神焉,其状如人而二首,名曰骄虫,是为螫虫,实惟蜂蜜之庐。"嫘说骄虫的时候,这位不那么令人害怕的小神仙蜜蜂神,正站在不远处的一朵花上。它大小跟蜜蜂一样,身体如人,长着两个脑袋,两个脑袋上的两个嘴,正咧着嘴笑哩。

青鸟向花朵上的骄虫招招手,高兴地飞走了。

【嫘生日】

嫘的父叫羲伯,嫘的母叫岐娘。

一日,岐娘梦见王母娘娘将一只凤凰送到她怀里,那一夜,她怀上了孩子。

怀胎十月,生个孩子,叫嫘。

生嫘的那天,羲伯说是二月初十,岐娘说是三月十五。说着说着,恕起来,不是真恕的那种争吵。

货郎在一边,问:"噫兮,不会是从二月初十开始生,到三月十五才生出来吧?"

---

① 咛:蜇,中土古语。刚死的蜜蜂会蜇人。

羲伯和岐娘都笑起来。嫘在一边伸了一下舌头。

岐娘嚷嫘："恁大闺女了,还伸舌头。"

嫘生于哪天,爹和娘都记不清了。记得住的是,生嫘的那天,天上打雷,雷声从天上轰隆隆滚下来,在地上打滚。雷声中,父母就给刚出生的闺女起名叫嫘。

嫘的生日,都记不清了。记不清也就记不清了。反正生日跟其他日子都是一模一样的日子。反正谁也不过生日。反正哪一天都一样。

轩辕黄帝后来肯定地对嫘说:"你是三月十五出生的。"

嫘问:"为啥?"

黄帝说:"你出生那天打雷,只能是三月十五,二月初十不会打雷。"

嫘就把三月十五当作自己的生日。

有一年,二月天里,下起了大雪,轰隆轰隆打着响雷。嫘把黄帝从屋子里拉出来,对黄帝说:"你看你看,下雪也打雷,二月也打雷。"

黄帝接一片雪花,摇摇头说:"二月打雷,少见。"

这一年,刀枪自鸣,蚩尤反了,黄帝跟他打了一仗。这是后话。

【西陵湖】

河也不知道自己流了几千几万年,从远方流过来,流到西陵,叫西陵河。

西陵河在西陵之墟上停留下来,沉思了一会儿,一部分河水跟河水中携带的美物不想走了,就慢下来,坐下来,坐成了水汪汪清亮亮的西陵湖。

西陵湖一落脚,星星便从高古的天际奔落下来,头一个把自己种在湖水深处。桑树、杨柳、榆树、梓树、松柏、白果树、皂角树、枣树、桃树,等等树,一阵风地跑过来,手牵手把湖泊团团围绕起来。众鸟的翅膀在湖面上空编织了一张密密大网,把湖笼罩起来。泉水从下面紧紧地拉起湖水的手,不让它走。来历不明的石头飞过来,重重地压在湖水的四边。蜜蜂站在石头上,伸出毛茸茸的舌头喝水,把翅膀晾晒得五颜六色。密集而来的芦苇菖蒲跟地衣苔藓,还有那些没有来得及命名的小花小草,把湖水跟西陵的土地天衣无缝地缝合在一起,如血肉样。天鹅,还有蟾蜍、乌龟、螃蟹、泥鳅等一些古怪精灵,不知从哪儿搬到了湖中安家,还有会弹射的虾,会发光的鱼,它们都是一副深知水意的样子。明火虫儿从草丛里从树林里飞过来,提着自己的灯,照亮自己的路跟湖水中的影子。一棵胆大的桑树,从岸上蹚着水走到西陵湖中,还想再往前走几步,看见前面的水是青黑色,伸出一条根往前探探,果然是深不可测,只好就地扎根,站在那里不走了。百花在风的带领下在湖面交流各自的芬芳,把湖熏醉了。一些水沉醉并沉入水中,阴水与阳水交融。湖水中的每一滴水,都收藏了星星月亮、白云飞鸟、草木的影子跟香气。西陵湖就再也离不开西陵了。

像桑树一样扎根西陵的西陵湖,心平气和,内心清澈。近岸处,水底的游鱼跟水草看得清晰。鱼沉风无的日子,湖边的树天上的云飞过的鸟都倒映在湖水中,让人分辨不出虚虚实实。一条红鱼静静地游上来,红唇亲吻白云跟白云之后瓦青的天空。

【西陵之墟】

自从有了西陵湖,丰沛的地液在各种植物动物内部穿行,鸟的叫声更加水灵,谷粒更加饱满,月亮也更大更明亮了。西陵人拿着陶罐来湖里打水,打出来的是一罐子甘露。女子在水边洗衣服,把自己洗成一朵朵鲜花。西陵人家的日子,过得一天比一天滋润,正如西陵湖在西陵把自己养得一天比一天滋润一样。

大象扇着荷叶样的大耳朵领着小象在西陵河边闲逛,遇见喜欢的人,就将四条柱子一样的腿弯曲下来,慢慢卧下来,让人骑到它背上。西陵河水隔几年就会奔腾跳跃着拐弯过来,看望一下西陵湖。河水在湖水里洗个澡,欢腾一阵子,弄得波涛湍急,喧哗放浪,鱼飞蛙鸣。老人说,那是河水跟湖水在浪,不然,为什么河水转身走后,湖水里会留下许多鱼虾跟以前没有见过的游动之物呢?个别的湖水跟着河水流淌向远方,个别的河水留在了西陵湖不走了,也有一些湖水一些河水想跟西陵河一起走被水草牵绊,更多的湖水平静地守候着自己的家园。

嫘自小在西陵湖边长大。奶奶告诉她:有一只山鸡,长了一身好看的毛,它每天都到西陵湖映照自己,看自己的样子,把自己的眼睛都看花了,结果一头栽到湖水里,等它飞出来时,却变成了一只凤凰。

嫘也是对照西陵湖水才认识自己的。那一年,头一次揽水自照。那一刻,她惊吓得一吓撒,蹲在地上。几只青蛙也被她惊得遁入水中。噫兮,水下面啥时候藏个人呢?嫘看水时,水中藏着的那个人也看她,也是惊讶的眼神。嫘不敢看水,大声说:"你出来呀,你出来呀。"水中的人不说话。嫘大着胆子,弯腰再去看水中的人,她要把她拉上来,水中的人也露出半个面孔看她。"你在水里能憋阵①长时间气? 你真厉害。"水中那个人的嘴也在张合,却听不见她的声音。嫘跟水中的人笑,人家也跟她笑;她向那人招手,那人也向她招手。她两只手揪着自己的脸蛋给她做个鬼脸,对方同时也做个同样的鬼脸。这就奇怪了。嫘吐了一下舌头,水里的人也吐了一下舌头。真是奇怪。嫘伸手去摸她的脸,她也同时伸手,手跟手要碰到一起时,水枯慌了。等水面平静下来。嫘看见水中的那个人跟她身后弯腰的树影,这树她好像见过。她回头,看见弯腰的桑树站在岸上,水中是弯腰桑树的影子。几番对照,嫘终于认定,湖水中的影子是自己的影子。嫘从西陵湖的水面上头一次照见自己的面孔,头一次看见自己,知道了自己的样子。

从西陵湖那里,嫘开始每天映照自己的面孔,对着自己的面孔微笑。清静的西陵湖把嫘的面庞照得熠熠发光。她喜欢水中映照出来的自己的模样。西陵湖就这样住进嫘的心中。西陵湖也记下了这位嫘姑娘的模样。

西陵之墟的人们鸟们,都比西陵湖岁数小,大都分不清是先有西陵河还是先有西陵湖,只有老树知道,老树却不爱说话,也不管闲事。这不要紧,反正大家说起西陵就想起西陵湖,说起西陵湖就知道说的是西陵,就像后来人们说起桑蚕就想起嫘祖,说起嫘祖就联想到黄帝一样。

---

① 阵,中原方言,这么,表示程度深、高。

【猫进家】

娘老是吓嫘说,到林子里乱跑,会被林子中的老妖精带走。嫘伸伸舌头,依旧一天一天往林子里跑,她没有遇见过老妖,没有被林中老妖带走。

那天,在鸟叫声中,她看见一个柔软的小动物在丛林里一闪而过,她追过去,眼看它闪身躲到一棵大树的后面。嫘追到树后一看,噫兮,啥也没有,难道它走进了树身?树身上并没有树洞。她正绕着树惊奇,那个小东西在她头顶上"喵"了一声。嫘仰起脸,看见一个挺直身子的小老虎站在高高的树枝上,盯着自己,一副凶悍跟嚣张的表情。可在嫘看来,它那圆圆的脸,大大的眼睛,一只眼是青色,一只眼是黄色,小小的嘴,长长的尾巴,一点也不可怕。嫘喜欢它这个样子。

嫘说:"咱俩好,中不中?你跟俺回家,中不中?"

那个小老虎不理睬嫘,目光寒气逼人。

第二天,嫘又来了,带着一块她喜欢吃的桃子。人家认生,不吃,柔软地从树上走下来,远远地看着嫘,怀疑的样子。

第三天,嫘来了,没有见到它的影子。第四天,嫘来了。第五天……也不知过了多少天,嫘在林子里终于又遇见那个小号老虎。

"咪,咪咪,咪咪咪,咪咪咪咪,咪咪咪咪咪,咪咪咪咪咪咪,咪咪咪咪咪咪咪,咪咪咪咪咪咪咪咪。"

嫘看着小号老虎,嘴里不知怎么就发出了咪的声音。嫘听到声音,以为是别人的声音,四周看看,无有一人,再看看,还是无有一人,声音是从自己嘴里发出的? 是的,是自己的声音。"咪"是啥意思她也不懂,这声音来自天启,来自天外,来自肉身深处的大荒。嫘就用这个自己没有想到、自己也不懂的声音,开始了与一只几千几万年在野地里生长的野物的头一次对话。

"咪。"它没有动静。

"咪咪。"亲切,家常,它用眼睛跟耳朵捕捉着这个声音。

"咪咪咪。"它耳朵动了一下,回想着在哪儿听过这个声音,向着混沌而遥远的地方追忆。

"咪咪咪咪。"它脑子里划过一道闪电,从闪电的裂缝中挤进去,挤进无数复杂跟混沌,挤得脑壳有些疼,它终于想起来了,遥远的时候听到过这个声音,声音中带来的气味也是曾经熟悉的那种气味。

"咪咪咪咪咪。"灵魂之门被撞开。它一直在等着这个几乎已经忘记的声音,也不知等多少个万年了。它的身上一阵战栗。

"咪咪咪咪咪咪。"这是洪荒中娘喊过的声音,是娘在它身上种下的声音,是祖宗那里传来的声音。这个声音携带着老家的全部景象。这个久远的声音怎么会从面前这个人的口中发出来呢?

"咪咪咪咪咪咪咪。"千万年来等呀等呀,就是要等待这个声音的呼唤。终于等到这个声音。它的脑袋一下子被唤醒了,它好像开了窍一样,"喵"地应了一声。

"咪咪咪咪咪咪咪咪。""喵。"它答应了一声,蹑手蹑脚地向前走了一步,又走了一步,它不再犹豫,果断地走向嫘,走向老家,走向故乡,对接那个密码。

"咪咪咪咪咪咪咪咪咪。""喵。"它一步一步地坚定地走到嫘面前。嫘笑吟吟的,柔柔地伸出手。它也伸出前面的一只爪儿,爪儿是白的,肉肉的,温暖的,友好的,嫘轻轻地握握。它看见,人的指甲露在外面,指甲怎么能够露在外面呢? 我的爪儿就不露在外面。

"咪咪咪咪咪咪咪咪咪咪。"嫘一路唱着,小号老虎一路跟着,一起回了家。它进了家,先叫一声:"喵。"向人族通名报姓。

娘一见,吓了一跳,嚷嫘:"你这孩子,傻大胆,你咋把老虎崽儿领回来了,它爹娘找来不把你吃了才怪。"

"喵——"嫘学着叫了一声,说:"不是老虎,是咪咪。"

娘仍在嚷:"喵喵,傻大姐,老虎屁股摸不得,老虎崽子抱不得,你不要命了。"

奶奶说:"它在林子里住了很多年了,自呼己名,叫猫。"

"不管是猫是虎,你都给俺送回去。"娘对嫘说。

嫘吐了一下舌头,看奶奶。

"说过多少回了,大闺女了,不兴老吐舌头。"

奶奶在一边说:"从前猪呀狗呀羊呀牛呀都是这么领回家的,它要愿意来咱家,就让它住家里吧。"

"老虎不是猪狗,喂不熟,人家天生是不住房子的。"

"猫喂得熟。"嫘说:"猫,你说呢?"

"喵。"猫答应一声,走到嫘的脚下。

"找个绳子拴着,别让它到处乱跑。"

猫"喵喵"叫着,摇着头,不拴不拴地"喵喵"叫着,后退两步。

"好,不拴不拴。"嫘蹲下来,伸出手,猫跳进她手里,她把它抱在怀里。猫咪状若婴儿,用鼻尖蹭蹭嫘的手,又伸出舌头舐了一下嫘的手。嫘看见,猫咪卷曲的尾巴开出一朵漂亮的黑花。

嫘拍着猫咪说:"你得跟它们几个相处好呀。"手指着牛、羊、鸡、狗。

猫看见狗时,背一下子弓了起来,怎么跟它很熟悉的样子?它想想,实在想不起来了。正要往深处想,看见墙根的洞洞里,露出两只老鼠的惊讶的脸。

猫从此进入人族。猫进入人族的头一天,就争取到不被绳子拴住的特权。

猫在嫘家住下来,成为家猫。这个姿态优雅、不动声色地来回顾盼的小家伙,住下来没几天,家里的老鼠就拖家带口沿着墙根搬去了别处。

【雪人】

雪神骑着白云驹来到乌云海,一口气喝足春水夏水秋水,灭消了心中的闪电,在一个深夜悄悄地莅临西陵之墟。这个从远古洪荒走来的白衣女神,在天上无事、地上无事之时,摇落天宫银华,散开一头白发,给人间下了一场豪华大雪,建立起一个雪白世界。

下雪啦!

这一夜,众人跟众神都睡着了。雪花落下,一片安静,压断了一根竹子,惊醒了睡着的嫘。

雪看见,嫘临窗张望,脸上惊喜,她身上的属于雪天的浪漫跟漫天飞雪一起飞舞起来。

这是嫘记忆最为深刻的一场雪。

嫘伸出舌头去接雪。雪是从天上喷涌出来的,重重叠叠,一片一片拥挤着,像漫天的明火虫儿在飞,一个个精灵,闪身来到嫘眼前,在虚空中作一停顿,瞬间盛开,一转身喜悦地飘走,把虚空腾给紧跟而来的其他雪花,次第绽放。当然,总有一片又一片雪花落到嫘的舌尖上。

大雪压平了大地上的沟沟坎坎,抹平了凸凸凹凹,挤得角角落落都是,大地变得白茫茫的,胖乎乎的,晶莹莹的,毛茸茸的,上下一白。

嫘一直在看雪。雪花怎么下都是漂亮的,怎么飞都是好看的。

大雪初歇,寂静寂静的。树上的鸟窝里也都是雪。仿佛大树上、大地上涌现出一朵朵雪的莲花。西陵的众人众神都迷路了。

雪的样子,不像是人间的事物。

雪天的西陵,独立于西陵之外,是一个太虚部落。

大雪之下,醒来的树、鸟、狗,都笨笨的样子。

没过多大一会儿,雪地的寂静就被打破了。老虎深一脚浅一脚地走,梅花鹿在自己的脚印里迷失。熊走两步滑倒一次。成群的竹子在走动,却没有留下任何足迹。狐狸在雪地里追逐兔子。麻雀在白雪的映衬下变成黝黑的树皮。两只雪一样的动物在雪地里舞蹈,直到嫘惊奇白雪怎么长着两只眼睛,才看清那里站着两只雪一样的白鹤。

咯吱咯吱,咯吱咯吱。追赶雪的嫘,穿着祖传的红狐狸皮大披风,蹚着雪的白光,跟着叻木官儿的敲击声,一个一个数着雪地上花朵般的足迹。众生脚下都有一朵花,一步一花。嫘数着那些印在雪上的花朵的时候,果然闻到花香,来自白雪,也来自不远处的花——后来嫘知道它叫梅花。狗跟狼的脚印像梅花,马的脚印像圆圆的花,鹿的脚印像开出两瓣的花。

嫘看自己的脚印,没有鸟的脚印好看,也没有兽的脚印好看。

她追上一片平坦的雪,把自己的脸按上去,又把脸取出来,看雪地上的脸,她自己咯咯笑起来。雪也发出咯咯的笑声。动物从来没有把脸印上雪地,它们在周围惊奇地看着嫘这个奇怪的举动。

追赶雪的嫘,也被雪追赶着。喜鹊声声叫着,两只脚摇动覆盖着白雪的枝丫,片片雪花洒落在嫘的头上。嫘咯咯笑着,躲开落雪的树枝。松鼠瞅准嫘的脖子,直接把一团雪丢了进去。嫘惊叫一声,踩着自己的笑声,跟雪一起在雪地里奔跑。奔跑的还有树上的松鼠,从这棵树跳到另一棵树的猴子,还有白鸽子灰喜鹊等各色鸟在树枝之间飞翔。在鸟兽的鼓动下,每一棵树都从冬眠中苏醒过来,它们抖落树枝上的雪,地上就下起了鹅毛大雪,下得纷纷扬扬,像风摇落的果实,落得满地都是。有一颗松果砸在嫘的头上。还有比被果实砸到脑袋更高兴的事情吗? 还有比雪落满身更美好的事情吗? 没有了,真的没有了。

雪地里的嫘,像在花海里沾了一身花粉的蝴蝶跟蜜蜂一样,满满的兴奋跟幸福。

嫘被雪绊倒了,倒在雪的怀里。她就顺势在雪地里打滚。猴子一捧雪,松鼠一捧雪,兔子的肚子紧贴着雪也捧一捧雪,大象一捧雪,白鹤一捧雪,梅花鹿一捧雪,老虎一捧雪……一捧雪一捧雪都撒向嫘,嫘开始还在地上打着滚躲避,后来她躺在那里不动了,喘着气,让一捧雪一捧雪把自己埋起来。她张开嘴叫了一声,那声音变成雪花飞到她嘴里。她想起桑伯一张嘴就有桑葚掉进嘴里,她张开嘴,一片又一片雪花果然掉进嘴里,噫兮,甜雪。她睁开眼看,看见一只黄狐一只蓝狐往她嘴里一瓣一瓣地丢雪花……

这个雪天,雪花在干枯的树枝和藤条上开放,开成了一个冰清玉洁的世界,也开出了嫘的冰雪聪明。

嫘姑娘漫无目的地捧雪堆雪,堆着堆着,就堆出来一个雪人。她把一个从来没有的人堆了起来,用雪。一捧又一捧雪飞向雪人,原来是一群白麻雀飞来。雪能够堆成雪人,这是从前没有发生过的事情。

众鸟议论纷纷:嫘把管下雪的人拉来啦?嫘把传说中的雪人拉来啦?嫘把以后的人拉来啦?这个人是趁着下雪沿着天梯下来的,它是天人。不,嫘把雪神请下来啦。你们看哪,嫘也成了雪人。

嫘在雪花飞舞中恍惚看见,飞雪中飞舞着无数的蛾子。这大冬天,怎么会有蛾子呢?她定睛看时,飞舞的是雪花;她盯着一朵六角形的雪花出神时,雪花的周围都是飞舞的白色蛾子……

嫘回到家门口时,狗在门口迎接她,汪汪叫了两声,伸出长长的舌头,接一片雪,看一眼嫘。猫咪在门口迎接她,喵喵叫了两声,伸出舌头,接一片雪,看一眼嫘。嫘咯咯笑起来,伸一下舌头,说:"都学会了。"

这天晚上,嫘做了梦,梦见一双眼睛,狐狸的眼睛,会说话的眼睛,那双眼睛扑闪扑闪着,对她说:"明天,你到林子里,有个姐姐要见你。"

"俺没有姐姐呀。"嫘说,"俺有个弟弟。"

"我不会哄你的,你穿的是我妈妈的衣服,那衣服哄过你吗?"

嫘就看见一只赤首黑目的青鸟,无声无息地飞过来,飞到自己面前,收了五颜六色的翅膀,翘着脚尖走来,走成了一位美丽姐姐。

这只青鸟,《山海经》中有记载。《大荒西经》曰:"西王母之山……有三青鸟,赤首黑目……一名曰青鸟。"《西次三经》曰:"三危之山,三青鸟居之。是山也,广员百里。"郭璞注:"三青鸟主为西王母取食者,别自栖息于此山也。"这只青鸟,后来成为嫘的好朋友。

【玄珠】

嫘在大雪天里疯玩了两天,脸蛋冻得红红的。她回到家里,一头倒下,看见漫天的蛾子在飞舞,就开始说胡话了。

嫘说:"大象一捧雪,白鹤一捧雪,梅花鹿一捧雪,老虎一捧雪……一只黄狐一只蓝狐往俺嘴里一瓣一瓣地丢雪花。"

娘摸摸嫘发烫的额头说:"这孩子病了。"

嫘迷迷糊糊地说:"青鸟姐姐往我脖子上挂个玄珠。"

娘往嫘脖子上一摸,真的取出来一个玄色珠子,散发着幽幽香气。

几天后,病好了,嫘能够下地了。

娘问:"这珠子从哪里弄来的?"

嫘说:"青鸟姐姐送我的。"她想伸一下舌头,忍住了。

"你认识她?"

"不认识。"

"那你以后咋还人家?"

"姐姐说,让我送给一个人。"

"送给谁?"

"姐姐说到时候就知道了。"

"净是瞎说。"娘摸摸嫘的额头,"不烧呀,咋还说胡话。"

娘牵着嫘的手,跑到森林里去找那个青鸟姐姐。嫘喊"姐姐姐姐",一连喊了几天,也没有喊出来青鸟姐姐。

娘说:"这是不是传说中的鹤珠? 不对,鹤珠是红的。"

"那个姐姐说,这是从黑月亮上捡回来的,娘,娘,月亮不是明亮的吗? 有黑月亮吗?"

娘对嫘说:"再见那个姐姐时,记得把玄珠还给人家。"

嫘喜欢这枚来自黑月亮的玄珠。玄珠上流动着星星月亮跟世间万物。嫘佩戴着玄珠,行走在日头照耀的万物之间。因为玄珠,嫘喜欢有月亮的晚上,没有月亮的晚上她也喜欢。在她心中,天上有个黑月亮,黑月亮也是亮亮的。日头不出,万物皆暗。她弟弟因为害怕黑暗,觉得黑夜中有一种可怕的力量,晚上不敢出门撒尿,老是尿床。嫘因为有玄珠从来也不害怕黑夜。她看到万物在暗夜里的样子,跟白天不一样的样子。

嫘想着那个送她珠子的姐姐,啥时候再见到她呢。

【桑伯】

"蚂蚁是造山的,老鼠是造石头的,鹦鹉是栽草的,乌鸦是栽树的……"

蟾蜍在桑伯脚下,跳着巾舞。桑伯嘴里喃喃着,继续睡自己的。一条长虫在桑伯身上盘旋,不时伸出芯子。桑伯睡自己的。他说,长虫是他的杖。

桑伯靠在树上睡觉,睡梦中忽然张开嘴,一粒桑葚掉进他嘴里,舌头快速舔了一下鼻尖,合上嘴,又睡着了。

桑伯背上痒了,自己不挠,背靠着树,在树上蹭痒。

"桑伯,俺娘说,挠痒得用手,不兴在树上蹭痒。"嫘说,"恁别生气呀,俺娘说,猪身上痒了才在树上蹭。"

"不生气。"桑伯说，"我背上正痒痒，树身上也痒痒了，正好互相挠痒。"

桑伯随手揪一片叶子，柳叶，芦叶，桑叶，不管啥叶子，到他嘴里都能吹出好听而奇特的声音。

嫘想，每片树叶子里都藏着自己的声音，她揪一片桑叶吹吹，吹不出桑伯那样会拐弯的声音。嫘举着叶子在嘴唇上摇动："桑伯恁教我呀。"

"这不是你玩的。"桑伯说，"嫘有嫘的事情，嫘做嫘的事情。"

有一天，下雨的日子，桑伯在大雨中行走。奇怪的是，密集的雨点淋不到他身上。他从大雨中干干地走出来，走到嫘面前，肩上盘绕的长虫身上也没有一个雨点。

嫘说："桑伯，你为啥淋不湿？"

桑伯说："头发茂密吧，虱子照样能在头发丝之间游走，虱子从来没有被头发绊倒。"

嫘听不懂。嫘说："桑伯，你在雨中成了影子，快得看不清你。"

桑伯对嫘说："蚕，得有个人挪动它，领它走出蚕，领它出来。"

"啥？桑伯，人家听不懂你说的话。"

"蚕，你得庇护它，你得把一切伤害替它推开。"

"桑伯，俺听不懂你说的啥幌子。"

"你看，我靠大树，蚕得靠你。"

"桑伯，俺真的不知道你说的啥幌子。"

桑伯呵呵而笑，再不说话，嘹亮地吹响一片桑叶子。周围的桑叶子、杨树叶子、柳树叶子、松针、梓树叶子，等等叶子一起合唱起来。

【鸡几只脚】

村子里的人都叫他桑伯。桑伯是个喜欢靠在树上的人,桑伯还喜欢待在桑树下看蚂蚁上树。他看见蚂蚁把地上抛洒的细微食物一粒一粒地捡拾起来,搬运回巢,指着蚂蚁对人说:"你看呀,呵呵。"人们看他一眼,并不看蚂蚁,嘴里说:"蚂蚁有啥好看的。"

桑伯不说话了,靠着桑树坐下来。他一张嘴,一枚桑葚掉进他嘴里。

有一天,桑伯问:"嫘家的鸡有几只脚?"

"啥? 这问的是啥话么,傻话!"

桑伯不问鸡有几只脚,而问嫘家的鸡有几只脚,是因为鸡跟嫘家的特别关系。

西陵老人说:早先,是嫘的祖先最先把林子里的鸡领回家的。她家的先人,看见一只鸡被黄鼠狼咬伤了,奄奄一息,可怜兮兮的。祖先看见了,心中不忍,就把受伤的鸡捧回家里,嚼了草药涂在鸡受伤的腿上,再用树叶包上,再用菟丝子缠上,喂它吃的。这只鸡养好了伤,不愿意回到野地里,白天在外面玩耍、在土里挠食,晚上一翅膀飞到嫘家门前的杏树枝上,就在那里住下了。它还把它认识的一群鸡,也领到嫘家里。这群鸡,有的早晨打鸣,有的每天孵蛋,在屋子前后走来走去,自言自语说着自己的故事。周围的人看见嫘家里面,有的鸡早上打鸣唱歌,有的鸡天天孵蛋,鸡蛋剥了壳白白胖胖的还那么好吃,大家都跟着嫘的祖先把鸡领回了家,都学会了养鸡杀鸡。

桑伯问:"嫘家里的鸡有几只脚?"

鸡有几只脚还用问?大家不觉得这个话好玩,都不理睬桑伯。

嫘笑了一阵子说:"嫘家里的鸡,林子里的鸡,所有的鸡,都是两只脚呀。"

"呵呵,呵呵。"桑伯大摇其头:"两只脚的鸡怎么会走到嫘家?"

人跟鸟都是两只脚,猪狗四只脚,蜜蜂蜈蚣的脚就多了,不过脚再多也都是双数,从来没有见过谁的脚是单数的,除了传说,除了蘑菇。

大家说:"桑伯看蚂蚁上树,眼看花了,人也看傻了。"

从来不见桑伯吃五谷。村里的大人小孩男人女人都没见过他吃五谷。他连饭都没有做过。大家并不奇怪,就像大家不奇怪鸟会飞一样,就像大家从来不问鱼为啥能憋着气在水底游一样。

有一年,闹饥荒,家里地里都没有东西吃了,人们把榆树的皮都剥下来吃了,只给榆树留下两指宽的皮,好让它活着来年发芽,以备再发生饥荒时吃它的皮。

嫘忽然想起桑树下的桑伯,说:"你看人家桑伯,谁见过他吃饭?他不是活得好好的。"嫘这么一说,大家头一次想起来,桑伯是从来都不吃饭的,不吃东西也活得好好的。

嫘和大家一起来到桑树下,见到桑伯坐在地上,靠在树上,像往常一样,面无饥色。看到面前一下子来这么多人,桑伯问大家:"嫘家的鸡到底是几只脚?"

"明摆着的,两只嘛。"饥饿的人忍着不悦回答道,接着问他:"你咋不吃不喝也能活呢?"

"谁说我不吃不喝?"

"从来没有见过你吃喝呀?"

"呵呵,我吃桑葚呀。"

众人想起春夏之交时候,桑伯在桑树下张着嘴,等桑葚掉进他嘴里。"如今桑树上没有桑葚,连树叶都没有了,你吃啥?"

"呵呵,我跟你们吃的东西不一样嘛。"

大家沉默了一会儿,说:"都是多年邻居,能不能把你那些吃物给咱们分一些来,你看大家皮包骨头,连树皮都吃了。"

"给。"桑伯伸出手来。手中却是空的。

一个老人上前从桑伯的空手中拿过那个无形食物,放到嘴里,嘴里蠕动几下,说:"蚯蚓吃土蝉吃风,不是同类,咱们走吧。"

"呵呵。"

谁也不知道桑伯呵呵的啥幌子。

【抓阄】

桑伯不知从哪里弄来一堆山药蛋蛋救急,大家围上来一看,还不够人手一个。

"这咋分呢? 这么多人。"

桑伯看看日头说:"抓阄,天帝让人抓阄。抓阄最公平。"

阄在那里,等人去抓。此时,未济。

人抓阄时,天帝正品一杯茶。不知哪个天神或出入天神花园的神鸟神兽把茶传到人间,后来传入人间的还有抓阄。天帝微笑着,彩云在他周围飘着。他眼睛不看下界,早已知道人间所有的结果,包括抓阄的结果。

抓阄,不讲道理。道理是人间的事。抓阄源自天帝的游戏,遗落于人间,是神示,是大道,是必然而不是偶然,是不可改变。抓阄,不讲道理却符合天意。道理都是人族的道理,跟天地无关。更何况,道理也不是本质的东西、终极的东西。

抓阄,简便,好操作。不管你是面临一群阄还是最后一个阄,只能抓一个。一个之外的九十九个或九十九个被抓去了只剩下最后一个,结果都是一样的。一伸手,即见结果。抓阄时,心机没有用,技巧等于零,有劲也使不上,跑得快也不顶用。抓阄的手,是自己的手,是神的手,是天的手。在这个游戏似的庄严时刻,在伸手抓阄之前,对人是好像是未济,其实结果已定,但所有人都蒙昧无知,充满不安跟期待;伸手一抓,不可泄露的天机尽在手中,所谓既济。

抓阄,包含着天地之间最大的秘密,同时也代表了最大的公平跟天理。

抓阄面前,人人平等。世间没有比抓阄更好玩更神秘更合理更严密更正确更崇高更无懈可击大公无私的规矩了。

得信仰抓阄。人啊,最智慧时,最愚蠢时,技穷时,面对九十九个选择时,茫然而没有答案时,迷路时,去抓阄吧。抓阄的结果从来没有错误。抓阄的结果,是最初的结果,是最后的结果,是最好的结果,是天人合一的结果。天帝和神灵都承认抓阄的结果。

抓阄这个游戏里面,有天帝的终极思考,有上天的深刻暗示。

鸡打鸣,鸭不服,那不中。都得服从抓阄的结果。谁要改变抓阄的结果,谁就会在晚上做噩梦,尿床,梦游,遇见鬼打墙,乃至须眉堕落,得到应有的报应。

记住桑伯的话:"抓阄前,手洗干净。"

天帝听见桑伯的话,心中默许。天地之间皆游戏,游戏亦需恭敬认真。

上了岁数之后,黄帝跟嫘祖感叹说:"若是一个人阅历足够丰富,若是一个人对世道有深刻的理解,若是一个人对公平公正抱有巨大期望,若是一个人对自己对别人有足够尊重,若是一个人能够坦然自若面对命运的垂青或当头一棒,抓阄这个法子足以解决人族的一切难题,包括鸡毛蒜皮的小事、部落兴衰的大事。"

头顶没有头发的巫咸说:"天帝看去,人间的兴衰成败,亦是游戏。"

【吃了没有】

饥馑之后,西陵之墟流行一句话:"吃了没有?"

"吃了没有?"嫘一见饥饿的乡邻,也是这样问。

吃了没有? 成为人与人见面的头一句话。

最初,这句话真的是问吃饭了没有。毕竟,吃是人的头一件大事,是每天的大事。吃饭,一顿不吃饿得慌,一天不吃没力气,七天不吃活不了,事关生死。

吃了没有? 这一问,是人间大问,是根本之问,是生死之问。

到后来,西陵人问:吃了吗? 吃了没有? 不是真的问你吃饭了没有,是问候,是提醒,是饿的记忆,是饱的满足与快活,是先前食物短缺留下的刻骨铭心记忆的回响,是生的活泼。吃了吗? 这一问揭示出人与吃物的深沉关系。

吃了没有? 这句话随着嫘嫁给黄帝而流行于黄帝部落,随着黄帝的影响而传布天下。

吃了没有？它不是废话。如果非要说它是废话,它比真话还接近真相。

吃了没有？它进入了种族的肉身,成为符号跟标志。它是故乡,是密码。问一声"吃了吗?""吃了没有?"足以说明我跟对方的关系,这是一种涉及故乡、食物、历史的亲密关系。

后来,嫘祖跟黄帝在最为陌生的地方游走时,面对一个或一群陌生的人,一句"吃了没有?"常常变成友好交往的发端。

丑篇　桑蚕

《说文解字》："丑，纽也。十二月，万物动，用事。象手之形。时加丑，亦举手时也。凡丑之属皆从丑。"

丑，象形字。在字形上，甲骨文中的"丑"字像手指钩曲用力揪东西的形状，是"扭"的本字，表示"揪扭"。

丑，十二地支的第二位。

【桑】

"噫，这儿啥时候跑来棵桑树？"

嫘在一棵桑树前站住了。

听嫘这一问，桑树周围的各种树、各色草、各类鸟、各位虫，忽然就想起了桑伯从前说过的那句话，彼此交换一下眼神，嘴巴紧闭。

"咋都不说话？"嫘仰着下巴环视一周，众树众鸟众虫依然不语。

"再不说话我就生气了。"嫘的嘴巴噘起

来。

那只头上长着好看羽毛的鸟叫着，一群麻雀议论着什么。

桑伯指着鸟说："戴胜，它是仙山里的鸟，咋跑到平地上了？"

桑伯说戴胜是仙鸟，其实所有的鸟都是仙鸟，不过这臭姑姑自有其特别之处，《礼记·月令》记载："季春之月……鸤鸠拂其羽，戴胜降于桑。"它在季春飞落于桑树，而不落到其他树上，不仅仅是为了吃桑葚。

嫘向戴胜招招手说："臭姑姑你好。"

桑伯哈哈笑起来，他食指一指："蚕！它在等你，嫘。"

"蚕？"

嫘想起桑伯从前给她说过的话。

在西陵土地上，生长着众多桑树。部落里的人都认识春天结桑葚的桑树，并不知道蚕是什么东西，更不知桑与蚕的关系、嫘跟桑蚕的关系。

"嫘，你看，蚕在等你。"

猴子一只手抓住树枝，另一只手上的食指竖在嘴前："是用这个指头吧？"它学着桑伯的样子，食指指向一根桑枝。

嫘看见一根桑枝上，臭姑姑展开它头上黄色的大羽冠，向着她叫，翅膀的花指指向一片桑叶。

桑叶上，爬着一个小虫子，体小而黑，形如蚂蚁。后来。嫘把它叫作蚕蚁。

"蚕？"

嫘正好奇地看着这个叫作蚕的小东西，突然发现，小虫子身后，爬来一只蜗牛。嫘还没有反应过来，一只叨木官儿飞过来，叨起蜗牛飞走了。

嫘指着桑叶上的那个蚂蚁样的虫子问："谁在等我？它？蚕？"

被嫘的食指一指，蚕的身体一吓撒。

蚕，这个在桑树枝头等了万千年的虫子心中暗暗叫道："终于等到了，嫘……"

嫘屏住了呼吸，放大胆子，走向蚕。走着走着，她停下来，看一眼桑伯。桑伯点点头。嫘朝四周看看，其实她啥也没有看见，看见的是无穷虚空，她的眼睛落到小小的蚕上。她伸出手，伸出食指，想摸摸蚕。蚕太小了，她不敢摸，慢慢地把指头缩回来了。

蚕看见，嫘的食指指甲红红的，好看。

万物都需提醒，不然容易混沌着。嫘后来成为嫘母、嫘祖以后，一直在念叨桑伯这天的提醒。桑伯的一指，桑伯的提醒，改变了嫘，改变了蚕，改变了人族……

《王祯农书》引用淮南王《蚕经》曰："西陵氏劝蚕稼，亲蚕始此。"《皇王大纪》卷一记载："元妃西陵之女嫘祖，亲蚕为丝，以率天下。"人跟蚕的时代，从嫘开始了，从这天开始了。

【蚕】

在桑树皮的褶皱里，有一群芝麻一样的蚕卵，它们冬眠于严冬，在桑树发芽的季节和春天的鸟叫声中苏醒。

人间四月天，蚕卵摇身一变，变成一个蚕蚁，蚕蚁闻着桑叶的青青气味，觅食而去。《说文解字》说："桑，蚕所食叶木。"

沙沙沙沙，吃桑叶的蚕蚁，吃一会儿，睡一会儿，就这样吃吃睡睡,睡睡吃吃,就把自己吃成了个小小的白胖子,吃成了没有腰的白娃娃。

蚕,点亮了嫘的眼睛。嫘的眼睛亮亮地看着蚕,回到了小时候,回到了柔软,心里头有一种说不出的痒。嫘的脸上出现一层淡淡的光晕,好像自己提前成了母亲。这样一想,嫘的脸就红啦,恰好被蝴蝶看见。蝴蝶怕嫘害羞,装作没有看见的样子,翩翩飞走了,让嫘接着想自己的心事。

看蚕,看蚕吃桑叶,听蚕吃桑叶,成为嫘的秘密。每天,嫘总是先到小河边,把自己的手跟脸洗得干干净净,然后来到树林,来到桑树下,有时爬到桑树上,看蚕吃桑叶的样子。

众鸟不知道嫘在干啥,叽叽喳喳地议论:"看蚂蚁上树呀,你又不是桑伯。"蚂蚁也以为嫘在看蚂蚁,把自己上树的姿势走得扎扎实实。

嫘从林子里摘来一些叶子,椿树叶,槐树叶,梓树叶,白果叶……给蚕吃,蚕理也不理。蚕在桑叶上吃饱后,躲到密集的桑叶中睡觉。这时候,林子里的动物植物才知道,嫘迷恋上那个白里透青的蚕宝宝啦。

嫘看着蚕的眼睛,她的心比啥时候都安静,安静得只有沙沙沙沙的声音。

桑伯,周围的树,周围的神,周围的鸟兽,此刻都保持安静。

众鸟压低嗓子说:"看来一件神秘的事将要发生。"

"小白胖子,吃桑叶子,吃饱肚子,睡一暮愣子①,再吃一肚子。"

---

① 一暮愣子,中土古语,意思是睡一觉。

嫘为蚕宝宝心醉神迷。有一天,她看蚕宝宝吃饱后睡了,她也坐在树上睡着了。睡梦中,蚕宝宝对她说:"我要送给你一个礼物。"嫘想:俺咋阵有福气哩,青鸟姐姐送我玄珠,蚕宝宝也送俺礼物……

【拜月】

嫘看见,月光下的桑树,站在那里,咋看咋好看。

嫘看见,一片桑叶,一面接迎月光,一面映着西陵湖的水光。明明暗暗,在叶子上面摇晃着。

嫘主要不是看这黑夜跟月光,她的目光急切地找到这月光中桑树上的蚕。

嫘看见了,蚕正就着桑叶,吃下摇动的月光跟水光,吃下桑叶子上的图画。

嫘目不转睛地看见:蚕。蚕吃。蚕在吃。蚕吃桑叶。蚕肚子饱。蚕圆圆躺着。蚕躺在桑叶上。蚕在桑叶上睡着。蚕睡在桑叶月光里。蚕香香地睡一暮愣子。

蚕醒来,美美地伸展一下身体,一抬头,看见另一只蚕,盘卧在半空中,白白的,圆圆的,盘卧得如此之圆。桑叶上的蚕照着天上那只蚕的样子,盘圆自己的身体,眼睛的余光看了看,还是没有人家盘的圆,它看了一阵子,终于看明白了,那不是蚕,是月在中天正圆。

嫘看着蚕出神,蚕看着月亮出神。月亮看着嫘跟蚕出神。

蚕支起身子,一拜月亮,再拜月亮,三拜月亮。

月亮的光线照在蚕的身上,把它的光身子照得雪白。

蚕抬起头,从一束月光中抽出一丝月光,噙在嘴里。蚕品尝着月光,然后吐出一丝月光。呀,蚕竟然吐出了一丝月光。嫘看见。

蚕吐出了月光样的丝,一头拴在这片桑叶边的细齿上,一头拴在另一片桑叶边的细齿上。它目光亮亮地看着这根亮亮的丝,轻轻地弹拨一下。亮亮的蚕丝泠泠作响。蚕接着抽丝抽月光,拉出一道道丝弦。蚕弹拨一下,桑叶弹拨一下,清风弹拨一下。月光在丝弦上跳动,众神在丝弦上跳动。嫘感到她正赤脚在丝弦之间跳动。

一只蚕从高处抱着细细的月光,抱着透明的丝线,滑下来,荡来荡去。嫘也抱着细细的月光,抱着透明的丝线,荡来荡去。

嫘看着蚕宝宝,也不知看了多长时间,后来就趴在桑树枝上睡着了。臭姑姑在树上叫了两声,头上漂亮的羽毛向后梳着。嫘睡着了,像在家睡着一样。猫咪卧在一边看着她。月亮一直照着她。她中间醒来一次,看见月光像大雪一样落在地上,落在树杈上。猫咪在她身边睡着,几只麻雀卧在枝头。她啥也没想,摸了一下脖子上的玄珠,拢了一下耷拉在脸上的头发,又睡着了,直到被树摇醒。

几束阳光透过枝叶在嫘身前后照着。嫘醒来,迷瞪了一会儿,又用一会儿认出了自己,认出了自己在树上抱着一个树枝睡了一黑。她看见身边的蚕宝宝正在吐丝,想起来夜里的情景,她的眼睛明亮起来。

树是桑伯摇动的。

"呵呵。"桑伯身旁站着狗,狗仰着脑袋。桑伯正闭着的嘴忽然张开,一粒桑葚就掉进他嘴里。嫘学着桑伯的样子,仰起脖子,微张了嘴,没有桑葚掉进她嘴里。

【蚕·词语】

从嫘开始,蚕进入人族的视野。

《说文解字》曰:"蚕,任丝也。""丝,蚕所吐也。"

一群以"蚕"为词根的词语迅速在中土生成、流传,每个词语中都珍藏着一个物件、一个故事——

二蚕、八蚕、八辈蚕、八茧蚕、天蚕功、大蚕、小蚕、山蚕、火蚕、火蚕绵、玉蚕、石蚕、田蚕、头蚕、西蚕、地蚕、老蚕作、老蚕作茧、先蚕、先蚕坛、伪蚕、冰蚕、冰蚕锦、农蚕、吴蚕、坚蚕、蚕神、蚕母、蚕桑、蚕沙、蚕山、蚕子、蚕农、蚕眠、蚕簇、蚕箔、蚕室、蚕丛、蚕眉、蚕花、茧蚕、蚕神、蚕蜕、蚕儿、蚕月、蚕衣、蚕房、蚕蚀、蚕簇、蚕头、蚕娘、蚕市、蚕座、蚕台、蚕妾、蚕母、蚕书、蚕术、蚕人、蚕事、蚕官、蚕麦、蚕连、蚕矢、蚕屋、蚕茧、蚕精、蚕笼、蚕织、蚕绩、蚕功、蚕耕、蚕姬、蚕池、蚕箪、蚕盐、蚕命、蚕户、蚕种、蚕弄、蚕麻、蚕槌、蚕蟹、蚕礼、蚕贼、蚕马、蚕工、魏蚕、蚕莓、蚕匾、蚕渔、蚕馆、蚕家、蚕攒、蚕崖、耕蚕、蚕绵、蚕舍、蚕胎、蚕官、蚕凫、蚕啗、蚕禾、蚕禁、蚕唉、蚕叶、蚕缲、蚕穑、蚕蛹油、蚕豆象、蚕茧纸、蚕宝宝、蚕作茧、蚕丛路、蚕眠字、蚕室狱、蚕虫梅、蚕纱饼、蚕连纸、桑蚕丝、卧蚕岛、蚕支落、蚕食鲸吞、蚕头燕尾、蚕丛鸟道、蚕丝牛毛、蚕绩蟹匡、蚕头马尾、蚕事起本、蚕具、桑蚕、银蚕、晚蚕、蓖麻蚕、冰蚕丝、照田蚕、卧蚕纹、蝉联蚕绪、簇蚕、樟蚕、野蚕、柳蚕、槐蚕、露蚕、樗蚕……

【作茧自缚】

蚕认得嫘的脸。蚕听得懂众生的言语,会表达自己的想法。

蚕轻轻地说:"嫘,我不跟你一起吃素了,从现在开始,我得拒绝食物。"

嫘看见蚕抬起脑袋跟她说话,只是没有听懂蚕在说什么。

蚕说:"我得为自己造一个屋子,不让人进来,不让任何生命进来,连眼光、阳光、月光、树叶的光,等等光,都不能进来。"

蚕围绕自己的身体拉丝建网。蚕用尾部勾住桑枝开始吐丝,一吐为快的样子。

嫘把村里的小姐妹叫来:"看呀,蚕会吐丝。"

一群姐妹看着小得柔软得让人心疼的蚕娃娃,不知道它小小肚子里藏着多么长的丝,在一起议论起来:"它吐的丝,比西陵河长,比从云彩上下来的雨线长,比彩虹长,跟风一样长吧?""跟天梯一样长吧?长得能从地上扯到月亮上吧?""日头光线是日头上的蚕宝宝吐出来的吧?""晚上亮亮的天河里面漂着一河蚕丝吧?"

小姐妹们走了,她们去杏树下捡吃熟透掉下来的黄杏,去桃树上摘吃染红了尖的桃子。嫘不舍得离开,一直在看着蚕宝宝。

蚕不停地吐丝,不停地吐出丝,用丝把自己包裹起来。

嫘看见,丝线围拢的茧里面,影影绰绰是蚕吐丝的身子。

嫘说:"你怎么把自己圈起来了?你怎么不吃桑叶了?你是不让俺见你啦?"

嫘想起家里的猫,不让人看它吃老鼠,人一看它就呕吐。猫妈妈生下小猫也不让人看,人一看,它就把小猫叼走,换一个不为人知的地方去住。

嫘说:"蚕宝宝,吐丝累了,歇会吧。你要把自己吐干吗?"

嫘饿的时候,对蚕宝宝说:"你饿不饿?你出来吃饭呀。"

蚕一圈又一圈地编织,一心一意地用自己的丝编织自己的天地。它牵住日头的光,牵来四面来风,织进嫘的声音,带着桑树的气味,建一间人族没有的房子。

嫘说:"你把自己圈进去,你不出来了?"

蚕用自己的丝把自己围困起来。它一开始就没有准备放自己出去。它不说话,最后看一眼嫘,看一眼天空跟桑树的影子,将最后的光线挡在外面。这是一间罗网天地的古宅,一间悬空的房子,一所自己从里面建立起来、自己却无法走出去的远离喧嚣的斗室。自小门户,自我禁闭,不再合群,无须兄弟姐妹陪伴,自绝于桑叶和桑树上面的天空。

这个房子,小小的,不要门窗,告别天空、白云跟春风,不让阳光跟雨水进来,谢绝外在的声音,谢绝身外之物。里面的摆设,减之又减,谢绝一枝一叶,直至空虚。蚕就这么孤独地决绝地自个儿把自个儿封闭起来,只有林子深处古老的寂静悄悄地跟了进来。

蚕自己跟自己说:"好了,这个用一根丝编织起来的白屋子建好了。"它环顾四周,这边似乎有一丝风进来,赶快吐丝弥补;那边的茧壁好像有微弱的阳光透进来,用最后的丝把阳光扭转到别处。

一只蚕,一肚子蚕丝,不多不少,不长不短,正好可以建立起来一个蚕茧。

蚕完成了自己的茧屋,完成了以柔和线条为风格的室内装修,寂静从四面八方合围上来。蚕谛视带着自己唇印的微小、完美、恬静的白屋子,平静地看着自己的赤身,它知道它已经藏进自己的内在世界里。

蚕进入茧,茧遮蔽蚕,蚕与茧寂寂不分,进入内在的安稳秩序。

蚕固守茧中,固执地把自己活成蚕蛹。

嫘看到,桑树上结出了一个个白果子,她叫它蚕茧。

只几天工夫,桑树上长满了黑的红的桑葚,黑的红的桑葚之间结满了白白的蚕茧。这是白白净净的果实啊。

桑伯唱道:"一虫生来姊妹多,一起吃饭各垒窝。"

嫘作歌曰:"小白胖子,建白房子,住了进去,没门没窗子。"

嫘想,蚕怎么出来呢?

嫘知道,茧是蚕的造物,每一个茧里都有一只蚕,那么多的蚕都躲在各自的茧里面,就像每个鸡蛋里藏着一只小鸡。小鸡会叨开蛋壳,蚕会爬出茧室吗?

若干年后,人们发明了一个词叫"作茧自缚"。作茧自缚之茧,已从茧的本义中抽身出来,如同蛾从茧中脱身而出,向着广阔的天空飞去。这是后话。

【嫘蚕对】

嫘喜欢蚕茧的样子,她用食指轻轻地点点茧壳:"是俺,俺是嫘,你在里面好吗?里面热不热呀?你不会闷着自己吧?你能听到俺的声音吗?"

"嫘,放心,我好着呢。"

“让嫘进去看看你好吗?”

“你不能进来。”

“咱们不是好朋友吗?嫘给你带来桑叶了。”

“我已饱食,我已绝食。我饥的话,会汲取虚空中的营养。”

“你不能不理嫘呀,嫘想你了,想你的样子了。”

“茧是我的躯壳,是我肉身之外的我,茧就是我。你在外面看我好了。我不能跟你说话了……”

从外部世界到内部世界,蚕置身于自己布置的带着自己口味跟气息的宁静空间。把自己的耳朵关闭起来,把自己的眼睛、嘴巴关闭了,身体开始下陷,陷入自己的暗夜,进入自己的漆黑天地。在深邃的黑暗中,调身调心,瞑目静息。不再心随物转,而是要以心转物。不忧不虑,不怨不怒,不悲不喜。外面的世界与己无关,时间跟空间与己无关。走进自己记忆的深处,进入深深的宁静中。在这幽暗而安静的茧室里,忘记肉身,忘记一切,忘记忘记,仿佛自己掉进一块石头中间。桑叶的味道忘记了,吐丝的记忆忘记了,嫘的面孔跟声音也都模糊了。

蚕沉浸在虚空的喜悦中,在自己的喜悦中变化成蛹。一条静静的河,亮亮地流动着,岸边的芦苇花如梦幻一般,一艘枯木样的空船飘在那里,许多白蛾子跍堆①在上面。枯木上面的天空中,有形无形的生灵正从河这边向河那边飞去……

嫘等待着,等茧里的蚕爬出来,像小鸡从蛋壳里钻出来一样。她轻轻唱道:“小白胖子,建白房子,住了进去,没门没窗子,快快出来。”

---

① 跍堆:蹲坐,中原古语。

嫘听了听,蚕茧里面没有一点声音,想大声喊它,又怕吓着蚕宝宝。有一阵子她想打开蚕茧看看,看蚕宝宝在里面干啥,还是忍住了。蚕作茧自"住",总是有它的道理。让蚕按照自己的习惯跟道理过自己的日子吧。嫘这样想着,克制了自己打开蚕茧的欲望。

【蚕蛹化蝶】

"蚕呀,茧由你造,你把自己关闭起来,你得凭借自己的力量,走出来呀。"

嫘日夜担心着茧中的蚕,每天去看蚕宝宝居住的那个茧。几个姐妹好奇地跟她一起看了几天,没了耐心,去玩别的事情去了。嫘的心放不下,她要亲眼看到蚕宝宝从茧里面走出来。

嫘还不知道,蚕变化为蛹,蛹化为飞蛾,这是蚕一生中要做的事情。蚕坚定地完成自己的使命。蚕蛹的生命历程超过了嫘的想象力。

蛹,寂然不动。蛹在茧中,一半沉睡,一半清醒;一半寂静,一半热闹;一半死了,一半活着。它保持着恍兮惚兮、亦黑亦白的状态,防止自己被巨大寂静跟黑暗吞噬,不然就万劫不复了。它的信念牢固无比:得重生!必须重生!一定得满血复活!

蚕在茧里面,已经修炼成蛹。《说文解字》曰:"蛹,茧虫也。"

蛹,本来已经身内一丝不藏,身外一丝不挂,它还要把这个一丝不挂的躯壳也脱掉。得死过一次,才能重新拥有崭新的肉身,达到云朵一样的轻盈。得从一个躯体流转到另一个躯体,才能化蝶而出,飞向一个大白天地。

那天,嫘在西陵湖打水时,陶罐的底掉在地上。她放下陶罐去看蚕茧,一个蛾子正从茧中爬出来。爬出来的不是蚕宝宝,是个长翅膀的粉头蛾子,只见它一展翅,绕茧三匝,飞向虚空。

蚕蛹化蝶,超出了嫘的想象。她忽然想起那场纷纷扬扬的大雪中仿佛看见过的蛾子。嫘压着心跳,看蛾子飞得无有踪影,连忙再去看那个蚕茧,里面剩下一个蛹蜕。

王筠《说文解字句读》引《埤雅》曰:"蛹者,蚕之所化;蛾者,蛹之所化。"《说文解字》曰:"蚕,任丝也。"任,即妊。段注曰:"蚕吐丝则成蛹于茧中,蛹复化而为蛾。"

嫘有些不相信自己的眼睛,再去看其他的蚕茧,正好又有一个蛾子破茧而出。嫘跟定那只蛾子,从一棵树到另一朵花,从一朵花到另一只蛾子身上,那只蛾子的脚上粘着细细的蚕丝,嫘把那个白色的丝线作为记号,跟定这只蛾子,直到它在桑树皮下产下一层黑色的蚕籽。嫘想了一会儿,有些明白了,蚕宝宝就是这些蚕卵生出来的。

哦,哦——

卵,是一身体。

蚕,是一身体。

蛹,是一身体。

蛾,是一身体。

一个灵性的小仙人。一个生命轮回之圆满。

嫘被自己的发现惊住了。她伸伸舌头,皱着眉头,让自己的脑子在蚕卵—蚕宝宝—蚕茧—蚕蛹—蚕蛾—蚕卵的循环中转圈……她还是转不出这个圈子。毕竟,这个圈子太大、太不可思议了。她得慢慢说服自己,让自己相信看到的这一切,这一切不是做梦。

【抽丝】

桑树上结着紫桑葚,结着白桑葚。桑树上还结着一个个叫蚕茧的白果子。

嫘的脑子里老想着桑枝上挂着的蚕茧。她脑子里的蚕茧,跟桑枝上的蚕茧,老是有风在摇动着,摇得她神情有些恍惚。

那天下雨了,嫘跑到桑树下,看满树的蚕茧都在淋雨。

嫘对桑伯说:"桑伯,你看它们都淋湿了。"

桑伯说:"你想法子帮帮它们呀。"

"嫘没有法子。"嫘说,"桑伯,你在大雨中都淋不湿,你有法子。"

"蝴蝶的翅膀也淋湿了,蜜蜂也淋湿了。"桑伯说,"蚕是嫘的事,嫘有法子。"

嫘把一只蚕茧摘下来,握在手心,心事重重地回到家里。她松开手里的蚕茧时,茧上的丝粘在她手上,抽了老长。她想起来,蚕茧是一根根蚕丝编织起来的。

天晴了,几个小姑娘爬上桑树吃了桑葚,又摘了白色蚕茧来吃,嚼不动咬不烂。一个说:"拿回家煮煮说不定就能吃了。"

水开了,小姑娘拿个棍棍在滚水中捞蚕茧。呀,那头发丝一样细的白丝缠在小木棍上。"好玩呀。"小姑娘们用木棍在水中搅动。当木棍上缠满了蚕丝,锅里漂上来一个个蛹虫。小姑娘一尝,"噫兮,中吃呀,好吃呀。"连忙给嫘拿去。

嫘不吃,问:"这是啥呀?"

小姑娘说:"桑树上白果子里面的。"

嫘想,那个白白胖胖的小虫子把自己封闭进自己的小房子里,怎么会变成这个模样呢?

她问:"外面的白房子呢?"

当她看到小木棍上缠绕的蚕丝时,眼睛一下子亮了。

能不能把蚕茧上缠绕在一起的丝抽出来?

嫘这样一想,一下子慌张起来。

嫘捏了一个丝头,手有些发抖,发抖的手慢慢地把那白色的丝从蚕茧身上抽出来。蚕丝细细的,一般细,没见过阵均匀的细。她有些紧张,好像要把自己捂了多少年的心事抽出来,好像要把内心的柔软绵绵不断地抽出来。

一群小姑娘自己玩去了。嫘平静了自己,对茧中的蚕说:"俺不是要拆你的房子,俺是想不让你在外面淋雨,俺是想用你的丝线扎俺的辫子,扎所有闺女的辫子,俺是想把你的丝披在俺身上,这样俺跟你就永不分开,俺也不是想单个占有你,而是想让你跟所有人在一起,让你跟人成为肌肤相亲的朋友,一起过日子,走向更远的地方。不过,那更远的地方是啥地方,实话告诉你俺也不知道。"

一只蚕茧在桑枝上点点头。所有的蚕茧都在点头。

风都屏着呼吸,原地站那儿纹丝不动。嫘看看周围的树梢没有摇动,风也没有拂动自己的头发。嫘问蚕:"你是答应啦?"

一只蚕茧点点头。所有的蚕茧都在点头。

嫘有些不相信自己的眼睛。她说:"重来重来,刚才不算。风,风,求你们不要摇,不要动;蚕,蚕茧,俺问你,俺认真地问你,你是不答应吗?"

面前的蚕茧不动不摇。一树的蚕茧都纹丝不动。

"你是答应吗?"

面前的蚕茧点点头。一树的蚕茧都纷纷点头,一脸喜欢的样子。

嫘看清楚了,她高兴得跳了起来。

她忘记了自己在树上。她一脚蹬空,掉了下去。她感到自己一下往下坠,一直往下坠……眼睛一直盯着那个点头的蚕茧,它还在点头。

桑树下面是西陵湖。嫘还没有来得及害怕,就被湖水接着。一条红鱼飞跃起来想接着嫘,嫘却已经掉下去了。蹲在桑枝上的树蛙看嫘掉进水里,高兴得哇哇叫着,一个个跳下去,把那一湖清水,搅和得蛙鸣悠扬。

鸟虫都看见,嫘从湖里走上来,出水带着两腿泥,满身是湿的,脸上是干净的。她抹去脸上的水,拧去长发上的水,站在石头上洗去脚上的泥,再次爬上树,发现身上粘着几根丝,是从湖水中扯出来的。

《皇图要记》曰:"西陵氏始养蚕为丝。"《通鉴外纪》曰:"嫘祖,黄帝元妃。始教民养蚕。"人类养蚕抽丝的历史就这样开始了。

【蚕时间】

离西陵之墟老远老远的地方有个巫咸国。《山海经·海外西经》曰:"巫咸国在女丑北,右手操青蛇,左手操赤蛇。"《山海经·大荒西经》曰:"大荒之中……有灵山,巫咸、巫即、巫盼、巫彭、巫姑、巫真、巫礼、巫抵、巫谢、巫罗十巫,从此升降,百药爰在。"

嫘嫁给黄帝之后,来自巫咸国的著名神巫巫咸,右手操青蛇,左手操赤蛇,来到蚕屋。面对嫘养的那一屋子蚕,巫咸左看看,右看看,青蛇赤蛇跟着左看看,右看看。

嫘也有些奇怪地看着巫咸,他头顶上光光的,只有头顶周围有一圈头发。她奇怪的是巫师也秃顶。

巫咸看蚕,看了半天,沉默半天,说了一通莫名其妙的话——

"天地生万物,万物自带祖宗,自带光芒。暗黑亦有光芒。万物本自具足,自带全部,自带永恒,当然也自带时间。

"时间是不一样的。时间是不一样长的。

"人有人的时间,兽有兽的时间,草木有草木的时间,虫子有虫子的时间。

"人喜欢用人族时间去看其他物种,产生许多莫名其妙的感叹,让非人族笑话。比如,那个水虫蜉蝣,状似蚕蛾,朝生暮死,有人笑话它的生命露水般短暂;还有人嘲讽木槿花的朝开暮落。众生一听这话,就知道这是人族的狭隘与偏见。蜉蝣的时间、木槿花的时间,不是人族的时间。在蜉蝣跟木槿花那里,从朝生到暮死是个跟日头一样长的时间,是可以干出许多大事的时间,它不是人经历的时间。这些时间中,无有长度宽度高度,有弯曲有旮旯有进退,有人族看不见的秘密。

"每个物种都活在自己的时间里,够它自个儿用上一辈子。

"跟人族时间并行或交错的有许多时间,比如说,蜜蜂时间,水时间,阳光时间,雨点时间,树时间,石头时间,大山时间,声音时间……仓颉造字,每个字都有自己的时间,叫字时间。许多年之后,人族会意识到自己生命的短暂,意识到字时间的长久,说是要立言以不朽，就是说通过留下文字来延长自己。唉，为时已晚喽。

"朝生暮死虫的时间，跟人一样还以日头为参照，火虫子时间就没有日头这个参照物。火虫子连食物都跟人不一样，至于身体的组成部分跟人就更不同了。这样说人族不易理解。举个例子吧，石头作为一个生命，它吃的喝的跟人族不一样，说话的方式跟人族不一样，身体长得也跟人族不一样。就是说，因为时间关系，因为其他关系，生命跟生命之间有相同的地方，有不同的地方，还有的没有任何一处相同，完全不同。这是人族想象不到的。

"各种生命都是按照自性，以自己独特的模样，活在自己的时间里。对他者指手画脚，是无知和缺乏自知之明的冒犯。

"谷子有谷子的时间。高粱有高粱的时间。蚕有蚕的时间。嫘有嫘的时间。

"活在自己的时间里，活在自己的命运里。"

【青鸟】

素手青条上，采桑清水边。

老树老得像老祖宗一样。树虽很老，枝叶很新。嫘喜欢在林子里在草地上走动，赤着脚，地是软乎乎的。清风在林子里如水一样流动，草木的气息如湖水一样包围过来，香葛袭人。嫘喜欢林子里的寂静跟热闹，喜欢看树上的叶子跟枝子，看小草按自己的命运自生自灭，看松下的蘑菇单腿直立，她知道鲜艳好看的蘑菇是不能吃的。

各色的鸟儿站在树上叫，在草地里吃草籽草叶，吃没有及时躲避跟逃走的虫子。鸟儿跟虫子御风而行,风跟草木摇摆着自己。

嫘在林子里玩累了,随地躺下,枕着胳膊睡着了。众多树荫围拢过来给她遮阴,清风吹走蚊子,螳螂放哨,花朵朝着她一口一口吐着香气。

青鸟踮着脚走到嫘身边,看嫘睡觉的模样,看得喜欢,就在她身边坐下来,看着她起伏的身体出了一会儿神。青鸟顺手抽了一个草穗子,毛茸茸的,在嫘的脚心蹭,嫘翻了身,把脚缩回来,接着睡。青鸟用草穗子掏嫘的耳朵眼儿,嫘的手在耳朵边挥舞几下,终于痒醒了。

"姐姐是你呀。"嫘一翻身,坐起来,指着胸前玄珠说,"姐姐姐姐,这个还你。"

"这不是我的,是你的。"

"是你给俺的,娘让俺还你。"

"是上神让我给你的,将来让你给另一个人。"

"给谁?"

"这可不能说,到时候你就知道了。"

嫘给青鸟编了个花环,戴在青鸟头上。青鸟也学着嫘,挽个花环戴在嫘的头上。

众鸟在树上议论:"呀,那个是谁呀,就是跟嫘在一起的那个,刚才穿着羽衣是鸟,脱下羽衣是女子呀。""呀,你看嫘,无羽无毛,无甲无鳞,这就是人族的女人呀。""呀,你们听说过吗? 神女衣毛为飞鸟,脱毛为女人,跟嫘在一起的是神女吧?""管它呢,咱关心的是咱们的嫘呀。"

花儿说:"我看嫘咋都快成光肚儿了。"喜鹊说:"嫘身上有花朵呀。"梅花鹿转脸对站在背上的喜鹊说:"人与我们的最大区别就是,人能脱衣服,我们打小一穿上衣服就再也不能脱掉了。"老虎说:"老虎、大象、麻雀、狐狸都是穿上毛衣后就长在肉上了,再也脱不下来了,只有人跟神能够换洗衣服。"狐狸说:"当人多麻烦呀,一会儿穿衣,一会儿脱衣,还是我等这样省事,无穿无脱,无换无洗。"叨木官儿说:"你们忘了,你们的衣服人族会脱。"锦鸡说:"呀!这个大实话多么扫兴……"

嫘说:"姐姐你知道吗?人想跟鸟一样飞起来。"

青鸟说:"人鸟同体是人族的梦想。不过呀,人的心思太重,重了就飞不起来。"

长虫在草丛中想:我也能脱换衣服,我也能飞吗……

鸟儿看着青鸟议论说:"那个青鸟,穿衣为鸟,脱衣为人,难道说她来自人鸟同身的羽民国?""她的羽衣真漂亮呀,只有神仙才能有这么漂亮的羽衣。"

树身的暖香,野草的清香,林子里那种微微腐朽的味儿,也是一种香,交织成蝴蝶喜欢的香。一只蝴蝶喜欢地落在嫘的头发上。

蜜蜂跟青蛙在前面带路。嫘跟青鸟扯着手走,一会儿她在前,一会儿她在后。嘴里有些干了,就喝竹叶上的露水。她们在露珠中看自己眉弯新月,柳眼修长。

嫘采一朵花的时候,落在了后面。她惊奇地看到,青鸟一步一步走过的一个一个脚窝里,都开满了花朵。再看看自己身后,那些花朵原来就有,并不是因为自己走过才开放的。

青鸟没有回头,已知嫘的心思。她说:"嫘,你看,你每个脚印里都新开了花朵。"

嫘回首一看,自己的脚印中,一朵花一朵花一朵花正在开放。

一只蜜蜂太喜欢嫘了,毛茸茸的腿站在嫘的胳臂上,吮了嫘一把。嫘忍着痛,把蜜蜂的针刺拔出来,又掐来黄蒿叶子往皮肤上抹。

青鸟的手一挥,那只刚刚叮了嫘正飞向一朵花的蜜蜂,一头栽了下来。

嫘一看,蜜蜂死了。嫘有些恼了,说:"骄虫会不依你的,人家只有二十来天的命,你还把人家弄死了。"

青鸟见嫘生气了,想起那天嫘跟弟弟生气的样子,觉得人族的天真。天地不仁,以万物为刍狗。神从来不管人族的规矩,人族的道理不是神的道理,况且人族的道理大多不是什么好的道理。青鸟见嫘在用花草遮盖蜜蜂的身体,觉得嫘的行为跟小动物一样,还是蛮好玩的。

青鸟说:"我告诉你呀嫘,蜜蜂螫人之后就活不成了,不死也得死。"

"为啥?"

"不为啥,天定的,命定的,它自己定的。"

青鸟把那只没有生命的蜜蜂的翅膀摘下来,贴在嫘的眉毛上:"好看好看。"

嫘也学着青鸟把蜜蜂的翅膀贴在青鸟的眉毛上,果然好看:"好看好看。"

一群蚂蚁拖着一只蝴蝶经过。青鸟说:"你看,万物都有自己的命。"她捡起蝴蝶,把蝴蝶的翅膀贴在嫘的眉毛上,她喜悦地说:"好看,更好看。"

嫘把蝴蝶的另一只翅膀贴在青鸟的眉毛上:"呀,真的呀,姐姐更好看。"

一只臭姑姑飞上枝头,头顶上漂亮的羽毛跟扇子一样。

青鸟指给嫘看:"这是西王母喜欢的戴胜,戴胜喜欢站在西王母的发髻上,有时站在她的手杖上。"

嫘说:"臭姑姑你好。"

青鸟说:"对呀,西王母老叫它臭姑姑,你怎么知道的?"

嫘说:"西陵人都叫它臭姑姑,还说它用鸟屎垒窝,臭得很。"

青鸟说:"它才不臭呢,臭姑姑是西王母对它的爱称。"

"哞哞——"一头四只角的白牛在远处叫着。

嫘一看,脱口叫道:"獓狠。"

獓狠是个吃人的动物。《山海经·西次三经》曰:"三危之山,三青鸟居之。……有兽焉,其状如牛,白身四角,其豪如披蓑,其名曰獓狠,是食人。"

青鸟看一眼獓狠,笑笑说:"我有事,得赶紧回去。"

青鸟两只胳膊跟鸟一样展开,她踮着脚,一蹦一跳,一飘一飘的样子,闪身来到大树后面,披上羽衣,展开双臂,化作一只赤首黑目之鸟,向空中飞去。

众鸟众树说:"原来青鸟是飞仙呀。"

【王母娘娘的侍女】

嫘养蚕抽丝,惊动了部落里的所有人。

部落里到处都在传说,说嫘是王母娘娘下凡的侍女——

那个嫘呀,灵物化身,她原先是王母娘娘的侍女,不小心犯了天规,下凡人间,投胎到了咱西陵之墟。

她犯了啥天规?你们不知道吧?一天,她到王母娘娘的花园里赏花,看到一株五色香草,上边的一群果实给她招手。她走近一看,一个好看好闻的果实笑吟吟地对她说:我想让你吃我呀。她忍不住,随手摘了几个果实吃了。她吃下仙果,就觉得肚子里不舒服,想痛快地吐出来。一吐,吐出来的是丝,洁白的丝。她太喜欢自己吐丝的样子了,觉得这是一件好玩的事情。这时候,几只彩蛾绕着她飞。她问:你们也想吃仙果吗?彩蛾子快乐地点头。她说:我本来不该吃仙果的,已经犯错,不能再让你们犯错了。彩蛾子看见地上还有仙果的籽儿,是嫘刚才吃仙果遗落的,就飞过去把籽儿吃了,刚把籽儿吃进去,就变成了一个个白色的虫子。那可爱的虫子窃窃私语般吐起丝来,一会儿,树枝上就缠满了白色的丝线。这情景被另一个侍女看见了,告诉了王母娘娘。王母娘娘说:你跟蚕有缘,你到人间教人族养蚕去吧。那几条白色的虫子也就是蚕,跟着嫘来到了人间。

这样的传说,嫘已听得没有喜悦,也没有反感了。

"嫘,你在天上会吐蚕丝,到地上咋不吐丝啦?"

嫘听到姐妹这样一问,她心里一动。

等没有人看见的时候,嫘悄悄地将一片桑叶放到嘴里。

嫘吃桑叶子了。树上的鸟看见了,其他树木也看见了,悄悄地交换着惊异的眼神。

嫘咀嚼着涩苦的桑叶,一片一片地吃,一片一片地吃,她吃下去好多桑叶。她肚子里有些不舒服,她不管,只要能吐出丝来就中。嫘在树林里,在家里,在晚上,焦急地等待着自己吐出丝来。可是,除了吐出一口又一口酸水外,一根白丝也没有吐出来。

嫘终于明白,自己不是王母娘娘的侍女,不是天上的仙女,自己也不是蚕,没有蚕的样子,也没有蚕的肚子,桑叶在自己的肚子里变不成丝,自己的嘴里也吐不出蚕丝。嫘对自己有些失望。

她对着西陵湖水中的嫘说:"嫘就是嫘呀。"

【蜘蛛】

蜘蛛向空中抛出一根长长的蛛丝,让风牵着蛛丝的另一头,去寻找落点。然后,它踩着那根刚刚架起来的蛛丝行走。走到蛛丝两点之间最中间的位置,它再向空中抛出一根长长的蛛丝,让风牵着蛛丝的手,去寻找另一棵树或者别的什么物体。两根蛛丝构成的十字架构就是蜘蛛网的中心点。从这里出发,蜘蛛一圈一圈地织网,很快,一个漂亮的蜘蛛网就织成了。

一只蚊子飞过来,身子有些笨,那是昨晚喝了过多的血,心情很好,它边唱着童年的歌谣边飞向蜘蛛网。周围的树,树上的蝉,蝉身边的花朵,花朵上的蜜蜂,与蜜蜂同行的另一只蜜蜂,都屏着呼吸,看蚊子上网。一只蝴蝶飞来了,她唱道:"月季开花朵朵红,蝴蝶捎信给蜜蜂。蜘蛛结网拦了路,蝴蝶前来接蜜蜂。"它不知道前面有蜘蛛新结的网。正在跳舞的树———一身刺的茱萸、一头刺的皂角、挺拔的白杨、长发披肩的柳,还有笑嘻嘻的玫瑰,都屏着气息。桐花大叫起来:"小心小心!"蝴蝶听到了,轻盈地转身,又回头做个鬼脸,向月季花丛飞去。

蜘蛛吐丝,织成迷宫样的网,为自己网罗吃物。

嫘去找蜘蛛,请教吐丝的秘诀。她看见蛛网上蚊虫的身体,看不见蜘蛛的影子。她在寻找蜘蛛的时候,感到好像有蛛丝粘在脸上,一摸,脸上并没有蛛丝。

蜘蛛性格孤僻，热衷于跟蚊蝇蝴蝶的游戏，一见人就躲到旮旯里，一副不合作的样子。它远远地看见嫘走来，早早地躲了起来。

蜘蛛抛出的游丝抓住了树枝，它不牵嫘的手。

嫘摸摸蜘蛛网，那上面的蛛丝，有些黏黏的不舒服的感觉，跟蚕丝的柔软温和完全不一样。蜘蛛八条腿朝向八个方位也叫人有些迷茫。

嫘没有弄懂蜘蛛的天启，只好回到蚕宝宝那里。

嫘一走，蜘蛛就笑了。

蜘蛛朝着嫘的背影说："嫘呀，不是我不合作，是天帝没有让我跟你合作。天帝造蜘蛛的时候说了，蜘蛛是凭空结网的，蚕是吐丝作茧的，蚕丝有蚕丝的用处，蛛网有蛛网的用处……我不能说了，蛛网的用处，该人族知道的时候人族就会知道。我不能说了，再说就说多了，我已说得有些多了，不能说了，真的不能说了。"

【茧·词语】

《说文解字》曰："茧，蚕衣也。"段注："衣者，依也。蚕所依曰蚕衣。"

嫘发现蚕，发现蚕作茧，头一个抽茧出丝。此后，以"茧"为词根的词语迅速在中土出现、流行：

八茧蚕、王茧、开茧机、心茧、玉茧、手足重茧、白茧壳、同功茧、老茧、老蚕作茧、百舍重茧、足茧手胝、茧子、金茧、春茧、作茧、起茧、茧衣、丝茧、抽茧、生茧、冰茧、茧纸、茧茧、茧馆、蚕茧、结茧、鱼茧、雪茧、卧茧、茧税、茧蚕、壁茧、棘茧、茧观、茧盎、茧栗、曾茧、茧绸、茧瓮、脚茧、擘茧、绵茧、鲜茧、奠茧、累茧、骍茧、曳茧、茧卜、粉茧、蚕茧纸、独头茧、蚕作茧、探官茧、角茧栗、㸸角茧、重茧、探春茧、独茧丝、同宫茧、曳寒茧、独茧缕、黄茧糖、抽丝剥茧、茧丝牛毛、作茧自缚、作茧自缠、作缚自茧、胝肩茧足、趼手茧足、破茧而出、破茧成蝶、化茧成蝶、破茧重生、剥丝抽茧、抽茧出丝、破茧化蝶、郎头絮茧……

寅篇　虹霓

《说文解字》："寅，髕也。正月，阳气动，去黄泉，欲上出，阴尚彊，象宀不达，髕寅于下也。凡寅之属皆从寅。"

寅，本义是从函中请出箭矢，引申指恭敬，又引申为对同官的敬称。

寅，十二地支的第三位。

【虹霓】

树认识嫘，树上的鸟、水中的鱼和草叶间的虫子，也都认识嫘。

嫘一出门，蝴蝶蜻蜓笑吟吟地带路，蜜蜂摇动花香，喜鹊麻雀高高低低地伴飞，青蛙用小鼓演奏，斑鸠和杜鹃远远近近地吟唱。燕子猛地飞过来，似乎要撞到嫘身上，翅膀一斜就飞到了空中。叨木官儿把桑葚摇落在草地上，嫘捡吃几粒。猴子摘下一个桃子，抛给了嫘。

今年的头一朵荷花开放了。每一张荷叶的

中心,都卧着一滴大而圆的露珠。一阵细风吹过,露珠在荷叶上滚来滚去,在荷叶子上没有留下一丁点儿的水痕,也不会滚落下去。一个花骨朵一眼看上了附近的另一个花骨朵,它在水中的倒影去牵人家的手,被一群游鱼搅乱了。一只豆娘立在荷叶尖尖角上,另一只也跟过来……

　　湖水中的芰荷幻影,让嫘看得出神,直到大滴大滴的雨落下来,把眼前的天空分成了一行行。她连忙折一张荷叶扣在头上,又折一柄荷叶举过头顶遮雨,一脚踩着雷声,与雨脚抢路,一脚踩着雨的脚,踏起水花。荷叶顶着雨,顶着一片饱满密集的点点声响。嫘躲到了大槐树下面。她抹去脸上头上的雨水,用灯芯草扎住长发,看见麻雀、蝴蝶、蜜蜂、蜻蜓等都在树下避雨。暴雨来得急,住在她家的燕子也没来得及回家,站在梧桐树上看着她笑。

　　"噫,你们几个,光知道自己避雨,咋不叫俺一声?"

　　远远近近的松针都是明亮的。

　　鸟虫们听了嫘的话,一起议论着:"就是呀,咋光知道自己避雨,咋不叫姐姐呢?"有的说:"只顾看你的眉毛呢。"有的说:"湿了荷叶雨便休,不用提醒的。"说话的是燕子、蝴蝶、蜻蜓。

　　"也不怪你们,雨下得太快了,俺也没来得及叫豆娘。"

　　"豆娘就在你手上的荷叶下呢。"

　　果然,柔柔的豆娘贴在荷叶下。

　　豆娘说:"为感谢姐姐,我头一个告诉姐姐,记住呀,我是头一个呀——你眼睛跟我来!"豆娘的翅膀牵着嫘的目光,飞到嫘脚下的花朵上。

　　嫘往脚下一看,豆娘落在一朵白花的花瓣上,花瓣上躺着一滴水。眼神刚落到花朵的水滴上,水滴的颜色变了,白花的颜色也变了,豆娘的颜色也变了,自己的腿跟脚的颜色也变了,变得五颜六色,地上的草也是五颜六色。嫘好奇地蹲下来,发现自己的身体也变成了彩色的。

嫘有些迷惑。迷惑时,高兴时,被大人嚷时,她总爱伸一下舌头。她伸一下舌头。一抬头,看见一条弯曲的大虫子——五色彩虹就在这一瞬间,从脚下生出,从自己的身体生出,一跃而上,一飞上天,飞到青天白云之间,将半个天空揽在怀里,弯弯地,一头扎进北边的林子里。

"虹! 虹!"嫘大声说。她的双手捧起虹,手的颜色立即变了。

蝴蝶、蜻蜓、蜜蜂、豆娘都飞到彩虹中,高兴得手舞足蹈。松树,远处的一群老虎,老虎背上的几只鸟,还有一群鹿,都仰头看天上的彩虹。

狐狸提醒说:"蝃蝀在东,莫之敢指。① 不要用手指指,因为指头并不干净。"

大象高举鼻子说:"传说虹能入溪涧饮水,我在水边遇见过它,它今儿怎么跑到草地上了? 它要吃仙草吗?"

嫘的脑子里空空的,她没有听到这些动物邻居在说啥。众生为虹高兴或者因虹害怕,她都没有注意。她站在虹的这一头,看虹在天空中悬起的空幻之拱门。她在想,虹的那一头是啥呢?

她悄悄从身边抓一把虹,紧紧地抓在手心中。

忽然,她的脑子里啥都没有了,空得啥都没有了。不知谁指挥着她的双脚,朝着虹的那一头跑去。是的,她只能跟着自己的脚

---

① 《诗经》:"蝃蝀在东,莫之敢指。"意思是说,东面的彩虹,谁也不敢指着它。在先民那里,彩虹是令人敬畏的神物。

跑,感觉自己几乎追不上自己的脚,她甚至担心自己被双脚甩掉了,担心自己跟不上了。

嫘的眼睛一直盯着虹,生怕它忽然消失了。

嫘说:"虹,你一定等着我,一定等着我,让我看看你的那一头是啥样子。"

嫘不知道是自己的脑子还是心里在这样想。想是想的事。跑是脚跟腿的事。脚跟腿在下面跑,嫘跟着脚跑。

嫘的手心里紧紧地攥着一把虹,飞跑着。

一只白鹭,抖落身上的落花和水珠看着嫘。一群喜鹊喳喳叫着前前后后追逐着嫘。一群蘑菇,一条腿站在那里,踮起脚看着嫘。一只豹跟嫘比着速度。几只小鹿四蹄生风,学习嫘奔跑时的好看姿态。

嫘一定有急事。草木闪身给嫘让路,蒺藜变软,藤条缩短。草木的影子在一旁牵着她推着她,一起奔跑。水中的鱼飞起来,荷花也飞起来。

虹越来越近了。

兔子以为豹子在追赶嫘,伸出后腿,把奔跑的豹子绊了一个趔趄。

虹的另一头就在前面,就在前面那棵大树的后头。

嫘的脚步慢下来,平静下自己的心跳,轻手轻脚地向那棵大树走去。

虹的一头,果然就在大树的后头。

虹落地的地方,坐着一个人,蛇身人面。

嫘的心里咯噔一声。

嫘看见他,并不害怕,唯有好奇。她走过去,问:"哎,你是从彩虹上走下来的?"

那个人抬起头,看着西边的日头说:"我从轩辕之丘来。"

嫘看他的脸,见他的脑门高高隆起,心里喜欢着这样的额头,问:"你是彩虹人吗?"

"我是轩辕。"他站起来,看着日头说。

嫘看,他的个子真高呀,高她一头。嫘说:"轩辕之丘我听说过,你是做车的轩辕? 可是,你不是彩虹人,你怎么坐在彩虹里头?"

"我坐在彩虹里头?"轩辕低下头看见自己果然在彩虹里,"呀,我看你五色面孔,五色身子,自带光环,你也站在彩虹里呀。"

嫘低头看自己,自己脚下也生起一弯彩虹,与轩辕身上的那个彩虹并列。

天上的彩虹,有时是一道,有时是并列两道。《毛诗正义》引《郭氏音义》云:"虹双出,色鲜盛者为雄,雄曰虹;暗者为雌,雌曰蜺。"虹蜺之见,古人认为是"阴阳交"。

"噫,咱俩都在彩虹里。"

嫘看,这个英武的男子脸上竟然露出孩子般的神情,孩子般的笑容呈现在一个坚毅的脸上,多么可爱。

嫘说:"哈,你坐在彩虹中,被彩虹染成这个样子了,怪好看的,我还以为我遇见了天人。"

轩辕的眼睛从嫘的脸上移开,纵目彩虹。他说:"我都没有注意啥时候出了彩虹。"

嫘看,他的目光深邃有神,比西陵湖深,比玄珠还亮,这样的眼睛会把人吸进去。嫘感到他看她的时候,自己的脸都被他照亮了。

轩辕说:"老人们说,每道虹都有两个脑袋。"①轩辕闻到一种婴儿的气息混合着草木的气息,这种令他喜欢的气息来自面前这个闺女。

"俺知道虹有两个脑袋,俺就是从虹的那头追过来,手里还抓一把那头的虹呢,你看。"嫘松开手,一把彩虹从她手心飘出,融入虹中。

"你从虹的那边过来?"

"可不是吗,过来遇见了你。"

"真巧哇,遇见了虹,遇见了你。你叫啥名字?"

嫘看着日头说:"我是嫘。"

一声雷声响起。

"我知道了,你就是传说中那个吃桑叶吐蚕丝的女子吧?"

"快看快看,虹要走了⋯⋯"

目送彩虹淡去。轩辕说:"你看我猜的对不对,你出生时,天空的雷炸响了,你生下来。"

"你怎么知道?"

"我想着嫘出生时,天上打雷了。"

"娘告诉我,生我时,天上打雷,大人的脸都变了颜色。"

"你就是那个养蚕抽丝的嫘,西陵之嫘,一定是你了。"

嫘扑闪着眼睛,看着眼前这个传说中的轩辕,忘记了回答,其实也不用回答。她幸福地伸了一下舌头,心想:轩辕也知道我呀。

---

① 《山海经·海外东经》:"虹虹⋯⋯各有两首。"

【鸠食桑葚】

嫘把咚咚走路的黄帝(轩辕)领到桑树林中吃桑葚。天刚下过雨,桑叶和桑树被雨水洗得干干净净,桑葚粒粒饱满,跟乳头一样。

紫桑葚把黄帝的手跟嘴都染成紫色的,黄帝看着自己的手尴尬地笑着,这不符合他家的规矩。

嫘嘻嘻笑着,她的手跟嘴也是紫色的。她嘻嘻笑着,自己也不知笑个啥。

一只斑鸠在另一棵树上吃着桑葚。

嫘领着咚咚走路的黄帝来到长着白桑葚的树枝下,给黄帝摘白桑葚吃。吃了白桑葚,黄帝手上嘴上的紫痕迹都消失了。黄帝说:"还有这么奇妙的事情,难道有一种东西能遮蔽另一种东西,让它了无痕迹?"

嫘的眼睛一直亮亮地围绕着轩辕。她平时吃紫桑葚白桑葚,从来没有像轩辕这么想过。她觉得眼前这个人的想法有趣而奇怪。

一阵婉转的树叶唱歌的声音从林子深处传来,这肯定是桑伯吹的,却看不见他的身影。

"嫘,我要看看你养的蚕。"

嫘把咚咚走路的轩辕领到桑林中的一间屋子里。满屋子正吃桑叶的蚕宝宝,见嫘跟轩辕过来,纷纷抬头观看。

"呀,蚕头个个跟马头一样。"

"马？马那么厉害，蚕宝宝可柔顺了。"

"我养了一匹马。"

"俺养了一群蚕。"

跟轩辕在一起，嫘笑得开心。嫘一笑，轩辕看见，嫘的下睫毛下好像卧个蚕宝宝。

【吃你】

那个咚咚走路的人牵着嫘的手走进密林。两只喜鹊飞入林子，两只杜鹃飞进林子。风走进林子中，一棵树一棵树地摇。大象还有老鹰赶紧把住路口，不再让那些多嘴的鸟虫跟着进来。

那个人和嫘在一片草地坐下来，傻傻地说话。他俩的齿间、鼻前、耳旁、身边，都是花朵的气味、草木的气息。

他俩坐着说了会儿话，躺下来接着说话。

忽然，那个人望着嫘说："中不中？"

嫘听不懂，就问："啥中不中？"嫘看他的眼睛，看了一会儿，好像明白了，说："不中。"

那个人说："中。"

嫘说："不中。"

那个人说："中。"

嫘把眼睛看向身边的蝴蝶。千百只蝴蝶跟蚕蛾子飞过来，飞成翅膀的帷幕。周围的草木摇落露水……

嫘从花花草草中跳起来，躲在一棵树的背后。她哭起来，哭得伤心，哭着哭着又笑起来。地上散落着花瓣，散落着她的哭声跟笑声。

嫘把乱发理顺,说:"你把俺吓死了,以为你要把俺吃掉呢,跟老虎吃小羊一样,跟大鱼吃小鱼一样。俺害怕极了,不是怕被你吃掉,喜欢被你吃,吃掉才好呢,可俺怎么那么害怕呢?俺也要吃你,俺要吃你。"

杜鹃在树上听见了,说:"我要吃你。"

喜鹊在草地上听见了,说:"我要吃你。"

嫘将脖子上的玄珠取下来,对轩辕说:"有天大雪下得圆鼓轮墩,这是有位姐姐给我的,姐姐说让我送给我喜欢的人。我送给你。你得记住我。"说着把玄珠送给了轩辕。

轩辕跪下来,双手接了玄珠,戴在自己脖子上。

桑叶的唱歌声传来。桑伯说:"天地看见,天地作证。"

轩辕抱着嫘,像抱起了天地之间的全部喜悦跟他一辈子的全部担当。

"你家远吗?"

"远,你看,在那只鹰的翅膀下。"

"鹰在飞哩。"

"鹰停下来就是俺家。俺家在大河边。"

"大河比西陵河大吗?俺跟着西陵河走,走到天黑了,走到它发汉了,也没有走到头。"

"比西陵河大,比许多西陵河加起来都长。"

"比一只蚕吐的丝长吗?"

"比一只蚕吐的丝长。"

"有天梯长吗?"

"我不知道天梯有多长,不过再长的路我也要把你领回家。"

第二天,林子里的众鸟七嘴八舌议论起来——

"嫘躺在草地上,没有看天,眼睛闭着呢。"

"嫘光着身子,没有睡着,嘴里喃喃着呢。"

"嫘的脸发烧了,没有生病,脸上发光呢。"

"嫘用一束花打人,没有生气,她打的那个人,一直在吃她。"

"他俩身上都长着奇花异草,咋回事呢。"

【抢亲】

天地生男女,男女需婚配。

传说牛黎墟有个闺女到了要嫁人的年纪,父母要指婚,有人想抢婚,这闺女说,我要天婚。家里人谁也不知道啥是天婚。闺女说,我知道,牛知道。她一大早起来,一屁股坐在牛背上,任牛漫游。阳光明亮地照着牛背上的闺女,给牛指引着道路,牛走到一户人家停住了,这闺女就嫁给这家的男子。

嫘时代,抢亲习俗还流行着。看上人家的小伙或姑娘了,趁人家不备,把他(她)抢过来,就成了自己家的人。西陵是这样,轩辕部落还有周围的部落大多也是这样。

轩辕对嫘说:"你一个人在林子里,不怕别人把你抢走?"

"俺这么丑,谁来抢俺呀。"

一阵嘘声传来,来自林中的动物。轩辕看去,它们中间有老虎、豹子、狼、大象、梅花鹿、狐狸等。它们七嘴八舌地说:"不是吾等在天天守着,她不知被抢走多少回了。"

有个声音说:"嫘已被抢过八回啦。"

一回,那个人喜欢她的腰肢,要抢她回家做媳妇,刚伸出手要搂她的细腰,被她一耳光打跑了。

一回,一个人到处收集她的脚印,夏天秋天踩着蒺藜收藏她的脚印,直到冬天,在雪地上沿着她的脚印,跟踪到她家,嫘她娘喊来几条狗把那个人撵走了。

一回,她把自己的手递送到一个人的手中,鸟大声说不行,树在周围摇头,玫瑰刺痛了她的手,她才收回了自己的手。

一回,一个梦想家说他曾经射落九个日头,答应带她去追天上剩下的那个日头,看看日头的家乡扶桑树,看看日头如何在扶桑树上睡觉,被村里的老巫识破。

一回,一个喜欢她那大长腿的长颈鹿,变幻成人,悄悄跟踪她七天七夜,趁月在中天,趁她在西陵湖洗澡时,要把她偷回丛林山寨做娘子,被老虎制止了。

一回,人家把她抢走,快抢到家了,喜鹊气喘吁吁地告诉豹子,豹子以飞快的速度追上去,把抢亲的人吓跑,把她救回来了。

一回,一群外来的汉子打赌,谁先追上嫘谁就娶嫘,她吓得跟着一群猴子逃跑,荡着一根又一根藤条逃回了家,那群追她的人在老林里迷路没有走出来。

一回,一个偷花贼跟她插花为誓,花被一只羊跑过来吃掉了,发出的誓言被风吃掉了……

"哎呀!真的没有人抢俺,太丢人了。"嫘咯咯地笑着,"太丢脸了,不许问了,不许说了。"

"你们为啥不让别人把她抢走呢?"

"按天帝的嘱咐,把她留给第九个抢她的人。"桑伯说话了。

"第九个是谁?"

"天帝知道,神知道,吾不知道。"

"我知道是谁。"轩辕对嫘说:"你等着。"又对着林子跟桑伯大声说:"你们等着。"

轩辕看见,嫘脸蛋上的红云,仙境般美妙。

"我们想看看,眼下就有人把嫘抢走,为啥要等着?"

轩辕咚咚地走了个来回,大声说:"得等。"

一阵树叶的大合唱高高低低地响起来,中间夹着几声鸟叫。

嫘还不知道,不久以后她跟轩辕黄帝的结合,开启了人族婚礼仪式。从轩辕跟嫘结合开始,"婚"中有"礼"讲"礼"了。

【中不中】

西陵人认为自己在天中、地中,在天地之中。

轩辕人认为自己在天中、地中,在天地之中。

中,由天所降,进入人族,进入大地,进入中土,进入肉身,进入人性,进入语言。正如《尚书·汤诰》所言:"惟皇上帝,降衷于下民,若有恒性。"这里的"衷",蔡沈《书集传》解释说:"衷,中。"

西陵人、轩辕人问话时,都喜欢问:"中不中?"

中不中? 这是最初的问题,是最古老的问话。这是人族判断的开始。

西陵人、轩辕人回话时,都喜欢答"中""不中"。

中不中? 这个问话中包含着宽厚仁心,连答案都给你预设好了:中,不中。你选一个回答就中了,不会被问得张口结舌,不会因为回答不上来而面红耳赤,也用不着绕着圈子说话,直接回答就中了。如果处于中的两边,就需要折中一些,往中上靠,中了,啥都好办了。

轩辕娶嫘前,嫘一再追问——

"你得娶俺,中不中?"

"你得先让俺爹俺娘答应你娶俺,中不中?"

"你得让西陵之墟、轩辕部落的人都知道你来娶俺,中不中?"

"你得对俺好,中不中?"

"你得让着俺,中不中?"

"你得让俺继续吃素,中不中?"

"你得使劲地喜欢俺,中不中? ……你得感谢青鸟……你得珍惜玄珠……你得一辈子平安……你得让俺带去一群桑树,你得让俺带着猫咪……你得让俺养蚕,还得养一堆孩子……你得有所畏惧……你得让俺拴着你的心……你得带着俺,不管你走到哪儿……你得好好的……中不中?"

嫘问了一连串"中不中",每个问话都是想要轩辕回答一个字:"中"。

四周隐身的众神,都听到了嫘在问:"中不中?"

四周隐身的众神,都听到了轩辕的应答:"中。"声音跟咚咚地走路一样有力。

桑伯在林子的深处吹着树叶。

画眉说:"桑伯,你吹个我的叫声中不中?"

桑伯说:"中。"

【看蚂蚁上树】

桑伯认识许多蚂蚁,许多蚂蚁也认识桑伯。

蚂蚁上树是个很好看的事情,闲人知道,桑伯知道。

树上是个高于地面之上、高于人之上的世界,高于屋子、西陵河、西陵湖、小路、刨食的鸡……离阳光也近。树间是个不同于人间的世界,树枝的邻居是树枝,还有爬上树枝的青藤,还有飞鸟跟跰堆在树枝上的鸟。说话跟不说话的鸟。树枝之间还有那么多阳光那么多风,阳光中风中还有那么多长翅膀的虫子跟飞舞的叶子。蚂蚁上树,不知是不是因为树高于人间。媒喜欢上树,最多的时候一天爬十几次树,就是喜欢在高处的样子、树间的样子,树叶上的纹路也能让媒喜欢地看上半天。

桑伯说:"白天是日头晒白的,夜黑不是日头晒黑的;蚂蚁不是日头晒黑的,蚂蚁上树不是树教的。"

西陵、轩辕等部落流行一句老话:闲得看蚂蚁上树。蚂蚁能在树身的四周爬行,还能倒过来从上往下走,人不行,大多数鸟也不行,除了叨木官儿。叨木官儿站在树干上,横着走,往上走,头朝下走,都行走自如,人不行。从前,许多上天梯的人在半空中掉了下来,蚂蚁从来不会从树上掉下来。

桑伯说:"从前能听见蚂蚁说话的声音,蚂蚁说明天要下雨了,那就赶紧找地方躲雨,眼下太吵了,吵得听不见蚂蚁说话,只能看看蚂蚁上树。"

蚂蚁在树皮之间的沟壑里穿行,不烦不躁,也不觉得累。

桑伯对嫘说:"黑瘦黑瘦,上树出溜,杀了没血,吃着没肉。猜猜是啥?"

"恁眼睛看着蚂蚁上树,恁说的是蚂蚁吧?"嫘说罢,打了个喷嚏。

"打个喷嚏,有人想你。"桑伯说,"嫘,有人想你哩。"

"谁想俺呀,桑伯。"

"那个轩辕呀。"

嫘说:"他才不想俺哩。"嫘看着桑树上的蚂蚁。

桑葚的甜味引来了蚂蚁。蚂蚁的脸,都是喜气洋洋的。

桑伯看蚂蚁上树,一看就是半天。有人问他:蚂蚁上树有啥好看的?他说:我看见一只长尾巴鸟落在我头顶的一个树枝上,这只鸟站一会儿飞走了;过一会儿,又一只长尾巴鸟落在我头顶的一个树枝上,这鸟站一会儿也飞走了;过一会儿,又一只长尾巴鸟落在我头顶的那个树枝上。知道吗?那么多树枝,它们三只鸟偏偏落到同一个树枝上……人们听不明白桑伯要说啥,摇着头走远了。桑伯只顾说自己的,他说:呵呵,树枝再多,长尾巴鸟只能抓住一枝,也只有一枝适合长尾巴鸟抓……

一群蚂蚁正在地上爬行,那只领头的蚂蚁突然把身子竖起来,带领众蚂蚁爬上了树。桑伯看那几百只蚂蚁组成的队伍,密密麻麻浩浩荡荡,前面那个带队的,长个大头,饱经风霜的样子,后面跟着年老的跟弱小的,那些年轻力壮的蚂蚁,有的嘴里衔着细物,有的高举着鸡毛,有几只合力抬着一个甲虫的肉体,还有几只蚂蚁前后跑动往来,一队蚂蚁就这样带着它们的家当,匆匆地向树上行进……桑伯看了一会儿这群上树的蚂蚁。不过,他很快就把这件事情忘记了。

过了一段时间,桑伯又看到一群上树的蚂蚁,在忙碌地搬运东西,他看了一会儿,就把这件事情忘记了。

过了一段时间,桑伯又看到一群蚂蚁,在忙着搬运东西上树。桑伯觉得这里面有名堂,想了想,想起上一次看见蚂蚁搬家不久,下了一场雨,还有先前那次见到蚂蚁搬家后,也下了一场雨。蚂蚁搬家,把土地上的家搬到树洞里,这好像跟下雨有联系。

不久,又一次遇到蚂蚁搬家,把地上的家搬到树半腰的树洞里。第二天,下了雨。原来,蚂蚁家族的搬家,既是躲雨,也是在传递消息:蚂蚁搬家要下雨啦。

【嫘想】

一天你没有来。一天你没有来。一天你没有来。一天你没有来。一天你没有来。一天你没有来。

一天俺等你来。一天俺等你来。一天俺等你来。一天俺等你来。一天俺等你来。一天俺等你来。

一天俺到林子里等你。一天俺把你说的话一句一句温习了一遍又一遍。一天俺心里惴惴不安。一天俺以为你把俺忘了。一天俺生气地骂你。一天下起了雨。一天俺把松树摇落成烟雾。一天俺坐在你坐的石头上把石头暖热。一天晚上俺梦见了你。一天喜鹊叫了一天你也没来,原来人家喜鹊是说自家的喜事。一天俺到彩虹里找你。一天半晴半雨半恨半嗔。一天看见蝴蝶蜜蜂的脸神采飞扬而俺脸上没有精神。一天俺对娘对弟不说一句话。一天俺念叨着让青鸟帮忙,青鸟不来。一天俺以为俺把玄珠给错人了。

一天俺担心你生病了。一天俺梦见你咚咚的脚步声传来,梦却醒了。

一天俺待在桑林里不出来。桑林外传来一个声音:"斑鸠啊,不要贪吃桑葚! 姑娘呀,不要沉溺于那个男子。"这是桑伯的声音。①

一天月亮胖了。一天月亮瘦了。一天俺忘记了你的模样。一天地上长出蒺藜。一天俺把自己的指头弄流血了也不管它,让它流它的,流着流着它就不流了。一天猫咪蹲在那里看俺一天。一天芝麻开花开到了第五层。一天桂花香了。一天高粱红了脸。一天菊花谢了。一天一地的谷子长出一嘟噜一嘟噜的。一天梁上的燕子飞走了。一天青葫芦变黄了。一天又一天梦不到你了。一天到了晚上俺也不让自己睡觉。一天俺使劲吃饭故意撑住自己。一天俺看着一堆灰出神。一天俺的心都灰了。一天俺想顺着勺子星的微光去找你。② 一天麦苗长高了。一天满地的花黄了。一天俺连脸都没有洗。一天直到打雷俺才想起桑蚕。

一天俺想起来好多天没有打喷嚏了,肯定是你好多天没有想俺。一天愁又长了一拃。一天后悔认识了你。一天又不后悔了……

奶奶说:"这闺女乱了神,噫嘻,又好了。"

娘说:"哪好了? 刚好了,又丢了魂。"

---

① 这个声音一直在桑林里流传,一代又一代人唱着,多年后被孔子收集在《诗经》中。《诗经》之《国风·卫风·氓》是这样唱的:"桑之未落,其叶沃若。于嗟鸠兮,无食桑葚! 于嗟女兮,无与士耽! 士之耽兮,犹可说也。女之耽兮,不可说也。"

② 北斗七星,构成一把勺子的模样。中土民间把北斗星叫"勺子星"。

【长虫】

嫘爬上桑树的时候,碰见一条一丈多长的花长虫。

嫘看着长虫的眼睛。长虫看嫘一眼,举着脑袋攀爬到另一个树枝,长虫的花尾巴也消失在茂密的桑叶中。

嫘这才大声喊:"桑伯,怕!怕!"

"啥?"

"蛇!"

"啥?"

嫘大声说:"啥?蛇!长虫!"

桑伯被嫘的话逗得哈哈大笑起来。由问话的"啥",转到同音的"蛇",再由"蛇",转到蛇的土名"长虫",嫘的这几个弯,转得好玩。桑伯这样子的笑,缠绕在他身上的那两条蛇都很少见到,俩蛇想了一会儿嫘的话,终于明白了,举着脑袋看着树上的嫘,也哈哈地笑起来。

"吓死俺了,桑伯还笑。"

在西陵部落,蛇、啥同音,长虫是蛇的另一个名字。

蛇,三角形的头,连着一个柔软而细长的身子,游走纠缠于草木之间,常常出人意料地把上半身高高地举起来,吐出一个长长的芯子,让人族害怕。

《说文解字》曰:"上古草居患它,故相问无它乎。"徐灏解释说:"它、蛇,古今字。"远古先民生活在草野之中,老被蛇咬,忧虑蛇虺,所以一见面总是互相询问:没有遇见蛇虺吧?这个古老的问候语流传下来,演变为:没啥(蛇)吧? 继续简化,剩下一个音、一个字:啥。这是蛇给予人族心理创伤后,在人族的语言体系上留下的痕迹。

嫘的弟弟,啥都好奇,老爱不停地跟着嫘问:"啥? 啥?"

嫘烦了,不耐烦地回答:"啥? 蛇! 长虫!"

【火笑】

晚上做饭的时候,灶中的旧竹竿一连串地炸响。竹爆声中,突然"扑哧"一声,爆出一个长长的火苗。娘说:火笑得这么厉害,明天家里是不是要来客人?

灶火把嫘的脸庞烤得热热的,映得红红的。

一穗谷子,打一屋子——灯亮了。灯芯草结出长长的灯花。嫘正看得出神,灯花爆裂出火星子。

娘说:"嫘,咱家明天有喜事。"

西陵有个说法,火一笑,灯花爆出火星子,都是喜兆。

"娘,这灯芯草真是好东西,河边湖边长得到处都是,能点灯,能编草鞋,能编席子,能拧成绳……那天弟弟流口水,灯芯草煮水一喝,就不流口水了。"嫘知道娘说的喜事跟自己有关,跟那个轩辕有关,故意说些别的。

星光有喜气,众鸟叫声有喜气,草木也散发着喜气。

日头出来了,竹影里的阳光都透着缕缕喜气。

娘满心欢喜地忙碌着迎接客人的午饭。嫘把欢喜藏在心中,却不自觉地洋溢在脸上。娘看见了,怕女儿难为情,也不说破。

天地之间，一派喜悦。

墙头上，一株草，风吹两边倒。风把一群活物的对话送到嫘的耳朵里——

今日有客来，吃啥子好？

鲫鱼好，鲫鱼好。

说得轻巧，拿根灯草，好啥好！

鲫鱼好，就是好。

鲫鱼肚里紧愀愀，为啥子不杀牛？

牛说道：耕田犁地都是我，为啥子不杀驴？

驴说道：接官送官都是我，为啥子不杀羊？

羊说道：角儿弯弯朝北斗，为啥子不杀狗？

狗说道：看家守舍都是我，为啥子不杀猪？

猪说道：中，中，杀了我，没得说。

嫘看见，猪吧唧吧唧地打嚼着嘴巴，一边扭动着脖子，拿眼睛看看嫘，看看切刀。

一旁放着三把切刀，一把是老旧的石刀，一把是竹片磨成的刀，一把是刚从货郎那里换来的刀。阳光在刀刃上闪烁。刀默不作声，装着没有听见刚才的歌谣。弟弟的眼睛正磨刀霍霍。

嫘扯扯猪耳朵说："放心吧。"

众生则嚷嚷道："嫘，我们是在游戏呢，都想让你喜欢的人吃呢。"

嫘喜欢了半天，大家喜欢了半天，太阳当头了，客人也没有来。等到太阳偏西了，客人仍没有来；等到天黑了，客人还没有来。轩辕没有来,嫘空欢喜了一天,脸不自觉地嘟噜下来。

嫘怕爹娘看见她脸上的不自然,就一个人跑到桑林里,爬上桑树。桑树上的桑葚,一个个都明晃晃的,比白天还闪亮。嫘摘一个桑葚吃掉,摘一个桑葚吃掉,不停地吃,不停地吃。树上的斑鸠也陪着嫘,一粒一粒地吃桑葚。

嫘说:"斑鸠呀,你别贪吃桑葚!"

桑伯的声音蹚着黑夜传来:"闺女呀,不要沉溺于那个男子。"

"齫齺龘麤靐齾齉齽龗籯鑺蘡纞臟譶户躢馕癵爨齺灪爧齺①……"一阵怪叫声惊醒了嫘的梦。那阵似人似兽的叫声消失了。怎么做这么奇怪的梦? 嫘再没有睡着,心里枯枯慊慊的,担心这梦是不是预兆着娘说的喜事不来了……

第二天一大早,嫘一睁眼,看见猫咪正用舌头舔爪子,先是舌头舔净那个白爪子,再舔三个黑爪子,然后用白爪子洗脸,洗完脸,接着洗耳朵,把耳朵洗好了,白爪子又洗耳朵的后面。嫘心里头一下子高兴起来。桑伯说过,猫洗耳朵有客来。

嫘招呼弟弟:"过来洗脸,你看你耳朵后面脏的,还没有猫咪干净。"

嫘一蹦一跳地到西陵湖打水。她想,梦都是梦见的,是虚的,猫咪洗耳朵才真的,俺亲眼看见的。轩辕你今天得来呀。轩辕你今天得来呀。轩辕你今天可不能不来。你再不来俺就不中了,就活不成了。你再不来俺就一个人找你去了。

一群云雀在西陵湖上空唱歌。

桑伯吹着嘴边的树叶,正吹着,忽然停了,食指指着天上飘动

---

① 代指夜游神发出的声音。

的祥云,笑吟吟地说:"嫘,你看。"

一朵朵白云泛红,带着金边。

嫘说:"桑伯,白云上面还有云雀在叫哩。"

桑伯说:"其光熊熊,其气魂魂,嫘,你往白云下面看。"

嫘的心一下子怦怦地跳起来。白云之下,走来了轩辕。

嫘听见自己怦怦的心跳声,好像听见轩辕咚咚的脚步声,怦怦咚咚响在一起。她跳起来,跳一下,又跳一下,向轩辕招手,又招手,也不管轩辕看见没有,她还调皮地向轩辕吐了一下舌头。她相信他看见了。

嫘撒腿就往家里跑,咚咚地跑到门口叫:"娘,娘,娘。"

娘从屋子里出来。

嫘说:"来了。"

娘还没有明白咋回事,嫘就把自己藏了起来。

轩辕来嫘家求婚的消息,立即在西陵之墟轰动起来。

老人说:从来都是抢婚,头一回见求婚,婚中有礼了。中,中。

人们说:那个轩辕,就是教人们造屋的轩辕?①

人们说:那个轩辕,就是发明裁衣的轩辕?②

人们说:那个轩辕,就是作舟车的轩辕。③

人们说:那个轩辕,就是教咱们蒸谷的轩辕。④

---

① 《新语》:"天下人民野居穴处,未有室屋,则与禽兽同域,于是黄帝乃伐木构材,筑作宫室,上栋下宇,以避风雨。"

② 《风俗通义》:"黄帝始制冠冕,垂衣裳……"

③ 《古史考》:"黄帝作车,引重致远。"《轩辕黄帝传》:"帝见浮叶,方为舟。即有共鼓化狄三臣,助作舟楫。"

④ 《古史考》:"黄帝始蒸谷为饭,烹谷为粥。黄帝作瓦甑。"《世本》:"黄帝造火食。"

人们说:那个轩辕,就是头一个打井的轩辕。[①]

人们说:那个轩辕,给嫘家送来了好几张鹿皮。

人们说:那个轩辕,往嫘脖子上戴了个玉做的蚕,给嫘家每人一件玉蚕。

【女心伤悲】

天,下雨,下露,下霜,下雪,下雾,下流冰。

娘,下地干活,下灶做饭,还生下了嫘跟弟弟。

娘对嫘说:"女儿的命,就跟那树叶一样,刮到哪里是哪里,落到哪里是哪里。"

嫘一听,就哭起来。她不是哭自己的命,也不是哭女子的命。她哭的是,将要离开熟悉的家,面对陌生的家。她的哭,是来自内心深处的哭。她甚至不知道自己在哭什么,就是止不住要哭。弟弟在一边不说话,不停地给姐姐擦眼泪。

嫘对奶奶说:"俺不想嫁人呀,奶奶。"

嫘对爹娘说:"恁俩得保重好身体。"

嫘对弟弟说:"你得照顾好爹娘。"

那一晚上,奶奶一遍遍地嘱咐,爹娘一遍遍地叮咛,一家人有说不完的话,说了一夜的话。嫘心里明白,自己这一走,不知道还能不能再回来,还能不能再见到奶奶、爹娘跟弟弟,毕竟许多闺女离开西陵之后,再也没有消息,再也没有回来……她不敢说,也不

---

① 《逸周书·佚文》:"黄帝作井。"

敢问。弟弟说:"姐,你明儿不能哭,你得笑。"

嫘出嫁的时刻,远远近近的乡亲都来送她。西陵之墟的众鸟、众兽都来给嫘送行。

嫘被轩辕扶上白马。她的眼睛已哭肿了。她怕爹娘伤心,不敢再哭了。

嫘不敢抬头,怕眼泪掉下来。她想给爹娘,给乡邻留下个笑脸,可她做不到。

马蹄嗒嗒响了。

"姐!姐!"嫘的弟弟喊道,"你笑笑。"

嫘抬起头,视线已经模糊。她模糊地看见弟弟,看见屋檐下的爹娘,周围的乡亲都已面目模糊。

所有的人都看见嫘笑脸上的两行泪水。

"嫘,常回娘家啊。"

嫘捂着脸哭,哭成个泪人。

西陵老人回忆说:那一大队人,领头的是黄帝,骑着一匹白马,俺以为是打家劫舍的,原来是娶嫘的队伍。

西陵老人说:婚礼婚礼,从嫘开始,有婚有礼。

西陵老人说:从嫘之后,出嫁的姑娘都是哭着离开娘家、嫁到婆家的,成了一个传统。

的确是这样。这个传统被孔子记录在《诗经》中:"女子有行,远父母兄弟","女心伤悲"。

卯篇　明堂

《说文解字》:"卯,冒也。二月,万物冒地而出。象开门之形。故二月为天门。"

卯,本义是剖分,引申泛指殷商用牲方式之一,又引申指木器上安榫头的孔眼。

卯,十二地支的第四位。

【黄帝成婚】

六月六,阴阳合和,轩辕与嫘大婚。

《云笈七签》记载:"帝娶西陵氏于大梁,曰嫘祖,为元妃。"《大戴礼记·帝系》记载:"黄帝居轩辕之丘,娶于西陵氏之子,谓之嫘祖氏。"

大婚这天,按照轩辕部落的习俗,大婚得喝喜酒。

参加大婚的人,除了亲戚,更多的是黄帝部落的成员。黄帝对嫘一个个介绍说:这是造历的容成,这是造律的伶伦,这是造甲子的大挠,这是造字的仓颉,这是管天时的蚩尤,这是管仓廪的大常,这是土师夸龙,这是司徒祝融,这是司马大封,这是大鸿,这是头一个做衣裳的伯余……这么多人,黄帝手下这么多人,把嫘都看晕了,她心里本来就很紧张,几乎每个人的模样都没记住。她心里慌慌地想,除了黄帝,一个人都不认识,以后咋办呢?

酒是杜康搬来的酒,大家在吆喝声中大碗喝大酒,喝倒一大片。

嫘在想,黄帝带领这么多人在一起过日子,吃喝拉撒睡,这得多大的能耐呀。

按老辈传下来的规矩,不能让客人空手回家。送客人时,得给客人的篮子里放点压篮子底的东西带回去。大家没有想到的是,嫘给每人送了一块蚕丝布。那些喝得东倒西歪的人,一见丝布,眼睛都亮了。

黄帝牵着嫘的手,一个一个地送客人。嫘被黄帝牵着手,心里不那么紧张了。嫘看着自己带来的蚕丝布被人家喜欢,心里踏实了。她早就听说过做衣裳的伯余,特意多给伯余两块蚕丝布。嫘说:"我得看看你的手。"她拉起伯余的手:"你这手咋长得这么巧哩。"说得伯余脸都红了。

【明堂】

轩辕丘,《山海经》郭璞注曰:"黄帝居此丘,娶西陵氏女,因号轩辕丘。"

轩辕之丘上,嫘从西陵带来的那只猫,正追一只巴掌大的蝴蝶,大蝴蝶一飘一飘飞高了,去追高处的另一只蝴蝶。猫追不上蝴蝶,就去追身旁的一只蜜蜂,它追上去,伸出白爪子抓住了那只蜜蜂,放在嘴上闻,还没有闻出来啥味,喵的惊叫一声。猫咪的嘴上被蜜蜂蛰了一下……猫疼得一声接一声叫着。

嫘听见了,连忙跑过来,刚一伸手,猫就委屈地跳到她手掌里。

婆婆说:"它跟蜜蜂玩,蜜蜂蛰了它。"

嫘的婆婆,就是黄帝的母亲,叫附宝。《竹书纪年》上记载:"黄帝轩辕氏,母曰附宝。"

嫘把猫咪搂在怀里,像哄孩子似的说:"来来,吹吹就不疼了。"说着,对着猫的嘴扑扑地吹着,猫圆圆地弯在她的怀里,不喊疼了。

婆婆看着儿媳妇的样子,从心里喜欢,脸上笑开了花。

嫘在轩辕之丘的日子就这样开始了。

过了玄妙之门,轩辕黄帝向前方一指,说:"这是明堂,也叫昆仑。"

嫘顺着黄帝指引的方向看去,在一大片明晃晃的水之中央,立着一座大殿,大殿四角由巨木撑着,无有墙壁,屋顶覆盖香茅。这就是黄帝说的明堂。

明堂是黄帝部落的政治中心。《黄帝内经·素问·五运行大论》:"黄帝坐明堂,始正天纲,临观八极,考建五常。"《史记·封禅书》说:(明堂)"……中有一殿,四面无壁,以茅盖,通水,圜宫垣为复道,上有楼,从西南入,命曰昆仑。"明堂的样子,大致如此。

嫘看见明堂后边,有一棵大树,比明堂还高,还没看清啥树,一阵风涌上来,跟着一群人拥过来。一群人嚷嚷着把黄帝拥进明堂中央,嚷嚷着说些什么。这些人,就是在婚礼上喝大酒的那些人。

嫘想,黄帝得有多大的能耐才能把这群短短长长吆五喝六的人聚拢在一起呀。

穿堂而过的风，一派清凉。

明堂的中间，当门儿，有个高脚椅子。黄帝往上面一坐，就高于所有的人。

嫘伸了一下舌头，看没人看见，这才放心。看见黄帝高高地坐在那里，她眼里盈满莫名的泪水，既为他高兴，又有些担忧，有些忧伤，担忧跟忧伤啥呢？她也不知道。

黄帝坐上了椅子，椅子托举起了黄帝，抬高了黄帝，也改变他的身体，改变他的姿势，改变他的神情。

嫘一下子看明白座位的秘密——

在西陵之墟，黄帝往地上一坐，或者随地一跕堆，亲切得像兄弟姊妹，亲切得跟邻居一样。在轩辕部落的明堂上，他往这长着长腿的椅子上一座，一下子就变得高了，高大了，高贵了，不一样了。有椅子和没椅子，可大不一样啊。

嫘知道，作为黄帝的媳妇，自己得改变自己了，不能哭笑随心了，不能像孩子一样伸舌头了，因为自己是黄帝的媳妇呀。

一只蝴蝶从眼前飞过。嫘看见，明堂的梁上有两窝燕子，她看燕子端坐巢中，燕子也看她。她朝燕子招招手，想起这是明堂，赶紧把手缩了回来。一群鸽子喜鹊麻雀穿堂而过，黄帝跟他的大臣们都没有看一眼。嫘的目光跟着飞鸟落在明堂后面的树上，这下看清了，树是桑树，一群鸟跕堆在树上。一群不一样的鸟，互相说着话，各唱各的歌，好像赞美着树枝跟光阴带给它们的快乐。一群麻雀，像是从西陵飞来的麻雀，叽叽喳喳叫着也落在桑树上。桑树下面，落着斑斑鸟粪，有新的有旧的。看到这些，嫘的心里稍微轻松起来。

一天，黄帝身边那群人不在，嫘悄悄地往明堂中间的那把椅子上一坐。脚勉强能够着地，靠背坚硬，屁股下的木板光光的，看来是被黄帝的屁股磨过许多年了。嫘想，这椅子，坐上去并不那么舒适，也不让人放松，坐上去身子还有些僵硬呢。嫘坐在上面，感到椅子有些摇晃，就从椅子上跳下来，跑到外面找个石片，把椅子的一条腿垫上。再坐上去，不摇不晃，就比较稳当了。

静坐浅巢的燕子看见，嫘学着黄帝的样子，两只手放在椅子扶手上，粗糙的扶手已磨得光滑。嫘的面目庄严起来，目光看着远方。燕子不知道嫘在想什么。嫘想的是，黄帝坐在这么高的椅子上想啥呢？黄帝老是坐在这里往远处看，他看见啥了？黄帝一定是在想啥大事情，俺得替黄帝想想他在想啥……

嫘正这样想着，眼睛突然被谁从后面捂上了。她掰不开他的手。

"你猜猜我是谁?"尽管故意变化了声音，嫘也知道他是黄帝。

"娘。"嫘说得远远的。

"不对。"声音又变化了。

"仓颉。"嫘在婚宴上记住了造字的仓颉，还没记住他的模样哩。

"不对。"声音又变化了一下。

"桑伯。"嫘说。黄帝见过桑伯。

"再猜。"

"你把俺眼睛弄疼了。"嫘想掰开他的手。他的手太有劲了，掰不开。

嫘猜来猜去，就是不说黄帝的名字，故意的。

黄帝一松开手，嫘的两只胳膊向下一滑，反搂着黄帝的脖子，身体随之向上一卷。黄帝感觉到嫘的长发扫一下他的脸,还扫到他的嘴唇,一个影子已从眼前闪过。黄帝还没有明白怎么回事,嫘的身体就已从座位上飞到了黄帝的背上,还有几绺头发留在黄帝的脸上。

好身手。黄帝背着嫘,咚咚地跑出了明堂。

桑树上的喜鹊叫成一片,声音跟一群人拍手一样。

【劝蚕】

黄帝说:"我给你个礼物。"

嫘不说话,眼神闪闪地等着黄帝。

黄帝牵着嫘的手,路过一些零散分布的屋舍。一只公鸡仰着红冠长鸣一声,黄帝说这是欢迎嫘哩。翻过一座不高的山包,花草中的一只野鸡被惊飞。嫘几次差点被树根或是竹笋绊倒,幸亏黄帝一直牵着她的手。衣裳沾湿了露水,头上停留几个花瓣,看到桑林深处的几间屋子。黄帝大手一挥说:"南山有桑,北山有杨,这是我送给嫘的蚕室。"

"这么多桑树。"嫘眼睛亮亮地说,"都是你种的?"

黄帝说:"有我栽的,有桑树自己种的,桑树早看好这地儿了,就自己跑过来,出生长大,一直在这儿等嫘……"

说话间,许多鸟也在说话,不远处的一道溪水也在说话。说话间,一只兔子探了一下头,消失在花草中。说话间,花草的气息一团一团涌进来。说话间,蝈蝈儿、蛐蛐儿、螽斯、蛩等众多虫子在鸣叫。说话间,嫘看见蚕室前面的树上挂着几只葫芦,嫘想,等它熟了，可锯个瓢用……

嫘说："俺咋阵有福气呀。"

蚕室靠山，山像屏障一样在蚕室后面绵延着，不知道山的边在哪里。前面是平原，过了桑林，就是轩辕部落的庄稼地。

日高高，蚕蠕蠕。嫘在蚕室，低眉忙碌着蚕宝宝，不时直起腰，向四处看看，看见树根处的花，看到桑的树腰、桑的枝叶、桑的树梢，看见树上的鸟窝，还能看到很远的地方。这肥青的桑林，用孙子颛顼的话说，大得跟海一样，能养好多好多蚕。

在天造地设的桑林中，在各种植物混杂的气息里，嫘母与蚕宝宝朝夕相处。东采桑，西采桑。晴采桑，雨采桑。嫘在蚕屋里，有时候伺候蚕宝宝的手忽然就不动了，有时候她坐在窗子前忽然就不说话了，她看着窗外的叶子，落了一片，落了两片……身边人都知道，桑蚕都知道，这时候，嫘母的心一定是在担忧打仗的黄帝了。

嫘嫁给黄帝后，把养蚕抽丝的技巧从西陵带到了轩辕部落。《皇王大纪》曰："元妃西陵之女嫘祖，亲蚕为丝，以率天下。"《路史》记载：（黄帝）"命西陵氏劝蚕稼。"唐代韬略家、《长短经》作者、诗人李白的老师赵蕤所题《嫘祖圣地》碑文称："嫘祖首创种桑养蚕之法，抽丝编绢之术，谏诤黄帝，旨定农桑，法制衣裳，兴嫁娶，尚礼仪，架宫室，奠国基，统一中原，弼政之功，殁世不忘。是以尊为先蚕。"在蚕房，嫘教会更多的人养蚕抽丝。蚕跟丝，走向了更远的远方。

【狸猫护蚕】

蚕孵化出来后,蚊蝇跟老鼠见了都好奇,觉得这个白胖的小娃娃挺好玩的,蚊蝇叮它一下,老鼠抓它一下,就把蚕宝宝吓死了。

嫘把家里的猫咪带到了蚕室,还带来一把艾草。艾草的味道跟猫咪就住在了蚕室,艾草是驱赶蚊蝇的。

嫘给猫咪交代说:"可不能动蚕宝宝呀,可不能吓着蚕宝宝呀,记着你是保护蚕宝宝的。"

猫咪看看蚕,看看嫘,点点头。猫就成为蚕猫。

蚕室之夜,是猫的领地。猫咪与黑夜与艾香融为一体,它洞悉黑暗里的一切。

一个湿润的声音传来,发自那个长着猫头、鸟身子的猫头鹰。猫咪看猫头鹰一眼,猫头鹰站在蚕室外面的桑树上睁一只眼闭一只眼,从树叶的缝隙里看着人族。猫想,禽不禽、兽不兽的,怎么能长成这个样子呢?不是说它脑袋长得不好,猫样的脑袋是非常好的。记得那天在大河中见到一群乌龟都长了猫样的脑袋,猫样的头挺好的,长在猫身子上才好,乌龟跟鸟把猫头安装在自己身上就有些怪模怪样。当然喽,长得比黑夜还黑的蝙蝠也不高明,不过它们的眼睛都能照亮黑暗,这点比人要高明许多。从来没有见过猫头鹰从树上掉下来,这也不容易。猫想。

蚕宝宝吃饱后安静地睡觉,睡得自己翻动身子自己都不知道,睡得一翻身压在另一只蚕宝宝身上,自己跟那一只被压的蚕宝宝都不知道,这睡得有多深呀。猫咪想伸爪子把被压的蚕挪开,想起嫘的话,就把伸出去的爪子缩了回来。

夜游神的声音传来:"𪚥𪘀𪘩𪚥𪚥𪚥𪚥𪚥𪚥𪚥𪚥𪚥𪚥户𪚥𪚥𪚥𪚥𪚥𪚥𪚥……"

猫咪白天在眼睛里储存的阳光,在密不透风的黑暗里闪烁,老鼠从中看见了寒光四射。猫咪的身体虎气森森,脚掌柔软,走路没有一丁点儿声音,不经意间突然跃起,像一道闪电,伸出利爪,瞬间就取走了老鼠的小命。

自从猫介入蚕室,惊恐的老鼠小心翼翼地防范着猫。它们修建了一个个方便老鼠出入而不会迷路的地道,一个个让猫无法深入的地洞,在里面游戏,在里面生儿育女过日子。但一只老鼠,一家老鼠,总不能一辈子待在洞中,它们要寻找地洞里不能生长的吃物,要透口气,它们要磨牙,要看外头的风景,还得晒太阳……老鼠小心翼翼地走到自己的洞穴,常常不知不觉地走到猫的身影中,或者突然发现猫无声无息地站在身后。

一只老鼠刚一出洞,远远看见猫咪走来,返回鼠洞已来不及,连忙躲进了身边的陶罐。猫懒洋洋地走过来,漫不经心地用那只白爪子伸进陶罐里摸了一把,没有摸到什么,抽出爪子来,带倒了陶罐,若无其事地走了。陶罐滚落在地,啪嚓一声碎了,吓了猫咪一跳,猫咪跳起来,看见一地碎片,碎片中站起来一只发蒙的老鼠,它的四条腿一会儿争着迈步,一会儿不知道该由哪条腿迈第一步,把猫咪看得歪着脑袋笑出了声音。猫咪的笑声把老鼠惊醒,它刚睡醒似的使劲地摇摇脑袋,撒腿钻进洞中——幸亏猫咪的身体大,要是它跟老鼠一样大小,老鼠就没有一丝活路了。

一只麻雀慌慌张张地飞来,翎羽凌乱。它飞进蚕室,慌不择路地扑进猫的怀里。猫抬头一看,一只追来的老鹰站在蚕室窗子上。

自古以来,老鹰不屑于走进人间,更不会进入人族的房子。老鹰往屋里看一眼,脚一蹬窗子便飞走了。洞口的老鼠看着麻雀,麻雀不敢作声,在猫怀里瑟瑟缩缩。老鼠想看麻雀的笑话,它没有想到,猫用白爪子推了一下索索发抖的麻雀,让麻雀飞走了。猫这一推,老鼠就看不懂了,老鼠、鱼跟麻雀可都是猫喜欢的食物。

猫想的是,人家麻雀是求救于我的宾客,不能害死求救者,这是祖传的规矩。猫正这样想着,一群麻雀叽叽喳喳飞到蚕室外面的树上,哗的一声,盛开了一树会鸣叫的花。每只麻雀都对着猫点头,向猫致谢,然后一树的花鸣叫着飞走了,鸣叫声中带着喜气。

"尔等鼠辈,昼伏夜动。言语无味,面目可憎。偷吃食粮,啃坏木头,有百害而无一利。我为尔谋,南山之南,北山之北,率尔妇子,偷安保命。若再徘徊观望,格杀勿论。"猫喵喵叫着,发出讨鼠檄文。

闻猫而丧胆的老鼠,趁着黑夜搬家到北山的林子里。老鼠回想起蚕房里的经历,恨猫恨得牙疼,它们在猫到不了的洞穴里,编演了一出叫《三脚猫》的戏。

没有了老鼠,猫咪悠闲起来,左右前后脚踩着自己脚底的肉垫,无声无息地踩出了一条线的猫步。

蚕房里,众蚕安居而食,安然地吐丝做茧。

嫘的手从猫的脊背滑过那种滑腻使她联想到蚕丝的光滑。而老猫光滑的皮毛之下,老猫的身体里,行风行雨,一会儿麦浪起伏,一会儿高粱红了。

嫘挠挠猫的柔软脚掌,它不笑,大概是不痒。嫘看着猫的眼睛,感觉那眼神中都是遥远的事情。

【桑·词语】

《说文解字》:"桑,蚕所食叶木。"

黄帝号召民众跟嫘母种桑养蚕后,以"桑"为词根的词语以及与桑有关的文学作品迅速诞生、流传——

桑

采桑

帝女桑

曾经沧桑

罗敷喜蚕桑

总余辔乎扶桑

池濛氾兮家扶桑

失之东隅收之榆桑

采桑女晴采桑雨采桑

朝采陌上桑暮采陌上桑

桑

桑轮

桑榆景

桑梓之地

桑老蚕茧成

桑篷扫尽闲愁

桑芽才努青鸦嘴

桑间之音桑中之喜

桑条韦也女时韦也乐

桑间枧欲暮闺里遽饥蚕

……女桑、人世沧桑、力桑、三桑、子桑、马拉桑、长桑、长桑君、历尽沧桑、山桑、桑榆、蚕桑、沧桑、桑间、桑葚、桑烟、桑轮、桑叶、桑果、桑黄、桑榆暮、柴桑、桑海、桑柔、桑园、黄桑、桑皮、桑弧、桑林、采桑、采桑度、采桑子、空桑、桑花、桑柘、桑根、农桑、佛桑、陌桑、桑落、维桑、柔桑、鸡桑、桑耳、桑干、桑扈、桑眼、桑乾、桑虫、穷桑、鲁桑、苞桑、穹桑、桑苎、朱桑、楼桑、桑本、桑里、桑陆、桑谷、宰桑、桑土、桑虞、桑比、浮桑、桑盖、帝桑、桑杨、榑桑、桑末、包桑、桑蓬、研桑、条桑、耕桑、沧桑、桑孔、桑梨、桑雍、否桑、庚桑、桑井、桑权、桑户、桑濮、桑主、村桑、桑公、桑穰、争桑、桑薪、穀桑、桑业、桑鸠、桑臬、桑扈、桑巴、桑织、桑蛾、稚桑、桑野、桑经、桑封、净桑、郊桑、桑弓、桑雉、桑韦、桑蠹、桑螟、桑律、桑蠋、桑蚕、桑笋、桑屐、桑藓、桑蠖、桑钱、桑畦、桑穰、桑妇、桑斧、桑闉、桑朴、桑枢、桑撑、桑臣、桑域、煨桑、亲桑、桑鹅、桑上、桑稼、桑畴、桑心、桑懔、桑寄生、陌上桑、桑蚕丝、桑螵蛸、桑葚酒、桑皮纸、桑落酒、穷桑氏、桑榆景、恋空桑、桑根蛇、桑苎翁、桑琅琅、祥桑谷、柴桑翁、桑茎实、长桑翁、桑篱园、桑园镇、桑穰纸、桑叶冠、楼桑里、黄桑棒、桑黄素、桑梓礼、桑根纸、桑根车、桑榆年、露桑散、桑梓处、桑螺膏、桑枝灸、桑巴舞、桑拿天、桑榆暖、桑节杖、桑拿浴、桑榆晚、桑苎经、桑条韦、桑葚醋、桑伯湖、扶桑茶、桑德尔、柴桑

门、柴桑令、黄桑棍、收桑榆、桑根线、桑梓地、桑间濮上、指桑
骂槐、沧海桑田、沧桑之变、收之桑榆、桑榆暮景、敬恭桑梓、研
桑心计、桑弧蓬矢、桑间之音、桑中之约、桑荫不徙、桑中之喜、
鸡犬桑麻、渤澥桑田、陵谷沧桑、景入桑榆、咏桑寓柳、盘石桑
苞、桑弧矢志、海水桑田、海桑陵谷、桑荫未移、桑梓之地、桑榆
之年、濮上桑间、蓬户桑枢、桑榆暮影、郑卫桑间、桑枢韦带、桑
间之咏、桑基鱼塘、桑户桊枢、桑土之谋、桑落瓦解、桑土绸缪、
桑苏西宫、陌上桑间、其亡系于苞桑……

【宜子孙】

嫘轻手轻脚地走到一棵空桑下。

青鸟踮着脚从树后闪身出来,递给嫘一只鸟。这鸟跟扁嘴鸭
子一样,不同的是它有青色的身子,红色的眼睛,红色的尾巴。

嫘看着鸟的眼睛,对它笑。

青鸟说:"我从青要之山捉来,你煮煮吃了它,宜生子。"[1]

嫘接过来,松开手,放飞了那只鸟,说:"姐姐,俺吃素呀。"

几天后,青鸟给嫘带来一块毛皮,说:"这个取于杻阳山怪兽鹿
蜀身上,那个怪兽长得跟马一样,白色的头,虎一样的斑纹,红色的
尾巴,它的叫声像人在唱歌。仙书上说,佩戴它的皮毛,宜子

---

[1] 《山海经·中山经》:(青要之山有禽鸟)"名曰鹩,其状如凫,青身而朱
目赤尾,食之,宜子。"

孙。"①

嫘笑笑接住了,对青鸟说:"俺长肉了,光长胸脯,不长别的地方。"

青鸟说:"奇怪。"

嫘回家对婆婆说:"娘,娘,俺也不吃肉,咋长肉了? 还光长胸脯,不长别的地方。"

婆婆笑起来,看了一会儿媳妇的胸脯说:"过一段日子,肉就会长到肚子上。"心里想,这个傻孩子。

几天后,青鸟给嫘带来一种像枳一样的果子。

嫘说:"这个俺认识,记得俺奶奶说过,这个果子宜子孙,从哪儿弄来的?"

青鸟说:"采自崇吾之山,仙书上也说过,它宜子孙。"②

几天后,青鸟又蹴着脚来了。嫘轻轻地拍拍肚子说:"姐姐,你说我怎么办,你看俺肚子上也长肉了。"

青鸟笑嘻嘻地说:"有了。"

【大河】

嫘正跟黄帝走着,一拐弯,大河前横。

不知道河水在河道里走了几千几万年,把河道一下一下地消

---

① 《山海经·南山经》:(杻阳之山有个怪兽)"其状如马而白首,其文如虎而赤尾,其音如谣,其名曰鹿蜀,佩之,宜子孙。"

② 《山海经·西山经》:(崇吾之山有树)"员叶而白柎,赤华而黑理,其实如枳,食之,宜子孙。"

磨下去,形成了眼前的这个躺在河床里的大河的样子:巨大的轰鸣声,非同凡响;宽阔繁复的河水,光影迷离;一往无前,势不可当,有一派凛然不可阻挡的强大气势。

黄帝站在大河边长啸一声,脸上晃映着大河的波光。这条从家门口流过的大河,黄帝也记不清多少次在岸上走动,记不清多少次来回于此岸彼岸。对黄帝来说,这条大河就是一个昼夜不息的流水邻居。

黄帝的长啸,惊动了流淌的大河。大河看见黄帝牵着嫘的手,看见嫘正满眼惊喜地看着大河。

嫘看着滚滚大河,滚滚河水忽然不流了,自己跟黄帝跟河岸缓缓地缓缓地后退,她有些眩晕……嫘头一次看见如此大的河,如此大的水流。

太大了,大河大得跟假的一样。为了证明大河是真的而不是假的,嫘沿着河坡一溜小跑,跑到水边,半跪下来。水里看不清自己的面孔,河水太急了。她俯下身子,捧一捧水,一口气喝下去。清冽的水顺着她的唇、齿、舌、喉流进身体,喝得有些猛,或许是下河坡时跑得过快,她被水呛了一下。黄帝轻轻拍打她的后背,又发出一声长啸。

好水。从这一刻开始,大河跟西陵河一样,进入嫘的身体。

大河看见嫘在喝水。嫘跟黄帝都是用手捧着水喝的。黄帝有时是把嘴直接伸到河里喝水。大河知道:牛马喝水是吸取的。老鼠喝水是舔舐的。鸽子、斑鸠是喝上一气,才仰起头来咽下去。黑熊喝水时,喝一口,咽一口。大象使鼻如手,把长鼻子插进河里,把水吸进鼻子,再把鼻子里的水倒入嘴里。大河经历的事情太多啦。

嫘喝下去的,还有大河流动的轰鸣,还有黄帝的长啸。

嫘站在河边，看到许多大鱼。每当见到大鱼，嫘都停下来，认认真真地站在那里，像见到祖先见到大树一样，向每一条大鱼致敬。嫘想，大鱼在滚滚流水中，跟大大小小的石头结伴，跟各种水作伴，走了许多路，长那么大，多不容易呀。

嫘看见，一只大鸟贴着水面飞，好像在水中寻找自己的影子，突然它一头扎进大河，拍打着翅膀出水时，两爪抓着的不是自己的影子，而是一条上下挣扎的鱼。鱼肯定是太沉了，大鸟抓到它后吃力地飞，飞得低低的，快挨着河水了。大鸟艰难地掠过水面，停在岸上；另一只大鸟赶过去，两只鸟乱成一团。嫘好奇，牵着黄帝的手，悄悄地走过去，看见大鸟的爪在鱼身上抓得太深，拔不出来，另一只鸟用喙一下一下地啄鱼，正在帮它拔出爪来。嫘怕两只鸟不好意思，牵着黄帝的手，把腰弯下来，钻进了芦花丛中。高处的苍鹰看见，雪浪起伏。

黑咕隆咚的夜里，嫘常常被大河浑厚的轰鸣声惊醒。大河晚上也不睡觉。她忽然想起来，西陵河多数时候都是无声地流淌着，而这条大河白天黑夜都是大声地流淌着，像一群奔扑不息的巨兽，像大动的奔雷。大河的声音有时突然大得充满了漆黑的房间，似乎走到了跟前，足以把一切冲走。婆婆说，有一年，大河真的起身来到家门口，吓死人了。

“䶜鷊鱻麤靁龖龘厵靇籗鐲蕁戀曮讟屵䠒饟癵嬰鬱灪爩齉……”嫘知道，这是夜游神的声音。

嫘听着大河的声音有些恐惧，不自主地往黄帝身上拱拱。在大河边长大的黄帝习惯了大河的声音，睡得跟死了一样。当嫘把“死”这个字跟黄帝连在一起时，她立即不安跟自责起来。在西陵，说一个人“睡得跟死了一样”，那是夸人睡得香。可是她嫁了黄帝，就不能允许自己这样夸黄帝睡觉。她心里说：呸，呸，俺说错了，黄帝是永在的。黄帝跟这大河一样，多有力量啊，他是受天永命、永在不死的。呸，俺以后不能再用这个"死"字，再用这个"死"字就是作死。嫘呀，你可不能作。暗黑中，嫘摸到黄帝佩戴的玄珠。

【青阳】

"啊——"

孩子肉乎乎的身体一出来，两只攥紧的拳头立即举起来，举到嘴边："啊——"喊出了他来到天地之间的头一声。

啊——声音像哭，非哭——光哭没有眼泪，直到满月前后才有眼泪。

啊，是青阳语言的开始，是每个人语言的开始，是人族语言的开始。

青阳是黄帝跟嫘的头一个孩子。《史记·五帝本纪》载："黄帝居轩辕之丘，而娶于西陵之女，是为嫘祖。嫘祖为黄帝正妃，生二子，其后皆有天下：其一曰玄嚣，是为青阳，青阳降居江水……"①

一阵阵撕心裂肺的痛，把嫘母痛昏过去，直到被一阵嘹亮的哭声惊醒。

她听到孩子的哭声，低头看见这个从自己身体里出来的肉团

---

① 《史记》说嫘祖生二子。《路史》说嫘祖生三子。历史久远，记载有歧。

团,一脸縠慇①,皱皱巴巴跟桑树皮一样,心想,这么丑的孩子,没有他爹好看。

婆婆看着青阳屁股上的胎青,喜欢地说:"这是咱家族的暗记。"

"娘,这孩子咋长成这样呀?"嫘不是嫌孩子难看,是怕婆婆说不好看。

"过了七天比谁都好看。"婆婆说。

"刚吃完就拉。"嫘皱着眉头说。她不是嫌孩子脏,是怕婆婆嫌麻烦。

"孩子都是直肠子。"婆婆说,"五圣说,远方有个无肠部落,部落里所有的人都没有肠子,跟这孩子一样,吃吃拉拉,边吃边拉。"

青阳像蚕宝宝一样娇嫩,不能饿着,不能撑着,不能吓着,不能碰着,不能离开娘的怀抱。眼看他脸上有肉了,有光了,眼看他就这么骨冗骨冗着长大了。

"小宝宝,乖宝宝,丑宝宝,看看娘,看看娘,娘给你说话呢……"

黄帝听见嫘在喃喃着,走近了,看见她正与怀中的婴儿说话。那个小小的婴儿,一边踢蹬着双脚,一边啊啊地说话,弱而能言的样子。

这个光屁股孩学会了扳脚抱脚。婆婆叫他"扳脚娃娃"。

这个赤肚孩学会抱着自己的脚,吃脚趾。五个脚趾,整整齐齐,他有滋有味地啃着,嘴里呀呀有声。婆婆叫他"吃脚娃娃"。

扳脚娃娃,吃脚娃娃,婆婆这样叫青阳的时候,嫘母心里满满

---

① 縠慇:皱纹,中原古语。

蜜意,好像婆婆在赞美自己。

青阳面对新世界,眼前的一切他都不认识,开始只会哭,慢慢地会用手去指。青阳指东西的指头是食指,没有人教他,他生来就会用食指指东西。有趣的是,青阳很长时间里还分不清我、你、他,甚至会跑了,仍分不清。

娩母对青阳说:"叫你爹来吃饭。"

青阳会走到黄帝面前说:"叫你爹来吃饭。"

婆婆对青阳说:"你娘累了,让你娘歇一会儿。"

青阳给娩母说:"你娘累了,让你娘歇一会儿。"

孩子把一家人逗得笑起来。青阳不知道爹娘在笑什么,但知道跟自己有关,也咯咯笑起来。

辰篇　名物

《说文解字》:"辰,震也。三月,阳气动,雷电振,民农时也。物皆生,从乙匕,象芒达;厂,声也。辰,房星,天时也。"

辰,本义是蛰虫在惊蛰时苏醒后蠢蠢欲动的样子,引申指震动。星象与农事大有攸关,所以"辰"是日、月、星的总称,还可以特指北辰和泛指众星,又可以特指二十八宿之一的心宿,也引申指日、月的交会点和日子等。

辰,十二地支之第五位。

【仓颉】

仓颉的名声,在轩辕部落跟周围部落中,几乎等齐于黄帝。《帝王世纪》曰:"黄帝史官仓颉,取象鸟迹,始作文字。"《春秋纬元命苞》:"仓帝史皇氏,名颉,姓侯冈,龙颜侈哆,四目灵光,实有睿德。生而能书,⋯⋯于是穷天下之变,仰观奎星圆曲之势,俯察龟文鸟羽山川,指掌而创文字。天为雨粟,鬼为夜哭,龙乃潜藏。"这位发明文字的仓颉,是黄帝的属下。

　　嫘在西陵的时候就听说,洛汭之水有个仓颉,长了四只眼,他造出文字那天晚上,天雨粟,鬼夜哭。嫘问:"鬼为啥哭呢?"奶奶说:"鬼怕自己做的坏事被记下来,所以害怕得哭了。"①桑伯说:"仓颉造字,不光鬼夜哭,兔子也哭了一晚上。"嫘问:"兔子为啥哭呢?"桑伯说:"兔子夜哭,哭得眼睛红红的,哭成了红眼,一直没有治好,连雷公、岐伯也没有法子。""兔子哭跟仓颉造字有啥关系?"嫘问。桑伯说:"兔子哭得这样伤心,总有它哭的原因,这原因我也弄不清楚,不过,我听说一般不咬人的兔子,见了仓颉就咬。"桑伯说罢,吹响了他的树叶。

　　为啥兔子咬仓颉呢? 桑伯不知道原因,西陵的人、轩辕之墟的人,都不知道原因。仓颉之后两千余年,东汉人高诱发现了"仓颉作书,……兔夜哭"的秘密。高诱在《淮南子注》中写道:"兔恐见取豪(毫)作笔,害及其躯,故夜哭。"你仓颉发明了文字,人族为写字做笔而拔兔毫,所以兔子夜哭;兔子的苦难由仓颉而引起,所以它们见到仓颉就咬。

　　嫘嫁到轩辕黄帝家,经常能见着仓颉。

　　仓颉是大典氏的。大典氏、少典氏,都以"典"命名。"典"就是放在祭台上的竹简、木牍串起来的书册。大典氏、小典氏部落里的人发明文字,书写典章。后来的典册、典籍、典常、典型、典范、典象等词语,就是从大典氏、小典氏那里演化来的。

　　仓颉之仓,是藏的意思。仓颉本来是个仓库保管员,负责记录

---

① 　《淮南子》:"仓颉作书而天雨粟,鬼夜哭。"

黄帝部落入仓出仓物品的名称跟数量。部落里的余粮,弓箭,长矛,御寒的皮毛,河里捞出准备做舟的大木头,都是从这个仓库里出入的。东西多了,时间长了,脑子记不过来了,文字就不够用了,比如说一张虎皮几张狐狸皮记混淆了,长矛弓箭的出入数量对不上号了。仓藏的东西,成了一笔糊涂账。黄帝不太满意,让仓颉想办法。仓颉在前辈留下的简单文字的基础上,发明了更多的文字跟词语,让文字更形象,更容易记住,适应日益增多的复杂事物的需要。

嫘见到仓颉,满脑子好奇。一见他,就笑起来,笑声好不容易停了。她说:"恁并不是外面传的,有四只眼睛呀?"

仓颉说:"我也不知道我有几只眼。"

黄帝说:"说他四只眼,是说他见多识广,哪有长四只眼的人?"

嫘看仓颉,鹰勾鼻子,两眼明亮,双眼皮——呀,不是双眼皮,右眼眼皮叠了三折,左眼眼皮叠了四折,这太少见了。

嫘母说:"你能造出字来,不是凡人。"

说到造字,别人就插不上话了。仓颉说:"天地之间,本来就有字,字随万物一起涌动出生。你看它随着水纹出现,你看它在鸟爪之下,你看河里爬出来的乌龟身上就长着字,日头在万物身上写字,树枝在天空写字,许多鸟虫的叫声就是自己喊自己的名字,找到相应的字就中了。天地万物,自身携带字的,我把它提取出来了。还有更多的字,在空中密密麻麻地飘着无处安身,等着寻找个落脚之地,等待各自的主人跟故乡。字等着物,物也等着字,各自在自己住的地方等着,只是需要个牵线人,我就是字与物之间的媒人,让字跟物见面,让字在物上安身,让每个漂游的字跟词安家,让每个事物有一个具体而形象的名分，让人们用一个独一无二的声音叫出它们的名字，让每一件事物以自己的名字呈现，让字的面相跟它代表的东西相配。不然，就谁都不知道谁是谁了。"

仓颉拿出一个用鹳的腿骨做的骨笛，指着骨笛上的符号给嫘母看："你看，这是我祖上留下来的，上面就刻着文字。我跟着前辈学，不过是给已经存在于天地之间的文字找个落脚地，让它落到适合它的东西上。比如让谷字落到谷子上，让雨落到雨上，那个长着翅膀的小仙人就是蝴蝶，那个采花酿蜜又会蜇人的小东西就叫蜜蜂……不能弄错，不能让谷字落到雨身上。谷雨成为一个词，那是因为我造字那天，天下雨，还下了谷子。"

嫘母说："阵多花草，阵多虫子，阵多事情，都没有名字，只能用指头指来指去，你快点造字命名呀。"

"是啊，周围这么多字的灵魂，万物的灵魂，纠缠着我，我得抓紧。可是，事关名物，得名副其实，得各归其主，不能草率，更不能弄错。比如说没有黄帝发明车，就无法命名车前子，没有黄帝的马，就无法命名马蹄草。那些草一直就在那里，它们和我原先谁也想象不出来车子跟马蹄的样子。"仓颉说。

一只狗从一丛草旁经过，草的穗子像狗的尾巴。仓颉说："这个草就叫狗尾巴草。你看那朵花开得像天鹅，就叫天鹅花。这朵花像是水中的小金鱼游到了草叶上，就叫金鱼草吧。"

嫘母说："你这脑袋瓜儿太好用了，这一会儿工夫就起了阵多名字。"

"我就是为字活着，为命名活着。有时候我自己也奇怪，我怎么能够创造出这个字？创造出这个名？不能不承认，我有天命，我有神助。"

正说话间，一只鸟儿飞上枝头，"谷谷"自语。仓颉哈哈大笑："它就叫布谷。"布谷一听见自己有名字了，立马大声叫起来："布谷，布谷。"其他布谷围上来，一起温习着自己的名字。那些花草树木，都记着了这个天天叫布谷的鸟叫作布谷，不会认错的。有个小布谷从一个树枝跳到另一个树枝，突然就把名字忘了："我叫啥？我是谁？"妈妈告诉它："咱们都叫布谷。"林子里的众生笑成一片。

草丛中觅食的一群鸡被狗吓跑了，偏偏有一只鸡举着红红的冠子一动不动，仓颉走过去一看，是一棵草上开着鸡冠样的花。他说："原来是花中之禽，叫鸡冠花吧。"

嫘顺手从树上摘一个果子给仓颉吃。仓颉看看果子，一身毛毛，像褐色狐狸的毛，用袖子擦擦，咬一口，说："好吃，叫狐狸桃吧。"两只猕猴在树上吱吱叫着，你一口我一口地啃着狐狸桃。仓颉说："叫猕猴桃也中，狐狸跟猕猴，恁俩不要打架，各称各叫，一物两表。"

许多年以后，当蚕丝跟白云盘旋在嫘祖的头上，嫘祖对黄帝说："刚才过去的是仓颉吧。"黄帝说："不是他是谁，都老了。"嫘祖说："俺一恍惚，终于看清了仓颉的眼睛，他真的长着四只眼睛，那两只不常见的眼睛藏在他第二层跟第三层眼皮的折子里，怪不得他能造字。"

黄帝说："那是你眼花了，歇歇吧。"

【闹人】

孩子一生下来，就会哭。不会说话，不会走路，就会哭，没人教他他也会哭。他有一张生来会哭的嘴巴。

青阳生下来会哭。昌意生下来也会哭。

昌意是嫘跟黄帝的第二个儿子。《帝王世纪》记载：（黄帝）"元妃，西陵氏女，曰嫘祖，生昌意。"《汉书·古今人表》记载："嫘祖，黄帝妃，生昌意。"

嫘母问婆婆："轩辕生下来也会哭？"

婆婆说："人谁不是哭着来到这个人间的？你也是。"

嫘母说："奇怪，没人教咋会哭哩？肯定有人教他，谁教他学会哭的？怀他的时候俺悄悄地教他笑哩。"

"你看你养的蚕，谁教它吐丝？谁教它作茧？谁教它化蛾？谁教它产卵？"

嫘母被婆婆问得笑起来，她真的没想过蚕的本事是谁教的，就是呀，蚕的本领是谁教的？她正想着，昌意哇的一声大哭起来。孩子一哭，她的两只奶子就涨起来，奶水就滋出来。后来的《博物志》说"婴儿号，妇乳出"，真是一点儿不错。

婆婆喜欢地说："奶水足，孩儿福。"

小孩哭，在西陵、在轩辕部落，都叫闹人。

那个懂律、爱哼小曲的伶伦，[①]喜欢逗昌意玩，他说："一会儿哭，一会儿笑，知了尿怎一嘴尿。"

嫘母抱着昌意问婆婆："都说轩辕生下来七十天就会说话，这孩子快一岁了，咋还不会说话呢？就会闹人。"

婆婆说："小孩子家，闹人就是说话。我都记不清轩辕多大会

---

① 《吕氏春秋·古乐》："昔黄帝令伶伦作为律。伶伦自大夏之西，乃之阮隃之下……听凤凰之鸣，以别十二律。"《古今事物考》："黄帝命伶伦考八音，调和八风，为《云门》，则其事于是乎备。"

说话、啥时发长齿更的,那时的日子过得分不清日子。"

有一阵子,昌意晚上不睡觉,夜夜哭,哭得头顶的呼歇塌儿①一鼓一凹的,哭得满屋子弥漫着婴儿肉肉的气息,哭得嫘母的奶都是涨的,涨得都滋了出来。

黄帝说:"两个大饭碗,还喂不饱一个小崽子?"

嫘母说:"不吃呀,哄也哄不住,抱着不中,摇着不中,就是夜夜哭,扯着嗓子使劲哭。小东西,你有啥委屈的事呀一直哭。"嫘母说着,自己也快哭了。

婆婆说:"孩子眼弱,是不是看见啥东西吓着了?"

四周到处都是神灵,它们都知道原因,却不能说出。

嫘母说:"你看他胸前青一块,俺老家说这是鬼的指头印。"

黄帝四周看了一下,说:"鬼也喜欢逗小孩玩?"

四周的神灵看着角落里的小鬼。小鬼说:"我证明,鬼没在他身上按指印。"

夜莺悄悄地说:"小哥哥是用自己的哭,预告大家,家中要来小弟弟了。"②

这些话,嫘都没有听见,即使听见也听不懂。

第二天,黄帝叫来仓颉说:"你造字,鬼夜哭,我家这小子夜哭,是怎么回事啊?"

正话说间,一声娃娃的哭声传来。嫘告诉仓颉说:"这是鱼的叫声,不是昌意哭,昌意刚哭累了,睡着了。"

仓颉说:"等等等等,得先给这条鱼起个名,就叫娃娃鱼吧。"

----

① 呼歇塌儿:囟门,中土古语。
② 许多年之后,孩子夜哭的秘密被庄子发现,《庄子》曰:"有弟而兄啼。"《氏族源流》:"黄帝元妃西陵氏,谓之嫘祖,生子三人,曰昌意、玄嚣、龙苗。"

娃娃鱼听见了,娃娃似的答应着。仓颉这才拿出一片大叶子给嫘母,说:"这是巫咸教我的咒语,嫂子让人把这个挂到人多的地方。"

黄帝看了,念给嫘听:"天皇皇,地皇皇,我家有个夜哭郎;行路人,读一遍,一觉困到大天光。"

过路人如是念上一番,如同念动咒语。夜哭的昌意果然不哭了。

语言通神,咒语灵验。这个治疗孩子夜哭的咒语一代一代地传了下来。①

昌意吃饱了,满地乱爬,爬着爬着就会走了。嫘母回想起来,青阳小时候,不会爬,而是坐在地上尾②,尾着尾着就会走了。

【尿床】

人睡觉时,尿在床上,叫尿床。

人,谁没尿过床呢? 不尿床,长不大。

草木不会尿床。鸡猪牛羊之类的动物得尿尿,但不会尿床。

原先没有床的时候,也就无所谓尿床。炎帝为避湿气,做了人族的第一张床,从此,人知道上床睡觉,一觉睡到大天亮,这比没有床的日子舒服多了。人们学会了压床、赖床,知道了床笫之欢与床笫之私,还学会了在床上磨叽半天不起来。

---

① "天皇皇……"一直在民间流传,后来被记录在清人范寅编写的《越谚》中。

② 尾,中州古语,指人坐着移动的动作。

有了床,谁敢说自己没有尿过床?不尿床,憋得着尿,是人长大的标志。当然,大人有时困得累得很了,偶尔也会尿床。

黑灯瞎火,爹娘沉沉睡去。昌意想撒尿而害怕黑夜,憋着一泡尿。憋着尿,他开始做梦了。娘教育他不能在人前尿尿,他记住了。他得找个没有人的地方尿尿。昌意在梦中,急着找地方尿尿,他跑到杜康伯伯那里,一群人正在吆喝着喝酒;他跑到宁封子伯伯那里,宁封子一直拿眼睛看着他;他跑到明堂的后面,五圣伯伯说,这可不是尿尿的地方。他找一个地方有人,再找一个地方还有人……终于找到一个没有人的旮旯之处,正要尿,夜游神过来了。等到夜游神走远,昌意憋了半天的一泡尿才痛快地尿出来了。嫘母醒了,往昌意屁股上拍了一巴掌,嚷道:"又尿床了。"又推推黄帝说:"大水把你漂起来了,你都睡不醒。"黄帝仍旧没有醒。

轩辕部落有歌谣唱道:"尿床精,打愣愣,半夜起来看星星,老天爷,还不明,屁股沏得生巴子疼。"

牛呀羊呀老虎呀虫子呀鸟呀,也曾经在床上试睡过,感觉在床上睡,不能打滚,不接地气,一点也不好玩,一点也不舒服,一翻身,还容易掉床,就不睡床了,依旧睡在地上、树上。动物笑话人族说:"炎帝做床,多此一举,床呀原来是为人族尿床、掉床、在床上翻来覆去睡不着、睡着之后做噩梦准备的呀。"

四周的草木说:"人族动土杀树,垒床做床,然后在床上尿床,做噩梦,这是折腾的啥哩?还是没有床好。"

炎帝想:我造床,造成了尿床、掉床、赖床,这可不是造床的初衷,咋回事呢?炎帝一直也没有想通。

【胎里素】

天地之间，万物众生，有一群素食者，像牛、羊、马……还有嫘。

嫘生下来就不沾荤，只吃五谷杂粮，吃青菜，是胎里素。

嫘小时候，看见人拿一把刀子，一把插进猪、羊、鸡的脖子，一刀剖开人家的肚子……哇哇地大哭起来，一边哭一边吐起来。从此，家人、邻居杀猪宰鸡都是背着她，不让她看见，怕她看见了反胃。

有了丈夫孩子，嫘仍吃素。

有一天，黄帝故意把一块鸡肉捣碎拌在菜里，给嫘端过来，碗到嘴边，嫘闻到一股腥膻味道，一转脸，哇地一口，吐起来。

有天晚上，嫘吃了一条鱼。刚吃完鱼，鱼就咬她一口，把她咬醒了。嫘醒来，知道自己是做梦吃的鱼，没有真吃，可是仍然呕吐不止。

"不是一家人，不进一家门。我是胎里素，你也是胎里素，以后咱俩合伙。他们吃他们的荤，咱俩吃咱俩的素。"婆婆说，"咱俩是草木托生的，牛羊托生的，轩辕那么爱吃肉，难道他是老虎豹子托生的不成？那天，五彩光环绕着北极星，光芒把北斗七星的光都遮住了，大地跟白天一样，地上掉粒谷子都看得清楚，那天晚上我怀上轩辕。三月三，生轩辕。① 吃素的娘生了个吃肉的儿子，吃素的

---

① 《玉函山房辑佚书》辑《河图稽命徵》："附宝见大电光绕北斗权星，照耀郊野，感而孕，二十五月，而生黄帝轩辕于青邱。"一般认为，黄帝生于公元前2717年，具体出生日期有不同说法，一说三月三日，一说四月二十四日。

闺女嫁了个吃肉的丈夫。"

嫘咯咯地笑起来说:"他替娘和俺吃肉,把娘跟俺不吃的肉都吃到了自己肚子里,长力气。"

正说着话,昌意哭喊着说:"娘,娘,我咬着舌头啦。"放下碗,张着嘴,让嫘母看他流血的舌头。

婆婆说:"这孩子馋啦,嘴里缺肉啦。"

嫘说:"娘,咱俩从来不吃肉,咋也不咬舌头?"

婆婆说:"没见过哪只羊咬住自己的舌头,没见过哪个草木咬动物一口。"

嫘想想,还真的是这样。

后来,有谣言传到嫘母耳朵里,说是黄帝在外面养个素女。大家还咬着耳朵说,还有个什么经。

嫘母对黄帝说:"俺本吃素,一个素女,你该在外面找个荤女呀,咋又找个素女?"

黄帝哈哈大笑起来:"我的传说那么多,神我妖我,都不是我。你且信我。"

嫘母说:"不是不信你呀,怎么也得让素女来咱们家认认门,认认婆婆呀。"

不久,素女还真的进了轩辕家的门……

【明火虫儿】

星星,星星。

"町疃鹿场,熠耀宵行",说的是明火虫儿。

天一黑,有的石头会走路会发光,有的树枝会走路会发光。天一黑,虚空里有星星在走……

嫘母告诉昌意说:"那是明火虫儿。"

"星星,虫虫。"昌意的小手离明火虫儿越来越近。月光下,林子里微微风起。昌意的小手捏着了那个微笑的星星,那个明亮的虫虫。

青阳领着昌意捉明火虫儿的时候,嫘母想起家乡,想起西陵湖西陵河边林子里的明火虫儿,那是西陵之墟晚上最小的灯。嫘母想到这里,有些想娘家了。

孩子们捉来明火虫儿,嫘母找来丝线,哼唱道:"明火虫,夜夜明,飞到西,飞到东……"她用丝线系好明火虫儿,让孩子牵着玩。

昌意看见明火虫儿的肚子一闪一闪地发光,连忙看自己的肚子,他哇地哭起来:"娘,我肚子咋不亮呀?"他只顾哭诉,忘了手中的线头,那几只明火虫儿拖着长长的丝线飞入虚空。昌意一哭,两个鼻孔里的鼻涕流出来,嫘母一看,跟蚕尾巴一样,笑起来,捏着他的鼻子说:"擤。"昌意哧溜一声,把鼻涕吸了进去。"你这是吃鼻涕,"嫘母说,"擤,不是吸……"

"擤,擤。"嫘祖好像还没有把昌意的鼻涕擤干净,就开始给昌意的儿子颛顼擤鼻涕了。她给颛顼擤鼻涕的时候,老是有种错觉,以为还是在给昌意擤鼻涕。

颛顼小时候,也喜欢明火虫儿。嫘祖找来丝线,系上明火虫儿,让颛顼玩。嫘祖唱道:明火虫,夜夜明,飞到西,飞到东……嫘祖惊讶地发现,一群明火虫儿在颛顼的头顶上聚拢成一个亮亮的圆圈。

【粗话】

"鸡压蛋,狗连蛋,羊跑羔,猪打圈,猫叫春。"①

嫘母问青阳跟昌意:"这是在哪儿学的粗话?"

"都说是仓颉老伯说的。"

嫘嚷道:"老伯能说,你不能。"

"娘,为啥?"

"你是黄帝家的孩子。"

"明白了,娘。"

"黄帝家的孩子,不兴说粗话,不兴骂人。"

"娘,人家骂俺咋办?"

嫘母被孩子问住。她还没想过这个事情,就反过来问孩子:"你说你怎么办呢?"

"人骂我,我也骂人。人打我,我也打人。"

嫘母对黄帝说:"仓颉说的粗话,孩子也学会了。他发明字就发明字呗,为啥要发明那些粗话?"

黄帝说:"粗话,也是人间少不得的话。有时候,不说粗话不中嘛。有时候,得说粗话才中,才解气。"

"这是啥道理呀?"

嫘母见了仓颉说:"仓颉呀,你发明的那些粗话粗字,你小侄子都学会了,刚学说话,就会说粗话。"

_____

① 这是民间对几种动物交配的称谓。

仓颉说:"粗话也是话。人间的有些事情,得用粗话对付,就像黄帝治理人间,有时得靠武力一样。更何况,那些字词一落地,我就管不了啦,它们有腿呀,它们有嘴呀。就像孩子,长得快,长得我都不认识了。孩子和那些字,一个个都长大了,走远了,我也没办法。"

嫘母叹口气:"这是啥道理嘛。"

【解梦】

"人族为什么会做稀奇古怪之梦?不奇怪吗?天地制造出黑夜,让人在黑夜里睡觉跟做梦。人族做梦,常常弄不清梦里梦外,哪个真实哪个虚幻。其实这没有啥区别。

"每一个人身上,都带着他所有的前世,带着他的祖先他所有的先人。他的肉身保存有他从大荒出生到今天经历化变的一切,这一切都会在梦中呈现。一个人,今世遇见的一切,今世进入身体的一切,鬼神,食物,风雨,气味,声响,颜色,还有感觉等,它们都有记忆,它们都会在一个人的身体内驻留,它们的记忆会进入人的梦里头。即使一个人没见过荷花,只要他遇见荷花风,闻到荷花味,或者是吃了见过荷花的鱼,喝了荷塘水,荷花也会随之进入他的身体,进入他梦中,他梦中也许不认识那朵荷花,这不要紧,反正荷花已经进入他梦里头。就像仓颉没有给天下万物命名,天下万物仍然一直活着一样,没有车,有车前子吗?没有车前子吗?万物自身皆有记忆,它们长在人的身体里,转化到梦里头。一个人在梦里飞起来,那是他羡慕鸟的飞翔,也可能是他吃掉的飞鸟的记忆,是他吃掉的飞鸟在飞……"

黄帝说:"巫咸你绕远了,我想给你说说我夜黑的梦。"

嫘母说:"黄帝说了一黑梦话。"

黄帝说:"以前做梦,梦醒忘个大半,夜黑这个梦,醒来记得格外清晰。"

巫咸的头顶亮亮的,他说:"说来听听。"

"我梦见刮大风,大风把地上的垢土刮得干干净净。梦醒后,我撒泡尿,接着又做一梦,梦见一个人,拿着只有具有千钧之力的人才能拉得动的强弩,驱赶着千万牛羊。"

巫咸道:"正要告诉你,你前面有场大战等你,大战需要大将。"

嫘母紧张地问:"要打仗?"她手里的一枚玉蚕掉到地上,还好,土地松软。

黄帝看见了嫘母故意不皱眉头,眉头上却凝结着愁,忙给巫咸使个眼色,说:"说梦,说梦。"

"风,风行天下;垢,吹去土就是后。此人名风后,可以风化天下。这是一位。还有一位。挽千钧之弩,有力;驱万千牛羊,善牧。这个人叫力牧。黄帝若是寻得风后、力牧,就不怕下一场恶战……"

黄帝打断了巫咸的话:"哪有啥恶战,不过,辅助大臣还是需要的。"

好好的日子,为啥要打仗呢?好好过日子多好,为啥要打仗呢?嫘一听打仗就紧张起来,担心起来,不过她还得把紧张跟担心藏在心里,不让黄帝看出来。她知道,黄帝有自己的使命,担心也没有用,可是她就是担心就是紧张啊。她只能把担心跟紧张藏在心里。她想说：打仗得死人，为啥不抓阄呢？抓阄决定输赢，又不会死人，咋不抓阄呢？可她不敢说。

后来，黄帝拜风后、力牧为将。《绎史》卷五引《帝王世纪》记载："黄帝……得风后于海隅，登以为相。"《帝王世纪辑存》曰："黄帝……得力牧于大泽，进以为将。"风后、力牧不负黄帝所望，在后来黄帝跟炎帝的涿鹿之战中立了大功。[①]

【造车】

黄帝跟他的大臣们造车的造车，修车的修车，有的做长矛，有的做弓箭，忙忙乱乱地准备跟炎帝的战争。

这样的战前准备场面，嫘在西陵之墟从来没有见过。西陵之墟，小邦寡民，大家平和来往，最多有些小打小闹，从来没有成群结队地打仗。嫘母心里慌得不行，觉得气短。她努力地把慌乱的心藏起来，但是藏不住，也坐不住，她站起来，走来走去，也不知道自己要干啥，这些都被婆婆看在眼里。婆婆装着没看见，装着漫不经心地给嫘讲黄帝的旧事——

如同地上本来没有路一样，世上本无舟车。人兽踩出了路，人走在路上，尽管路不平坦，心里平坦许多。黄帝的心里依然不平

---

① 《帝王世纪》："黄帝梦大风吹天下之尘垢皆去，又梦人执千钧之弩，驱羊万群。帝寤而叹曰：风为号令，执政者也，垢去土，后在也，天下岂有姓风名后者哉！夫千钧之弩，异力者也，驱羊数万群，能牧民为善者也，天下岂有姓力名牧者哉！于是依二占而求之，得风后于海隅，登以为相；得力牧于大泽，进以为将。黄帝因著《占梦经》十一卷。"

坦。他一直在想,人走在路上,手里拿着东西,肩上扛着东西,背上背着东西,还让牛驴替人背负东西,能不能做个东西让它替人背负东西呢?这路,除了让人走、兽走,能不能让那个能替人背东西的东西也走?他想做个叫车的东西。

黄帝做出来的第一个车,车轮几乎是方的。有人在一边拍手笑道:"坐上黄帝这车子,路更不平了。"黄帝又做出一个多边形的车轮,让共鼓推车,货狄坐车,在路上试车。共鼓和货狄是黄帝的臣子,以做舟楫闻名。① 车子在路上走了一圈,黄帝问:"这车怎么样?"货狄说:"车在路上跳,人在车上跳,蛋在裆里跳。"说得黄帝脸上有些挂不住。黄帝一直琢磨,如何才能造一个拉起来轻松的车子呢?

黄帝辅佐大臣、"七圣"之中的知命说:"那天我看见屎壳郎轱轮的屎球,圆圆的。"

共鼓说:"你看你看,飞蓬在地上轱辘。"

医者岐伯说:"刺猬是药,刺猬往下滚的时候,把自己团成一个圆球球。"

货狄说:"有天打仗,从山顶推下来的石头,圆的轱辘到了谷底,不那么圆的都停在了半山腰上……"

共鼓说:"天上的圆日头很容易地从东边轱辘到了西边。"

这时候,母鸡娩了一个蛋,咯嗒咯嗒叫着。货狄说:"蛋都是圆的。"

黄帝受到启发,将车轮做成圆的。一推一拉,果然,省劲多了。

货狄说:"推小车不用学,只要屁股磨得着;推小车不用问,只

---

① 《世本·作篇》:"共鼓、货狄作舟。"宋衷注:"二人并黄帝臣。"

要劲头使得匀。"

嫘笑起来。笑之后,一想起打仗,心里又枯惛了。

黄帝是车船的发明人。《易·繁辞》记载:"黄帝刳木为舟,剡木为楫。"《路史》中说:"轩辕……见转风之篷不已者,于是作制乘车,柜轮璞较,横木为轩,直木为辕,以尊太上,故号轩辕氏。"

青阳跟着黄帝练兵,天天练习推车,车上放着粮食兵器,推到浑身散架。他埋怨说:"天天推这破车子,使死俺了。"

嫘母说:"青阳呀,有比这破车子更省力的车子,恁爹没有发明出来,别人也没有发明出来,你去发明个呗,要不,你就先这样拉吧。"

嫘母的话像神的话。青阳不敢吭声了。

青阳长大才知道,能拉上圆形轮子的车已足够幸运,因为许多人遭遇到的命运之轮、历史车轮从来都不是圆的……

【打屁股】

嫘母一把把昌意拉过来,一把将他按在自己的左腿上,一把把他的屁股扭过来,一巴掌啪地扇上去,眼看着,昌意的屁股就肿起来五个红指头印。彤鱼氏把哭叫的昌意抱走了。嫘母把遮着半个脸的头发拢到耳后,忽然笑起来。

黄帝说:"噫,不是正在气头上吗,咋笑起来了?"

嫘母刚才那一巴掌使劲太大了,她甩着手说:"忽然想起来,人呀小时候都被大人打屁股,长大了又打孩子的屁股。每个人都被打过屁股,你说是不是?"

黄帝说:"噫,你这样一说,还真有意思。娘也打过我的屁股。"

嫘母说:"人这屁股,天生它,人长它,是方便人坐的,不是让人打的。为啥老是打屁股哩?"

黄帝说:"打屁股一定是经过多少年多少人得出来的教训人的最好方法。我敢肯定,打屁股都是解决家长里短的。屁股挨了打,屁股和脑子就长了记性,而不是长仇恨。如果是不共戴天,那就不是打屁股了,就要动枪动刀出人命了。"

"这么说,打人家屁股还有理啦?"嫘母笑起来。

黄帝说:"屁股那块地方柔软,打一下,也不要紧。打头,打得头破血流;打腿,打断了腿;打脸更不行,打人不打脸嘛。打哪儿都不好,只有打屁股最合适。被打者也能接受,不就是打几下屁股吗?忍一忍总是能忍过去的。如果是杀头,那就要拼命反抗了。"

嫘母被黄帝说得笑弯了腰:"昌意,过来,娘不打你了。"

黄帝说:"咱要立个规矩,犯了错,打屁股。"

"还当真了?"

"当真。"

仓颉说:"好主意,今后,完不成任务的,打屁股;不守规矩的,打屁股;犯错误的,打屁股;打败仗的,打屁股……打屁股,轻的用手打,重的用扫帚打。"

从此以后,黄帝家族、黄帝队伍里,打屁股作为一种处罚得到推广。如果问一句"屁股痒了?"这可不是给屁股挠痒痒,是打屁股的暗示语婉转语。听到这句话,大家就会自我约束起来。

天老后来评价说:"打屁股好,一个人的屁股暴露在大庭广众之中,脸面上过不去,红一阵白一阵;巴掌打在屁股上,那屁股红一块肿一块。打屁股好,好就好在让人长记性。"

【黄帝茧】

黄帝练兵之余,披发缓行,坦腹而卧,胸口扑通扑通地跳着。

嫘把扛着的篮子放下,从篮子里拿出一片桑叶,从桑叶的背面轻轻捏下一只蚕。嫘对黄帝说:"不能动呀,痒也不能动。"

嫘将软乎乎的蚕宝宝放在黄帝的肚皮上。

蚕宝宝进入了一个不同于桑叶的陌生地域,它抬起头,左顾右盼,只见筋骨盛隆,脸上又好奇又迷惘。

嫘对黄帝说:"不能笑呀,痒痒也不许笑。"

蚕宝宝低头爬行,沿着满身肌肉,爬到黄帝的丰厚胸肌,那里长着密集的汗毛。蚕宝宝被汗毛绊住了,几乎无法爬行。

黄帝想捏着蚕宝宝看看,被嫘阻止了:"你手那么重,不要吓着它呀。还记得不? 有一天你拿一个蚕宝宝看,两个指头一捏,就把蚕宝宝捏扁了。"

蚕宝宝遇到黄帝胸前佩戴的玄珠,停下来,开始吐丝,吐出来的是两根丝,一出口,两根丝转瞬之间就合拢成一根。那根丝线在黄帝的心跳中微微颤动,好像弹奏颤音的弦……蚕宝宝依托黄帝的汗毛跟玄珠,有条不紊地编织出自己雪白的蚕房跟人族无法洞察的迷宫。

黄帝听话得像个孩子。他闭上眼,不说话,不动弹,呼吸粗粗细细的,渐渐就睡着了。世界变得洪荒般宁静。蚕宝宝吐出的丝线随着黄帝的呼吸微微颤动,发出一种细微的丝的韵音。

睡着的黄帝,比睡觉的蚕宝宝还安静,比蚕宝宝还单纯。他几乎把自己睡成了一个蚕宝宝。嫘看着黄帝,幸福地想,这是俺的男人,是俺的蚕宝宝呀。

黄帝被嫘摇醒,他揉揉眼睛,像初生的婴儿。他看着嫘,有些迷瞪的样子,把睡前的事情都忘了。问一声:"啥?"

"啥? 蛇! 长虫。"

黄帝翻身起床:"长虫在哪儿?"

嫘大笑起来,指了指黄帝的胸前。黄帝顺着嫘的手指,低首一看,思路跟睡前连接上了。他一脸惊喜:蚕宝宝在他胸前结了一个好看的茧。

嫘把黄帝胸前的茧摘下来,茧上面连带黄帝的两根汗毛。这是嫘见到的最漂亮的茧,茧的两头饱满圆润,腰的过渡流畅,手摸起来很是厚实。

嫘说:"俺刚给它起个名,叫黄帝茧。"

黄帝说:"好,黄帝茧。"

嫘把黄帝茧当作宝贝,一直佩戴在自己胸前,晚上睡觉时把茧取下来,第二天早晨再佩戴起来。奇怪的是,这只茧里一直没有爬出蚕蛾子。

【货郎】

部落之间,一闪一闪闪动着货郎的担子。

虎狼不伤货郎。山贼不抢货郎。交战的双方,也不伤货郎。这是老规矩。货郎走到哪里,就吃在哪里,住在哪里,这都是老规矩。

谁也不知货郎多大岁数了。货郎自己也不知道。反正他就这么挑着担子每天行走在这个部落那个部落,以货易货。

货郎的挑子里,有盐,有针线,有许多其他部落的奇奇怪怪的东西,比如好看的羽毛、药材,还有一些不让孩子们看的东西,还有火镰火石,都是外头的东西,都是本土不长的东西。这些东西,除了盐,大都不能吃,吃的东西地里都长,不用换。盐,乃珍稀之物,来自远方。

货郎挑子里永远有换不完的物品。这个部落的人家拿自己部落生产的东西换走了他挑子里的东西,这些东西又被另一个部落的人拿自己部落生产的东西换走了。换来换去,它的东西从来没见少,也不见多,就跟看不出他长老一样。

有一天,他从方雷氏部落给西陵部落带来一把跟鱼刺一样的东西,说:"这叫梳子,梳头用的,谁来试试。"一群大闺女小闺女都闪身躲得远远的,怕那个像鱼刺一样的梳子把头梳坏了,把头发梳坏了。货郎说:"嫘,你来试试。"那时,嫘还是姑娘家,没见过梳子。货郎说:"嫘,你过来,我给你梳。"嫘虽然有些怯,更多的是好奇,她走过去。货郎拿着梳子,往她头发上一插,顺着头发慢慢梳下去……嫘跑回家,拿了几缕蚕丝,几块蚕丝布,把梳子换了回来,这是西陵头一把梳子。这把梳子从此成为西陵闺女的宝贝,到嫘嫁给黄帝时,梳子已经掉了两个齿。嫘把这把梳子留给了娘。

有一天,货郎传来话说:"炎帝说,本来不想打了,想想还得打一仗,不打不中,不打不知道谁对谁错,手下人都闲着,不打大伙都不答应,还得打。"

黄帝说:"你给他捎话,打就打呗。"

嫘母在一边说:"咋跟小孩子一样,说打就打?"

黄帝说:"说打就打,不打不中嘛。"

【梳子】

轩辕的第二妻室方雷氏,来自方雷氏部落。

嫘母对方雷氏说的头一句话就是:"恁家的梳子真好。"

方雷氏,小眯缝眼,长眉毛,见人就笑,笑起来酒窝分明,笑得人心里软软乎乎的。她长着一头乌黑顺溜的长发,长发长得比胳膊还长。

方雷氏说:"你用蚕丝换俺家的梳子,俺用梳子从货郎那儿换了你的蚕丝蚕布,不是一家人,不进一家门。"

方雷氏嫁给黄帝后,跟个跟屁虫似的,天天跟在嫘的后面,"姐姐""姐姐"地叫,帮黄帝梳头,给嫘母梳头。嫘母喜欢这个妹妹。

自从盘古开天地,女子梳头,都用十个指头梳拢长长的头发。没有梳子的时候,只能靠十个指头摆弄长发,被大风添乱,靠清风帮忙,靠流水帮忙。

方雷氏说:"夏天的时候,发了一场大水,那个发明舟船的狄货,从洪水中捞回几条比大腿还粗的大鱼。奶奶把鱼烤熟,大家吃了鱼,鱼刺堆了一地。俺左看右看那些鱼刺骨头,排列得那么整齐,就试着用鱼刺骨梳梳自己的乱发,开始用劲太大,一会儿刺痛了头皮,一会儿弄断了鱼骨,不过总觉得梳头方便一些。我折了两段鱼刺,叫来妹妹,叫来姐姐,一人发给一节,教她们梳头。妹妹一用力,把鱼刺扎进头皮。姐姐一用力,把鱼刺折断了。俩人嘟囔说:'又腥又扎又老断,不好使。'咋着才能不腥不扎人又不折断呢?俺觉得法子总会有的,只要不停地不停地想法子。有一天,俺遇见做木工的梓匠,俺把一段鱼刺拿出来,要师傅依照鱼刺模样做一个。几天后,梓匠把东西拿来了。俺一看,笑得几乎岔了气:每一根齿都跟手指头一样粗,简直能当耙地的耙子了。'老伯,我是用来梳头发呀,一拃长就中。'梓匠老伯听明白了。他回去后,用竹子做成了一把能放在手心里的梳子。我试了,果然好用,梳子就这样发明出来了。"

嫘母说:"人真是太会打扮自己了,你看黄帝的马,耕地的牛,驮货的驴,抓老鼠的猫,一身毛发,也没有发明梳子,也学不会用梳子,就人会用梳子。"

方雷氏说:"姐姐养蚕抽丝,神都不会。"

一天,嫘看方雷氏眯缝着眼,看着一条鱼发呆,头发耷拉下来了,都忘记拢上去。这个好像不会发愁的女子,发呆的样子怪好看哩。嫘想,自己在西陵湖边也曾看着鱼发呆。那时,她看着红鱼的嘴唇好看,心想,鱼的嘴唇的颜色在水里游来游去也不掉色。嫘不吃鱼。嫘对桑伯说:咋能把恁好看的鱼吃掉哩?桑伯说:鱼就是鱼,鱼生下来除了在水中游,就是被吃的,不然鱼在水中住不下,就会跑到地上,跟人争地盘了。嫘想了想,觉得说得好像有些道理。她说:你们吃你们的,反正俺不吃。

嫘母问方雷氏:"你想啥呢?"

方雷氏站起来说:"姐姐,俺在想咋做这条鱼呢。"

嫘母说:"你老做鱼,鱼不都是那么做的吗?"

"不一样呀,今天是给黄帝吃,跟俺自己吃那可不一样呀,俺得做得好看又好吃,让黄帝吃着高兴呀。"

【猫思想】

道生一,一生二,二生猫,猫观万物。

猫枕着自己的前爪儿,想天地之间的事情。猫想,狗的确知道一些人的秘密,不过,狗没有猫知道得多。人从来不知猫的一双眼睛从白到黑从黑到白一直在盯着人。天帝有睡着的时候,而猫没有。天帝要了解他睡觉时发生的事情,得找一堆神仙一一问来。猫找自己就中了。

嫘母说:"猫在人跟神之间。"

人头顶三尺高的地方,住有神灵,监视着人的一举一动。猫离人比神灵还近。猫从人身的四面八方掌握人的所有秘密,这对猫来说已不是什么秘密。当然,猫头鹰的夜眼,也会知道一些。马也有夜眼,还有许多精灵长着夜眼。有了夜眼,就能够看清黑夜,看懂暗黑,无碍地游走于夜间,但它们都没有猫看到的多,没有猫看得清楚。

老猫的眼睛白天采光,黑夜发光,但见——

乱云遮月。圆月破碎。老狼举头嚎月。花朵饮露。黄鼠狼顺着墙根寻找鸡。夜莺猎吃睡觉的蝴蝶。猫头鹰睁一只眼闭一只眼。人垂下上眼皮打瞌睡,呷嘴,睡觉;鸡的下眼皮长,睡觉时由下向上翻眼皮,才能把眼帘合上。狗在门口睡着了,它两只眼睛之上的白色斑点还像没睡的眼睛一样睁着。桑伯如果问这条狗有几只眼,我会告诉它四眼狗。你们不知道吧,人族传说仓颉是四只眼,他的确是四只眼。老鼠在不远处的老林子里磨牙。鬼魂走路,都是手心向上。每片叶子都是会飘落的,无风也飘落,它自身带风,自己把握风向,轻轻地悄悄地落地,没有一片叶子是一头栽下来,神奇得像我猫族从高处跳下时,把体重融化于虚空,然后轻轻地四脚着地而安然无恙,更惊奇的是,有的枯叶飘着落着就变成了一只蝴蝶飞走了,连夜莺也发现不了。人看鸟跕堆在树上睡觉,其实睡觉的鸟都是抓着树枝的,白天它们能够在粗粗细细的树枝上跳跃,睡觉时它们得选择一个粗细适合的树枝,大爪的鸟抓住粗树枝,小爪者抓住细树枝,不然它们也会在梦中掉下来。

……猫在暗处,看清一切黑,除了看不清老鼠地洞里交错的暗道。

夜空中那么多的猫眼看着我。我看地上万物,看得清楚。人看猫睡了,猫没有睡。猫在思想,思想就是左思右想与胡思乱想,这就是思想,没有别的思想了。

猫洞悉人性,了解人族的所有秘密,包括暗夜的秘密。

猫伸展一下四肢,跟人伸个懒腰一样,然后四仰八叉地躺着。猫想,对人忠心耿耿的事让狗去干吧,猫要保有自己完整的内心,与人保持合适距离,最终把人驯服。人啊,猫在你脚下蹭来蹭去的时候,不是讨好尔等,而是通过留下气味告诉众物:这人是我的,尔等别动。

我的脊背可以容忍人手那慢条斯理的抚摸,我的心里树立了对人不可以太信任的永久信念,媒母除外。猫必须自由,人们可以拴牛拴猪拴羊拴狗,不可以用绳子拴猫。猫妈妈生下小猫,自己照顾自己的,如果哪个人去看一眼小猫,猫妈妈会立即搬家,把孩子叼走,藏在另一个地方,这是猫界的本能,源于猫从骨子里生发的对绝大多数人的绝对不信任。

猫咪与人保持着距离,嫘母除外。猫咪如果正吃捉来的老鼠,被人观看,猫会恶心得呕吐。有人觉得猫咪可爱,这是你们的事,猫不做人族认为可爱的事。

猫知道人是贪吃的家伙,什么都吃,把喂养的猪杀了吃也就罢了,把媸蛋打鸣的鸡吃了,把给他看家的狗吃了,把老了干不动活的牛也杀吃了,牛冤不冤哪……猫不能叫人吃了。猫咪在日常生活中把自己的肉身修炼得酸酸的,酸得难吃,难吃得很,以此告诉人族,不要再惦记着猫肉。

猫咪能感知自己眼中的时间。猫咪掌握着时间的秘密。早晨,猫眼里的眼珠是圆的,随着日头升高,圆的眼珠变得狭长,到正午,猫眼里有一条垂直的线,随着日头落山,又渐渐恢复圆的眼珠。这个秘密最早被朝夕相处的嫘母发现,嫘母告诉了黄帝,黄帝告诉了天老,天老说打仗的时候用得着。嫘母叹口气说:"又扯到打仗上去了。"

青鸟是西王母娘娘系的,它看出我老猫有九条尾巴。殊不知,猫命大得很哩,每只猫都有九条命,而人才有一条命。只有一条命的人还要拼命去争命之外的东西,还要拼命去打仗,真是不要命啊!女娲造人的时候是咋设计的嘛……

【筷子】

男人正准备打仗,天天舞枪使棒,喊杀喊打的。

嫘母说:"人的手,最好是使筷子,吃饱了去劳作,干自己的活,实在没事干,就空手。除了这些,手拿啥都不好。拿弓矢、棍棒、石头去打架打仗不好，伸手拿人家的东西更不好，即便是拿东西赠人，也不那么好，让人家觉得不好意思，脸上挂不住。"

原先，人跟动物一样，都是用爪子抓食儿的。自从雷电点燃草木，人学会了用火。火是好火。火好是好，就是烧手。火烧手，是火族提醒人族：不要把手伸得太长，不要到处伸手。女娲造人的时候，就没有把人的手造得比腿还长。火族规定，火做出来的食物，不能直接用手去抓。人族在许多次被烧伤、烫伤之后，慢慢地知道用木棍用树枝去刨火中的食物。

彤鱼氏，是轩辕黄帝的第三位妻子，她在黄帝家里专管饮食。

彤鱼氏家族发明了筷子跟烹调术。

据说，起初彤鱼氏的先人是用一根树枝当筷子。一根树枝能插鱼烤鱼，一根树枝插吃物，好处是不烧手，但不能像手指头一样把食物捏起来，毕竟不方便。彤鱼氏先是找了三四根树枝插食物，树枝多了，一只手拿不住，另一只手来帮忙，弄得十个指头也忙不过来。两只手和众多树枝把人忙得一头汗，事情弄得越来越乱。那两只闲不住的手只好停下来，彼此商量了一下，决定忙一只手，闲一只手，就是说，只用一只手拿筷子。左手爱清闲，对右手说：那就辛苦你啦。

用几根树枝做筷子合适呢？右手来回摆弄着一把树枝，选来选去。右手说，感觉两个树枝最合适，人族站立起来就只用两条腿嘛，若是三条腿，站着不动倒是稳当，可走起路来就很麻烦。找来两个树枝，一个长一个短，它俩老是比长短，一比长短，就配合不到一起。右手忽然想起，人的两条腿一样长短才方便走路呀，于是把两个树枝折了一拃多长，截长补短。这就是最初的两根筷子。

彤鱼氏的先人想，咋用这两根筷子呢？

那个先人嘴里嘟囔道:幸亏五个指头中,四个指头向一边弯曲,大拇指向另一边弯曲,这样才能捏住筷子,要是五个指头都向一边,那就不好办了。他右手的五个指头慢慢地摆弄着两根筷子,五个指头开始争抢筷子,老是打架。两根筷子,五个指头一把抓,不中;五个指头都抢着拿筷子,也不中;四个指头拿筷子,仍不中。他只好跟各位指头商量一下,以拇指跟食指、中指为主,捏着筷子的腰,无名指、小指尽量不来掺和。如果哪天中指、食指不舒服了,其他指头再顶上来。

彤鱼氏的那个先人摆弄着筷子,拇指跟食指配合着,教两根筷子模仿两个指头的分合、拿捏,教两根筷子向小鸟的喙学习,叼东西。就这样,摸索出使筷子的最方便最省劲最简易最合适的姿势。筷子便成了加长的手指头,不怕冷热的手指头,跟手指头一样灵活的手指头……使筷子的动作就这样定下来了。

身体细长,兄弟成双,光爱吃干,不爱喝汤。哈,可惜可惜呀,筷子好是好,就是不能喝汤。

彤鱼氏嫁给黄帝之后,带来了家族里使筷子的忌讳:不兴把筷子插到饭上。不兴用筷子敲碗。不兴颠倒着使筷子。不兴拿筷子指指点点,更不兴用筷子指人。拿起筷子少说话。筷头不兴朝上。不兴嚼筷子。不兴用筷子反手夹菜。防着筷子掉地上……彤鱼氏说了这些规矩,拿眼睛看黄帝,黄帝拿眼睛看嫘母,意思是问嫘:咱们还讲这些规矩不?

嫘母说:"规矩总有它的道理,咱黄帝家使筷子也得讲规矩呀。"

昌意拿筷子时,手靠筷子的上端,大多数人拿筷子手是靠下的。彤鱼氏说:"拿筷子手高,找媳妇家远,昌意将来找媳妇,会找个离咱家很远的闺女。"

彤鱼氏说:"吃饭不能掉筷子,谁掉筷子谁到外面会被人打。"

昌意吃饭时筷子掉了。嫘母捡起筷子,轻轻地敲了一下昌意的头。昌意咧嘴要哭,嫘母说:"吃饭不兴哭,我先打你一下你就不挨别人的打了。"昌意笑起来。

黄帝跟炎帝的仗就要打起来,一家人坐在一起吃饭,都不说话。

彤鱼氏的儿子雍父把筷子碰掉了,彤鱼氏打了他一巴掌。

嫘母没吭声,把筷子捡起来,换了一双,给孩子。

雍父又把筷子碰掉了,彤鱼氏脸色大变:"你这孩子,咋阵不省事?"

黄帝马上要打仗,心中本来就不舒坦,一看孩子老弄掉筷子,觉得这是不是预示着接下来的仗不好打? 他皱起了眉头。

嫘母说:"筷子掉在地上,捡起来就中了,打小孩子弄啥。筷子掉在地上不奇怪呀,要是筷子在空中飘着,不往地上掉,那才是遇到幺蛾子了。"

黄帝一听,大笑起来:"是这个理,是这个理,筷子要是飞起来,不落地,那才是遇见鬼啦。"

彤鱼氏一下子明白了嫘母的良苦用心……

【三月三,手擀面】

三月三,一滴清露从竹叶上泠然落下。

本来一场战争要打起来了,黄帝交代说:让货郎去给炎帝捎个话,麦子要紧,等麦子熟了,麦子收了,种上芝麻谷子,再打中不中。不久,货郎捎来炎帝的回话,炎帝说,中,那就收完夏、种上秋再打。

嫘说:"三月三到了,咱给黄帝过大寿呀。"

一听说给黄帝过生日,大家高兴得不行。

嫘祖看着面前那一盆子面,她不知道自己要做啥。她忽然想起宁封子和泥做陶的样子。

面里加水,嫘祖的手在面跟水里搅和。摆弄着面,看着手下的面与水慢慢地和成一团。面团在她手中揉来揉去,揉得面团筋道发光。面发光,盆发光,手也发光。嫘看见了面团上印着她的指纹。下面该怎么办呢?

鬼使神差,她将面团擀成了面叶。

神使鬼差,她将面叶切成了面条。

接下来,她把面条下到滚水里,又择了一把青菜放进去。

一只画眉,聚精会神地看完嫘母做面条的过程,它领头吟唱,众鸟合唱——

画眉:天和。地和。人和。面

众鸟:天。和地。和人。和面

画眉:紧揉。慢揉。细揉。面

众鸟:紧。揉慢。揉细。揉面

画眉:重擀。软擀。均擀。面

众鸟:重。擀软。擀均。擀面

画眉:刀起。刀落。刀切。面

众鸟:刀。起刀。落刀。切面

画眉:遇水。遇火。遇人。面

众鸟：遇。水遇。火遇。人面

画眉：自卷。自舒。自在。面

众鸟：自。卷自。舒自。在面

一碗热腾腾的面条，端到了黄帝面前，碗上摆着一双筷子。

"手擀面，长寿面。"嫘说。

彤鱼氏说："怪不得这几天我老梦见筷子笑，筷子原来是梦见了嫘母的面条呀。"

仓颉说："擀面条，这是嫘母的又一大发明。"

黄帝说："这面条长长的，是天长地久的样子，以后每个人过生日都要吃面条，这要成为咱轩辕部落的一个规矩。"

婆婆说："面条呀，可稀可稠，能荤能素，这才是居家过日子的食物哩。"

随着黄帝威赫天下，面条、筷子在更广大地区流行起来。

【禺䝞】

嫫母是黄帝的第四位妻子，她跟黄帝生下禺䝞。《山海经·大荒东经》曰："黄帝生禺䝞，禺䝞生禺京，禺京处北海，禺䝞处东海，是惟海神。"[1]《路史·黄帝记》曰："嫫母生苍林禺阳。"吴任臣注曰："禺阳，即禺䝞也。"

---

[1]　同是《山海经》，《大荒东经》说"黄帝生禺䝞"，《海内经》说"帝俊生禺䝞"。上古久远，传说缤纷，多有分歧，读者明察。

嫫母怀禺虢的时候,天天给肚子里的孩子唱歌:

啥子吃草不吃根? 啥子睡觉不翻身? 啥子肚里长牙齿? 啥子肚里有眼睛?

石镰吃草不吃根,石头睡觉不翻身,石磨肚里长牙齿,花椒肚里有眼睛。

怀禺虢九个月的时候,嫫母正唱着歌,忽然她听不见自己的声音了。

周围的鸟,周围的草木,都听不到嫫母的歌声了。

嫫母说:"这是咋回事呀?"她没有听见自己说出来的话,急得哭起来,哭也没有声音。她吓得眼泪大滴大滴地滚下来。

"不兴哭。"嫘母说,"老辈人说,不兴让肚子里的孩子听到哭声,不兴把泪水掉在孩子身上。"

嫘母让人请来岐伯。

岐伯,庆阳北地人,黄帝经常跟他谈医论道,他著有《内经》《素问》《难经》等。

岐伯不紧不慢地说:"不用治,满十个月的时候自然康复。"

果然是这样。对于这件事,《黄帝内经·奇病篇·第四十七》记载:"黄帝问:人有重身,九月而喑。此为何也? 岐伯对曰:……无治也,当十月复。"

禺虢生下来,听到了妈妈的歌声——

大姐用针不用线,二姐用线不用针,三姐点灯不干活,四姐干活不点灯。

大哥上山滑溜溜,二哥下山滚绣球,三哥磕头梆梆响,四哥洗脸不梳头。①

【麻雀】

麻雀是老邻居,一出门就能看到。西陵、轩辕把麻雀叫小虫。

"高高树上一个碗,天天下雨下不满。"嫫母给禺虢哼唱着,"知道是啥吗?"

"鸟窝。"禺虢说。

树上的鸟窝通常是喜鹊的窝,乌鸦的窝,斑鸠的窝,布谷鸟的窝。小虫的窝大多在屋檐下、墙缝里。

有一天,俺禺虢搬了梯子,掏屋檐下小虫的窝。老麻雀看见了,大声地叫喊,禺虢装着没有听见,一把掏出来几个鸟蛋,又从另一个鸟窝摸出几只刚刚长毛的小虫。

嫫母听见小虫爹娘的叫声,从屋子里走出来,看到禺虢正拿着小麻雀玩。嫫母把小麻雀送回窝里,然后一手把禺虢提溜起来,一手啪啪地打在禺虢屁股上。

禺虢咧着嘴,忍着疼,就是不哭。

嫘母把孩子夺过来,告诉禺虢说:"以后不能掏小虫了。"

"大娘,为啥?"

"小时候捉麻雀,老了手抖。"②

---

① 这是歌谣谜,每句打一动物或虫子,《嫘祖》一书中有这些动物的描述。
② 中原民间至今还有"小时候捉麻雀,老了手麻手抖"的说法,其中或许藏有天机。

"啥是手抖?"

"手抖就是手吓撒,吓撒得拿不住筷子,拿不住东西就没法吃东西了。你不是好玩弓箭吗? 手一吓撒,连长矛弓箭都拿不住。"

"记住了。"禺虢听了嫘母的话,再也不敢捉麻雀了。

"记住了。"一群麻雀在树上说。麻雀都记住了嫘母的恩。

【隐身草】

"你找隐身草弄啥?"

"要打仗了,爹说了俺还小,不让俺去。"

"俺问你找隐身草弄啥?"

"找到隐身草,等爹跟炎帝老伯打仗时,俺拿着隐身草保护爹爹。"

西陵部落、轩辕部落都有隐身草的传说。说是有一种草,谁拿着它,谁便能够隐匿身形。他能够看见别人,别人看不见他。

昌意头上戴着自己编的柳圈,一种草一种草地拿在手里,让对面的禺虢看:"还看到看不到俺?"禺虢也戴着柳圈,是昌意给他编的。

昌意拿了蘑菇。禺虢说:"蘑菇。"

昌意拿了狗尾巴草。禺虢说:"狗尾巴草。"

昌意拿了蒲公英。禺虢说:"蒲公英。"

黄蒿,马齿苋,野豌豆,灰灰菜,藿香,薄荷,鹤草……试了几十种草都不是隐身草。

昌意拿起平时理都不理的猫眼草。猫眼草的草叶上有个圆圈,跟猫眼一样,茎叶折断后会流出白色乳汁,碰到眼睛眼肿,碰到小鸡鸡小鸡鸡肿。禹虢说:"还能看见你。"

昌意有些烦了,就掐了狗尿苔。禹虢也烦了,故意惊呼起来:"看不见了,看不见了。"

昌意正疑惑,禹虢说:"看见了,看见个小狗,汪汪,汪汪汪……"

昌意翻身把禹虢扑倒在地,骑在他身上,胳肢他的胳肢窝里的痒痒,禹虢笑得上气不接下气地求饶:"汪汪……我是小狗……中不中……"痒最常见的地方是胳肢窝,胳肢胳肢窝是一个少年"虐待"另一个少年的常用手段。

据说,昆仑山有这种神奇的隐身草。昌意想,啥时候能上昆仑神山呢,传说那是爹的住处,那里没有隐身草说不过去嘛……

还传说,宁封子老爹有明茎草①,除了黄帝,谁也不让看,拿着这根草,夜如明灯,能照见鬼的模样……

【老茧】

轩辕之墟的秩序是,男耕女织,男主外,女主内。

嫘母和姐妹们的手是柔软的,她们天天触手可及的都是蚕的白,蚕的软,她们的巧手跟蚕宝宝一样柔软。

嫘母放下软的蚕,拿着黄帝的手,抚摸着说:"你手上长了老

---

① 《洞冥记》:"有明茎草,夜如金灯,折枝为炬,照见鬼物之形。仙人宁封常服此草,于夜暝时,转见腹光通外,亦名洞冥草。"

茧。"

仓颉在一旁哈哈大笑起来说:"嫘母也会命名了,老茧,这名字好,只有嫘母能起这么好的名字。咱干活的人,手上长老茧,脚上长老茧。蚕茧,出丝有功。手上脚上长老茧,干活打仗有功。"

嫘母说:"黄帝跟你们一群干将,一块干活,一块练武,都是手足重茧。"

黄帝的手被棍棒磨出了厚茧,比蚕茧还坚硬。有一天,黄帝捏起一个茧,一下子就把茧捏扁了。

黄帝的大脚走过太多的路,一双大脚的脚底布满老茧,老蒺藜也扎不透。

黄帝往地上一坐,靠着树,呼呼睡着了。嫘祖挠他的脚底板,他一点动静都没有,脚上老茧厚得已感觉不到痒痒。嫘母想起青阳、昌意嫩嫩的脚底板,一挠就笑得停不下来,大声喊:"昌意,昌意。"昌意跑过来,看见娘正挠爹的脚底板,爹照样睡着。娘用指头弹爹的脚底板,嗒嗒作响,跟弹在牛皮上一样。昌意也学着娘的样子,弹弹爹的脚底板,嗒嗒作响。昌意觉得好玩,一下一下地弹着,一抬眼,看见娘的两行眼泪顺着鼻子流下来……

巳篇　阪泉

《说文解字》："巳，巳也。四月，阳气巳出，阴气巳藏，万物见，成文章，故巳为蛇，象形。"

巳，其本义是胎儿，又指求子之祭，引申指后嗣。又有终止义。

巳，十二地支的第六位。

【左撇子】

彤鱼氏部落发明了筷子，还传下来许多使筷子的规矩，其中一个规矩是，右手使筷子，不兴左手使筷子。

右手使筷子，是当初左右手的分工跟约定。既然有约在先，那就不能轻易变通跟改变。没有规矩，不中；有规矩不坚持，也不中。人族中，经常会生出一些不循规蹈矩的人，改变规矩。比如，大家都右手使筷子，偏偏有些人左手使筷子。这样的人，被称之为"左撇子"。

那天，黄帝和一群大臣商量跟炎帝打仗的

事。中午,彤鱼氏招呼大伙吃饭。

众臣说:"嫂子,你忙活半天了,坐这儿一块吃吧。"

彤鱼氏摆好了碗筷,端上来饭菜,跟大伙一块吃。吃着吃着她发觉哪个地方不对,总感到别扭,杏眼悄悄地看了一圈,扑哧一声笑了。

大伙说:"嫂子笑啥哩?"

"怪不得夜黑我梦见筷子哭。"彤鱼氏说。

"筷子还会哭?"

"看你们拿筷子的手,筷子不哭才怪哩。"彤鱼氏说。

"哈哈,五哥抱二妹,轻轻抱起来,两脚一张开,尝出味道来。嫂子说的是手还是筷子?"王亥说。王亥这人驯马出名,黄帝骑的马就是他驯出来的,他还是个打仗的好手。

彤鱼氏说:"今儿咋阵巧哩,一桌子九个人,八个是左撇子。"

胡曹伸出细手说:"嫂子,俺可不是左撇子,小时候左手使一次筷子,娘拿筷子使劲敲俺的头,这会儿想起来还疼着哩。俺做了半辈子帽子,都是右手缝制的。"①

伯余也伸出白净的手说:"俺做过那么多衣服,使刀剪使针,都使右手,从来没有使过左手,俺不是左撇子。"

夷牟放下筷子,露出大门牙,两手比画道:"俺左手挽弓右手射箭,黄帝夸过的,俺也不是左撇子。"②

竖亥黑着脸说:"嫂子,就你跟大伙不一样,你是左撇子吧?"竖亥是黄帝征战周游的开路者,他的脸晒得黑夜一样黑。

---

① 《世本·作篇》:"胡曹作冕。""胡曹作衣。"宋衷注:"胡曹,黄帝臣。"

② 《吴越春秋》曰:"黄帝作弓",其实是黄帝带领他的臣子夷牟作弓。《说文》云:"古者夷牟初作矢",《世本》云:"夷牟作矢,挥作弓矢"。

彤鱼氏说："怎么会呢，俺家从小就不兴左手使筷子。"

荣将打了个响指："没想到嫂子的左撇子还这么灵活。"他声若洪钟，他做出了人族的第一口钟。①

彤鱼氏说："荣将你可不能乱说，嫂子不是左撇子，嫂子是右手使筷子。"

茄丰啪啪地拍着胸膛说："嫂子不能不讲理呀，俺八个都是右手使筷子，就你一个是左撇子嘛，你仔细看看。"

彤鱼氏仔细看看，八个人都是同一边的手使筷子，唯独自己不一样，咋回事呢？我咋会是左撇子呢？

"嫂子，左撇子也没啥，人家都说左撇子聪明，难怪这顿饭做得阵好吃，嫂子你切菜也是使左手吧？"

"嫂子，你捋黄帝的胡子也是使左手吧？"

"我咋会是左撇子呢？难道我一觉醒来变成了左撇子？"彤鱼氏自言自语地说。

"吃饭吃饭，嫂子左撇子咋啦，左撇子也是嫂子。"

"嫘母不是左撇子吧？左撇子也没啥，嫘母的那个猫咪是个左撇子，你们没有注意吧？那个蚕猫咪每次伸出爪子，伸出的都是那个白爪子，白爪子在左边，它是左撇子吧。"

"对对对，黄帝大哥既喜欢嫘母的'右撇子'，也喜欢彤鱼嫂子的左撇子。"

大家不再言语，埋头吃饭。

彤鱼氏放下筷子，左想想，自己从来不知自己是左撇子，这么

---

① 《吕氏春秋·古乐》："黄帝又命伶伦与荣将，铸十二钟，以和五音，以施英韶。"

多年也没人说过自己是左撇子呀,在娘家时没人说过,嫁给黄帝,嫘母也没有说过,自己怎么会是左撇子呢?肜鱼氏右想想,哪会这么巧呀,哪会一桌子上都坐着左撇子呀,八个人也不可能同时学会用左手使筷子来哄我嘛,那只能自己是左撇子了,也是,平时谁好意思说我是左撇子呀,我平时咋就没有看看自己是不是左撇子呢?

夷牟见大家都不说话,用大门牙打破沉闷:"俺估摸着嫂子跟俺一样,使的是双枪,左右开弓,今天嫂子故意使使左手,让大伙见识见识。"

众人附和道:"是哩,是哩。"

"嫂子梦见筷子哭,不会是因为嫂子自己是左撇子,她自己不知自己是左撇子吧?"

肜鱼氏正不知如何回答,见象罔一脚高一脚低地急急走来。象罔在战争中伤过一条腿,深受黄帝信任。肜鱼氏忙站起来迎接:"吃了没有?"

象罔说:"我不饿,就是有点渴,想找口水喝。"

"不就是加双筷子嘛,见啥外哩,坐下吃。"肜鱼氏说着,拿双筷子放在象罔面前,眼睛一眨不眨,紧紧地盯着象罔的手。

象罔咧嘴笑笑,对肜鱼氏说:"嫂子,那我就不客气了。"又笑笑对一圈人说:"你们都没回呀。"说着,拿起筷子,叼了一只蚕蛹放在嘴里。

肜鱼氏一下子绝望了,象罔拿筷子的手跟那八个人一样。

"兄弟们,你们慢慢吃,嫂子今儿身体有点不舒服。"

"嫂子恁忙去吧,都不是外人。"

"有个谜语你们猜猜,哥儿俩双胞胎,上阵亲兄弟,只要拿捏好,哪怕左撇子。"

伯余责怪象罔说:"你看你一来,嫂子身体就不舒服了,咋回事嘛。"

肜鱼氏跑到嫘母那里,一见嫘母,跟小姑娘一样,眼泪就一滴一滴掉下来了:"姐姐姐姐,俺夜黑梦见筷子哭,今儿就变成了左撇子。"

"你变成了左撇子?"嫘母打量肜鱼氏着急的样子,她刚刚哭过,揉红了眼,本来她一只眼睛双眼皮一只眼睛单眼皮,现在都成了双眼皮。嫘母连忙牵住她的手,拉着她在自己身边坐下,问:"咋回事呀?你慢慢说。"

肜鱼氏一边说,一边扫一眼对面的蚕猫,猫咪前面的一条腿长着雪白的毛,连爪儿都是白的。她悄悄跟猫咪对照一下,果然,自己拿筷子的手跟猫咪的白爪儿在同一边。自己真的跟猫咪一样是左撇子。她说着说着就哭起来。其实她忘了,她跟猫咪是面对面的。

嫘母听了一会儿,终于听明白了,长长地叹口气说:"这些人的心真大呀,马上要跟炎帝打仗了,还有心思跟你开玩笑。"

【尾巴】

马师皇看着马尾巴说:"你说奇怪不奇怪,所有尾巴都长在屁股后面。"

马甩甩尾巴,算是响应。狗摇摇尾巴,汪汪叫着,同意马师皇的说法。长颈鹿说:"那是为了遮丑。"老虎、豹子说:"丑啥呀?哪儿丑啦?""我们有啥丑可遮呀?你那个地方丑吗?"长颈鹿也觉得自己理亏,不敢吭气了。

仓颉对马师皇说:"恁这个废话,还真不是废话。狗的尾巴,狼的尾巴——狼的尾巴是拖着的,所有的尾巴都长在身体后面,没有长前面的,没有长头上的,一个都没有,除非妖怪。"

马师皇说:"猪的尾巴也长在后面,恁家孩子是不是流口水?嚼两天猪尾巴就治好了。"马师皇话一出溜,就从肉身上的尾巴,说到了尾巴的治病功能。

跟仓颉一起造字的史官沮涌①说:"有次狩猎,俺抓住了狐狸的尾巴,一滑溜,让它跑了。"

女魃说:"狐狸尾巴可漂亮啦,没有见过西王母那件虎尾大氅,总见过嫘母的狐狸大氅吧。"这个女魃在后来的黄帝与蚩尤大战中立了大功。

嫘母没有心思听他们闲谝尾巴,她问:"你们几个都说说,跟炎帝的大战,长,还是短?"

仓颉说:"有个词叫虎头蛇尾,有种蛇的尾巴会发出响亮的声音,那是响尾蛇。嫘母呀,您知道,蛇的尾巴,兔子的尾巴,长不了。"

嫘母说:"您是说,这仗很快就结束了?"

马师皇说:"嫘母呀,老虎的尾巴可不敢摸,不摸它,它还要吃人,谁还敢摸老虎尾巴? 黄帝就是老虎呀。"

"你们一会儿说黄帝是龙,一会儿说黄帝是虎,一会儿说他住在昆仑山上,一会儿说他住在半空中的花园里,一会儿说他四个面孔,一会儿说他吃的是啥子玉膏。"嫘母说,"你们说说,俺嫁给了

---

① 《世本·作篇》:"沮涌、仓颉作书。"宋衷注:"沮涌、仓颉,黄帝之史官。"

人还是嫁给了神?"

"嫘母呀,您偷着乐吧,您嫁的不是人——是黄帝。"

窥纪对趴在嫘母背上玩耍的昌意说:"昌意呀,马尾鹊尾巴长,娶了媳妇忘了娘,你不能忘了恁娘。"

雷公说:"从前人也有尾巴,后来慢慢就没有了。"

黄帝走过来说:"我看哪,人还是有尾巴的。你看,炎帝的尾巴不就翘上天了?"

昌意在一边眨着眼睛,脑子绕不过圈来,不是说人没有尾巴吗,爹爹咋又说炎帝伯伯的尾巴翘上了天? 炎帝伯伯长尾巴了?

接下来的炎黄大战中,雷公跑不动了,揪着黄帝的马尾巴跑,马放屁也不松手,被众臣笑话,弄得雷公蚕眉直竖,却没有发作,瞬间化作气定神闲的样子。

【巫咸】

有个巫咸部落,与黄帝交好,好成了一家人。巫咸部落里有天下闻名的巫咸十巫。十巫是:巫咸、巫即、巫盼、巫彭、巫姑、巫真、巫礼、巫抵、巫谢、巫罗。这在《山海经》中都有记载。《山海经》之《海外西经》中描述了巫咸国,《大荒西经》中记载着这十巫的名字。神巫善于幽明之占,洞晓阴阳,职责是奉侍神灵,抚慰鬼魂。

黄帝与炎帝将交战于涿鹿,请巫咸占卜。

巫咸说:"黄帝你得把狗撵走,狗一惊一乍的,鬼神不安。"

"好,把狗撵走。"

巫咸说:"黄帝你得学嫘母,吃几天素,安坐养神,储蓄精神,最好斋戒三日。"

黄帝听了巫咸的话,斋戒三日。

巫咸把占卜的结果告诉了黄帝跟嫘母。这事,《太平御览》卷七九引《归藏》有记载:"昔黄神与炎神争斗涿鹿之野,将战,筮于巫咸。巫咸曰:'果哉,而有咎。'"

黄帝上战场后,嫘母问巫咸:"果哉,有咎,是啥意思?"

巫咸说:"打仗是杀人的游戏。失败者是失败者,胜利者不是胜利者。仗一打起来,黄帝也不能全其德呀。"

嫘母点点头,又问:"有没有一种让双方都赢、都不输的游戏?"

"天地大哉,肯定有这种游戏,可是人族不知是太笨了还是太聪明了,一直没有找到这个游戏,以后找不找得到也难说。"巫咸说罢,心里想,大哉嫘母。

嫘母自言自语道:"好好地过日子多好,为啥要打仗呀。"

嫘低头看蚕,蚕多好,长着嘴,除了吃桑叶吐蚕丝,从来不咬架,对人对物没有一丁点危害。她抬起眼睛,望着远处的树林子,目光虚了,她心想:树木多好,没有嘴,没有手脚,平平和和的,从不吵架打架。人要都跟树木一样、跟蚕一样,多好。

【阪泉之战】

俗话说,朱厌现身,见则大兵。[①]

[①] 《山海经·西次二经》:"小次之山有兽焉。其状如猿,而白首赤足,名曰朱厌,见则为兵。"

那朱厌,状如猿猴,白首赤足,平和日子没有踪影,它一出现,则预示着大兵发动。果然,黄帝与炎帝要打仗了。

黄帝与炎帝是同胞兄弟。《国语·晋语》记载:"昔少典娶于有蟜氏,生黄帝、炎帝。"贾谊《新书·制不定》曰:"炎帝者,黄帝同父母弟。"两人都是有本事人,各制一方,黄帝行仁道,炎帝也有自己的主张,许多时候意见不一致,都认为自己那一套对头,都认为对方那一套不对,在部属的撺掇下,就不满了,不满积累得多了,就动兵了。《新书》卷二《制不定》曰:"炎帝者,黄帝同父母弟也,各有天下之半。黄帝行道,而炎帝不听,故战涿鹿之野,血流漂杵。"①

云雾缭绕。这一战将要在阪泉展开。双方集结队伍踩踏起来的尘土飞升到半空,清亮天空变得浑黄,大地草木都笼罩在黄色泛红的尘土之中,瑟瑟发抖。天地之间忽起大风。士兵站立不住,个个抱紧树木,才没有被风吹跑。树上的鸟儿无法在树上落脚,连忙逆风飞逃。风刮得一只蜜蜂闪了腰,另一群蜜蜂被风刮跑,有只眼尖的蜜蜂,看见蚂蚁抱着石头抗风,赶紧通知蜜蜂兄弟们每人抱起一块小石子,这才把翅膀跟身子稳住。狂风持续,众生惊恐,各自深匿肉身,野兽慌慌张张地退隐洞穴。

风停后,两军各撤十里,黄帝与炎帝见面。

两人见面,遣走各自的随从,来到一个安静的山坡上。

四目相对,黄帝看着炎帝,炎帝看着黄帝,都不眨眼。

两人同时都明白了,这是小时候一起玩过的游戏。看谁先眨

---

① 黄帝、炎帝乃同父母,是一种说法。有的史书上认为两人不是同父母兄弟。读者明察。

眼,谁先眨眼谁认输。

这是最简单的游戏。眼睛自带,规则简单,随时可做。大眼睛
也好,小眼睛也好,都是要眨眼睛的。彼此盯着对方的眼睛,不许
眨眼。眼睛跟眼睛隔空打架,看谁的眼睛打过对方的眼睛;用眼睛
对话,看谁的眼睛说过对方;不许眨眼,不许睁一只眼闭一只眼。
可以做鬼脸,可以转动眼珠,可以抖动眉毛,目的是引起对方眨眼。
自己要坚持不眨眼,坚持就是硬撑。撑的时间再长,总有一个首先
撑不住的,这是肯定的,从来没有例外。谁先眨眼,谁就输了。

眼是心之窗,心虚的人、做坏事的人、眼力弱的人、力不如人的
人,不能长久地直视对方,这是这个古老游戏的古老伦理支撑。

黄帝看着炎帝的眼,想起炎帝小时候,因为啥事忘了,两人厮
打在一起。娘看见了,说,亲兄弟,多大点事,还打起来了。

炎帝看着黄帝的眼,想起黄帝小时候,因为啥事忘了,反正也
不是啥大事,两人忽然谁也不理谁了。娘知道了生气地说:多大点
事,别说是亲兄弟,就是不是一个娘生的,也不能记仇呀。

两人都长大了,娘不在了,怎么突然要打一仗呢?因为啥事打
仗呀?两人忽然都想不起来为啥要打这一仗了。

没准娘就在头顶上空看着自己呢。

两人同时眨眼,一起抬头,一起看见:一片祥云之上,娘在笑吟
吟地看着自己的两个儿子。两人扑通跪了下来,磕头。再抬起头
的时候,娘并不在天上。四下瞅瞅,山脉起伏,草木沉默不语。从
地上爬起来,黄帝、炎帝同时拍打掉膝盖上的尘土。小时候,他俩
在尘土里玩耍,回到家里,娘总是先把他俩身上的尘土拍打掉。

黄帝说:"亲兄弟,明算账。这一仗,还得打。"

炎帝说:"这一仗,还得打。"

刚刚松了一口气的草木,一下子又紧张起来。怎么还要打?周围看热闹的鸟叽叽喳喳,议论纷纷。

黄帝说:"老规矩,三打两胜,中不中?"

炎帝说:"不中也得中,老规矩,三打两胜。"

身后数里的军阵呐喊起来。

黄帝与炎帝来到一块平整的石头面前,面对面坐下,各自的右胳膊支在石头上,炎帝抓住黄帝的手,黄帝抓住炎帝的手。

炎帝说:"多少年没有掰手腕了。"

黄帝说:"小时候你赢我的多。"

掰手腕,需要点力气和技巧,做不了假的,掰不过就是掰不过,力不如人,不服不行,这是实力的比拼。掰手腕,把对方的手压倒在自己的手下,让自己的手背对着青天,就算胜了。

两人同声喊道:"一、二——掰!"

朗朗晴空下,响起一声炸雷。

浩荡大军,穿行于手掌。

头一回合——

黄帝手上,长着一群树,一群带刺的树,一群战斗的树。一上手,炎帝立即感觉到,黄帝的手带刺,每一个指头都带刺,每个纹路都带刺,几乎握不得。握不得也得握,扎手的事情总是躲不过去的。黄帝的兵,步步逼迫而来。

绵延青山的战场上,兵士如蚂蚁一样对峙在山林里。黄帝的士兵如树一般哗啦啦地在四周合拢,悄悄地包围了炎帝的队伍。炎帝的兵士浑然不觉地在树林中陷入重围。树枝上刮出如刀的风,往炎帝兵士的身上乱砍。一些树叶捂着兵士的眼,另一些树叶,大叶如刀,小叶如飞镖,呼啸着飞过去。树杈做弹弓,将弹子打向炎帝的兵士。每一棵树都正好站在耽误炎帝队伍行军作战的地方，那些兵士像倒霉的兔子一样，一个个准确地一头撞在树上，梆梆响。树枝的鞭子，树叶的巴掌，抽打四处乱窜的人。树根伸出来，把乱窜的兵士绊倒。木香花香被调成迷魂药，眼看炎帝的兵士，一个个倒也倒也。鸟跟树是一伙的，它们站在树上，往兵士头上拉屎拉尿。树木的兄弟姐妹——炎帝阵营里的兵士所有的木器制品都自废功能，比如弓箭疲软，车子散架，刀斧的木把都突然在地上扎根，拿不起来，动弹不得。树根与花草间，到处都是扭曲或倒卧的肉体。个别跑得快的兵士，逃出丛林的包围圈，想停下来歇一下，一转脸，看到一群树根正飞快地追杀过来……当然，追赶一百步，如果还没有追上，就不追了，这是老规矩。

第一回合，黄帝赢了，炎帝输了。

齟齬鱻麤霝龖龘鬷鼊籥鏍夒戀臟蕭尸踊饢癳爨齹灪爩纕……

天亮之后，进行第二回合的较量——

一个手上握了一把火，一个手中抓了一把水。山风浩荡，雷电大作，水火交战。

炎帝号称太阳神，他首先发力发威。纵火之鸟毕方，鼓动着红色的纹羽，白嘴壳一声声"毕方毕方"地叫着，火苗在它的叫声中在林子上空乱蹿。① 火灵怪狻即，张着巨大的红嘴巴，瞪着可怕的红眼睛，带领一群火苗在林子里奔跑，火苗中有老火有小火，有男火有女火，它们怪叫着，扑向黄帝的队伍。② 丛林里，浓烟滚滚，遮

---

① 《山海经·西山经》：章莪之山"有鸟焉，其状如鹤，一足，赤文青质而白喙，名曰毕方，其鸣自叫也，见则其邑有讹火。"

② 《山海经·中山经》：鲜山"有兽焉，其状如膜犬，赤喙，赤目，白尾，见则其邑有火，名曰狻即。"

天蔽日,风声火声混合在一起,发出可怕的声音,似乎要吞噬每一片叶子。人与人之间,面对面说话,声音还没有传到对方耳朵里,就被风吹散了,那零散的不成句子的声音,被一团又一团火一把拉着,一起围着,一个个点着,烧成了声音的灰。仓颉后来说到这场大风跟大火:一句话被吹散成一个字一个字,每个字都被火燎焦,化成了灰。黄帝的兵士在大火中躲闪,扑打衣衫上的火苗,队伍已经零乱。幸亏黄帝及时召唤来雷雨之神,他大吼一声,天上响起炸雷,骤雨瓢泼而下。这时,黄帝大将应龙也行云作雨,跟御火灵怪鸥鸟、鸓一起①,扑灭了大火。黄帝的大水把炎帝的大火浇灭了,剩下最后一团火。这一团火,孤身找水报仇。不知从哪儿跑过来一阵野风,一蹦一跳跑在前面,给这团火带路。一群爱看热闹的小鸟,沿途为这团火拍手鼓掌。天上落下来几滴温柔的雨点,赶来劝阻火苗:呀你消消气,不要上火。那最后一团火,不依不饶,追到林子中间的嚣水河畔,开始对水叫阵。只见河水一动,飞出一条燕子般的鱼儿,它叫鳛鳛,以御火著称。鳛鳛之鱼扑打着两翼的十只翅膀,飞到这团火跟前,伸手抓住这团火,放到嘴里,嚼嚼吃掉了。②

第二回合,黄帝赢了,炎帝输了。

胜负已定,第三回合还得进行。哪能赢了两个回合就结束了,这不行。这关系到三打两胜的约定,关系到失败者的面子。

第三回合——

---

① 《山海经·西山经》:"符禺之山……其鸟多鸥,有鸟焉,其状如翠而赤喙,可以御火。"《山海经·西山经》:"翠山……其鸟多鸓,其状如鹊,赤黑而两首,四足,可以御火。"

② 《山海经·北山经》:"涿光之山,嚣水出焉……其中多鳛鳛之鱼,其状如鹊而十翼,鳞皆在羽端,其音如鹊,可以御火。"

黄帝率熊、罴、貔、貅、貙、虎六大部落之军,在阪水河谷谷口与炎帝对阵。黄帝以开阳、玉衡、天权、天玑、天璇、天枢等星宿之名,幻变出了一个七星北斗军阵。炎帝率部迎战。双方厮杀,喊声震天。熊、罴、貔、貅、貙、虎各部,如同刮旋风似的卷向炎帝所部。炎帝见势不可当,赶紧后撤。黄帝本来也不是要全面彻底干净地消灭炎帝,因而网开一面,让炎帝率众,退回营盘。

炎帝的两个太阳穴突突地跳,好像有什么东西要从里面跳出来。

炎帝手软下来,对黄帝说:"我认输。"

漫天的火烧云,红了天,红了地,红了流淌的河水。炎帝把手中的兵器丢进河里。河水如血。被天地染红的兵士们纷纷将兵器投入河流。

黄帝跟炎帝牵着手,跪下,朝着埋葬母亲的地方磕了三个头。

炎帝率众回到南方一隅。

炎黄阪泉之战后,黄帝由一个部落的首领变成了众多部落的首领。

对于这场中国历史上的第一场大战,史书多有记载:

《史记·五帝本纪》记载:"轩辕之时,神农氏世衰,诸侯相侵伐,暴虐百姓,而神农氏弗能征。于是轩辕乃习用干戈,以征不享,诸侯咸来宾从……炎帝欲侵陵诸侯,诸侯咸归轩辕。轩辕乃修德振兵,治五气,艺五种,抚万民,度四方,教熊罴貔貅貙虎,以与炎帝战于阪泉之野,三战,然后得其志。"

贾谊《新书·益壤》记载:"黄帝者,炎帝之兄也。炎帝无道,黄帝伐之涿鹿之野,血流漂杵,诛炎帝而兼其地。天下大治。"

阪泉大战后,嫘母对黄帝说:"俺嫁到恁家,天天心惊胆战的就是打仗。咱以后不打仗了中不中？"

"中，我养性养民，不好战伐，可人家打过来了，咱得迎战呀，嫘。"

嫘母心焦如许。黄帝清醒如许。

炎黄阪泉大战，拉开了后来持续几十年乃至百余年的"黄炎之战"的序幕，更让嫘母提心吊胆的惨烈大战，还在后面。

【咬人狗】

狗本来是不咬人的，因为有了对手，因为有贼人，因为有人对狗不好，狗才学会了咬人。

人中有人，也咬人。一群动物在林子里专门讨论过："人咬人是不是跟狗学的？狗脸跟人脸真的有些相似。"狗听了一脸不高兴。狗说："所有的狗，都不吃狗肉，连狗骨头都不啃，再饿也不啃，这是狗的底线。你们，比如你们中间的谁谁，我就不说名字了，有此底线吗？"

几个动物脸上色变，改口说："人脸上长着动物的脸，动物的脸上也长着人的脸，人下嘴咬人肯定不是跟狗学的，也不是跟任何动物学的。"

动物们最后一致认为：人咬人，是人身上残留的动物性使然，正如人在地上打滚，跟驴跟骡子在地上打滚有些相似，但他们不是跟驴子骡子学的，而是自己身上本来就有的习性。人还有驴还有骡子不在地上打滚，难道在天上打滚吗？

弻的儿子也叫弻，生下来咬娘的奶头，咬自己的手指头，咬自己的脚指头,知道咬疼了自己,不再咬自己,专咬别人。尿尿时,喜欢抬起一条腿,这像谁呢?都没有想明白。他娶了媳妇,咬媳妇的嘴唇,咬媳妇的奶头,当然不会很使劲,不会咬出血。跟同伴打架,打不过人家,就下嘴咬,开始是逮着对方身体的哪个部位就咬哪个部位,咬人家的手,咬人家的胳膊,咬人家的耳朵,直到咬出血来。人们发现这个爱咬人的龃,两只耳朵跟两只眼睛不平,大声说:"呀你咋一只眼睛高一只眼睛低?你咋一只耳朵高一只耳朵低?"龃从此就专咬人家的耳朵。别人笑话他,他回击说:"好马用蹄踢,好人用嘴咬,耳朵最好咬。"大家给他起了个绰号叫"咬人狗",龃的名字就叫咬人狗了,这时大家想起来狗也是抬起一条腿尿尿的。

动物们说:"龃咬人耳朵的事实,进一步证实了咬人狗咬人,不是跟着狗也不是跟着其他动物学的,哪有一只狗还有其他动物咬人时专咬人家耳朵?一只都没有,虎狼都是扑上去一口咬着猎物的脖子,哪有专咬人耳朵的?"

把人叫咬人狗,没有贬低狗的意思,也没有贬低人的意思。龃被叫咬人狗,觉得好玩,没有不高兴。别人一叫他咬人狗,他就知道是叫他,爽爽快快地答应。

嫘祖头一次见到咬人狗,问你叫啥名字?他大声地回答说:"咬人狗。"嫘祖一听,就喜欢上这个名字跟这个孩子了。一个孩子,起个这样的名字,皮实,好养活。嫘祖听说他好咬人耳朵,说:"这野性子得收收。"

据说,许多狗听说以狗命名一个咬人的人,有些不高兴。狗想:"咬人的不止狗,猪急了也会咬人,兔子急了不也咬过仓颉咬过人吗?更何况,与虎狼吃人比起来,咬人是多大个事儿?人还杀人呢。"狗这样想着,尽管不高兴,仍忍着不吭气。憋在心里的气,等待遇到机会，就咬人一口，撒腿而去，让人也奈何不得它。

咬人狗养了一条狗。那狗跟了咬人狗也是缘分。有一天，狗把咬人狗咬了，咬人狗上前把狗的耳朵咬掉一半，那条狗惨叫一声，归顺了咬人狗。这条狗一只耳朵少了半截，看上去也是一只耳朵高一只耳朵低。

狗跟着咬人狗咬人，一般都是咬着人的腿。咬人狗每天带着他跟班似的狗胡乱转，一不高兴就上去咬人家的耳朵，听见对方失去耳朵的喊叫他就高兴了。咬人狗从来不咬人家的鼻子，他嫌鼻子里面有鼻涕。咬人狗咬下一块耳朵，吐给狗吃，狗高兴得哼哼着把耳朵吃了。据狗私下里跟一个相好的狗说："人的耳朵比较好吃，脆生生的。"

咬人狗被黄帝的大将力牧收了，成为力牧的跟班，形影不离。他跟着力牧上阵，倒是一员眼里冒火的猛士，别人的长矛、弓箭寻找肉体攻击，他直接下嘴。他说："打仗多好，比谁跑得快，比谁的力气大。"他常常冒着对方的石丸往人家的阵营里冲，顶着一头乌青甚至流血的疙瘩跟人家进行肉搏，上去抱住对方，一口咬住人家的耳朵。对方一声惨叫之下，哪还有心思去战斗，如果不能及时逃脱，如果一百步内被追上，就会被咬人狗乘机要了命。所有遇到他的耳朵，都是倒霉的耳朵。双方阵营里经常会听见这样的问话："你那只耳朵是不是被咬人狗咬掉的？"

有一天，嫘祖到河边喝水，咬人狗跑过来，拦住嫘祖说："老祖，这水可不能喝。"嫘祖看见，一只猫咪、一只狼正把尾巴伸进水里钓鱼。她问："咋不能喝？你往里面尿尿啦？"咬人狗说："水里有虫，有大虫。"嫘祖没有看见水中有虫子，水中也没有鸩鸟，倒是看见一群游鱼，看见大头的蝌蚪拖着小小的尾巴游玩着。一只蜜蜂正在喝水,被跃起的青蛙一嘴逮着,囫囵着咽了。咬人狗指着猫咪尾巴拖上来的一条鱼说:"大虫,大虫。"嫘祖笑起来。咬人狗又指着狼尾巴钓上来的比巴掌还大的乌龟说:"大虫,大虫。"声音有些发抖。嫘祖不笑了。原来,咬人狗的老家从来不吃鱼,他们把鱼、乌龟叫作大虫。咬人狗从嫘祖那里知道那些大虫叫鱼叫乌龟后,仍然不吃鱼。

炎黄之战后,咬人狗炫耀地说:"俺咬掉九十九个耳朵。"说罢又重复一遍说:"九十九个。"咬人狗又打了几次小仗,对方阵营里就多出一些只有一只耳朵的人。别人问咬人狗:"你通共咬掉多少耳朵?"他说:"九十九个。"他的狗汪汪两声,像在重复主子的话。

【茄丰】

炎黄大战后,黄帝要窥纪负责打屁股,惩罚那些打仗不力的兵士。

茄丰首当其冲。

茄丰嘟噜着脸,跍堆在地上,大声说:"俺的屁股为啥要你打?"

"打仗时,你咋带着队伍提前溜了?"

"那是腿的事,咋能打俺的屁股? 屁股又没有做错事。"茄丰站起来,一边说着,一边啪啪地拍打着自己的屁股。

"那就打断你的腿,看你的腿还敢临阵脱逃不!"

"那不中,咱们的规矩是打屁股,从来没有说打腿的。打断俺的腿,你坏了咱家规矩。"茄丰啪啪地拍着自己的大腿。

茄丰是个有名的拧筋头①,认死理。窥纪看着黄帝。黄帝看看天老。天老是黄帝七辅之一。

天老不咸不淡地说:"茄丰说得也对呀,规矩是打屁股,屁股又没做错事,规矩是打屁股,打人家的腿是有些不合规矩。"

黄帝听了,心和而不发,不动声色。

窥纪说:"天地不仁。"

知命说:"茄丰呀,你不配做咱轩辕部落的一员,不打你屁股了,也不打断你的腿,把腿留给你,你带着你的臣民跟队伍往西走吧,但愿你以后不奖不惩,把你的部属管得好好的。你走吧。"

黄帝点点头说:"你走吧,路上多带些吃的,想通了,活不下去了,想回来了,再回来。记住'天地不仁'这句话。"

嫘心想,人家一直在这儿住着,咋就把人家扫地出门了。可事关部落存亡,事关战争胜负,这是男人的事,她不能乱插嘴。黄帝对她说过,打仗可不是吃素的。打仗真不是吃素的,那些长矛弓箭,个个都张着吃荤的大嘴。

嫘觉得对不住茄丰,可她能做的事,就是拿了一些蚕丝、蚕布和蚕子,让桂花追上去,给茄丰带上。

茄丰嘟噜着脸,拍拍屁股走了,头也不回,一头向夕阳西下的方向走去,一去不返。黄帝部落再也没有茄丰的消息。《古小说钩沈》辑《玄中记》记载:"黄帝轩辕之臣曰茄丰,有罪,刑而放之,扶伏而去。后是为扶伏民,去玉门关二万五千里。"

---

① 拧筋头,认死理之意。中土古语。

【帝女之桑】

《山海经·中山经》:"宣山……其上有桑焉,大五十尺,其枝四衢,其叶大尺余,赤理黄华青柎,名为帝女之桑。"《山海经》中所说的帝女之桑,是炎帝的二女儿。

桑小时候,经常在嫘母的蚕屋里出出进进,跟嫘母亲近,跟蚕宝宝亲近。

嫘母看她学习养蚕那么专心,就说:"这小闺女跟桑蚕阵亲,就叫桑吧。"

桑不好好吃饭。嫘母说:"碗里剩下一粒米,脸上就长出一个麻子。"

桑听了,不再剩饭,把碗里的饭吃得干干净净,不抛洒一粒米,掉在地上的,也会捡起来,吹吹吃了。果然,桑的脸长得白白净净,洁白放光。

桑小小女孩儿,脾气大,动不动就生气。嫘母说:你采桑叶,笑着采下来的,蚕宝宝喜欢吃,生着气采下来的,蚕宝宝不喜欢吃。

桑听了,笑着去采桑叶,蚕宝宝果然吃得津津有味,她生气时采来的桑叶,蚕宝宝是皱着眉头吃的。果然跟嫘母说的一样。桑就不爱生气了。

炎黄大战之后,桑跟爹爹炎帝到了南方。到了南方,她不住家里,住在一棵桑树上。

这棵桑树,腰身需要十来个人手扯手才能抱住,树干长到三四人高的地方长出四个粗粗枝杈,一枝朝东,一枝朝南,一枝朝西,一枝朝北,枝杈上的桑叶每片都有荷叶那么大。桑姑娘像鸟一样,折来长短粗细的树枝,在桑树的高处搭了一个窝,住在里面,不再下来。

人们在树下看见,桑姑娘像个蚕娃娃一样,每天吃桑叶,她吃一片叶子吃一片叶子吃一片叶子吃一片叶子……不停地吃,把半边桑树的叶子吃光了,才回去睡觉。第二天,大家看到,她开始吃桑树另半边的叶子,吃一片叶子吃一片叶子吃一片叶子吃一片叶子……不停地吃。她把树上这半边的叶子吃完时,那半边的桑叶已经长出来,她接着吃。炎帝看着女儿的行为如此古怪,想把她哄下来。

姐姐瑶姬去哄,她不下来。①

妹妹女娃去哄,她不下来。②

妈妈听訞去哄,她不下来。③

谁都没有把她哄下来,反正无论咋说她就是不下来,用了许多法子也没有把她哄下来。

有人唱道:“一个姑娘,实在荒唐。树上建房,当成天堂。”

听訞说:“这样下去可不中,不如请嫘母来劝劝这闺女吧,她听嫘母的。”

炎帝让瑶姬和女娃请来嫘母。

---

① 瑶姬,炎帝女。《文选·高唐赋》注引《襄阳耆旧传》:“赤帝女曰瑶姬,未行而卒,葬于巫山之阳,故曰巫山之女。”

② 女娃,炎帝女。《山海经·北次三经》:“发鸠之山……有鸟焉,其状如乌,文首,白喙,赤足,名曰精卫,其名自詨。是炎帝之少女,名曰女娃。女娃游于东海,溺而不返,故为精卫。常衔西山之木石,以堙于东海。”《述异记》:“昔炎帝女溺死东海中,化为精卫……”

③ 《史记补》:“神农纳奔水氏之女曰听訞,为妃,生哀帝。”

嫘母扯着听讹的手,站在树下,哼唱道:"小白姑子,修白房子,修白房子,没门没窗子。"这是从前嫘母教给桑唱的歌。

桑听见歌声,从巢里露出半个脸来,一看真是嫘母,欢快地从树上爬下来,扯着嫘母的手,让嫘母看自己收获的蚕茧。

嫘母回轩辕部落去了,桑又住回桑树,不再下来。

在树下的人听到她的歌声:"桑蚕姑娘,上树建房。跟蚕作伴,胜于天堂。"

有人给炎帝出主意说:"在树下点一堆火,把她熏下来。"

烟焰中,桑没有下来。

有人看见,她裙裾冉冉,升上天空。

有人看见,火光中一赤身女子转眼之间跟一片彩云融为一体。

炎帝说:"桑这闺女是跟着她师父赤松子去了。"

这赤松子,是著名的神仙。《列仙传》记载:"赤松子者,神农时雨师也,服水玉以教神农,能入火自烧。往往至昆仑山上,常止西王母石室中,随风雨上下。炎帝少女追之,亦得仙俱去。"

帝女桑升天的地方叫南阳。《太平御览》引《广异记》云:"南方赤帝女学道得仙,居南阳崿山桑树上。赤帝……诱之不得,以火焚之,女即升天,因名帝女桑。"

嫘母在远游中听到桑的消息,叹口气,对黄帝说:"咱家这几个闺女呀,都不让人省心……"

【王亥驯马】

马,自己是自己的主人,马从来没有其他主人。

马背上从来没有被马骑过,更没有被人骑过,也从来没有被任何东西骑过。

马蹄嗒嗒的声音好听,马脖子上的鬃毛好看。黄帝早看清楚了,那个在林子、草地、河边咀嚼细草的叫马的大个子,嘶鸣响亮,雄伟刚烈。它光吃草,不吃肉,长尾巴鹊还吃肉,它不吃,连比它弱小许多的动物它也不吃。它与人保持距离,经常不等人靠近,就撒蹄而去,顺风逆风跑得都快,比人跑得快多了,别想猎狩到它。

一天,王亥在林子里竟然捕获一匹大白马。

那匹马不知怎么得罪了蜜蜂,一群蜜蜂大概有几千几万只,围绕着它,纠缠着它,前后左右攻击它。马往前跑,前面的蜜蜂飞成了一面墙;它往后跑,面前的蜜蜂飞成一面墙;它往两边跑,两边的蜜蜂飞成两道墙。蜜蜂之阵,跟弥天大雾一样,堵得马的眼睛分不清东西南北。马只好原地打转,扬蹄嘶鸣,来来回回甩着尾巴驱赶蜜蜂。一群蜜蜂前面叮它,一群蜜蜂后面叮它,马无法以大搏小,以四蹄搏双翅,以个体搏群体,跑又跑不了,飞又飞不成,顾前顾不了后,顾后顾不了前,使得满身是汗,精疲力竭,已经没招了。蜜蜂仍嗡嗡叫着,一个波次一个波次地围攻着马,越聚越多,精神十足。

正好王亥路过,听见林子里马的叫声不同寻常,寻声而去,看见一群蜜蜂跟黑旋风一样嗡嗡叫着围攻白马,他想也没有想,拔草相助——草是黄蒿,黄蒿是蜜蜂、马蜂的克星。他从路边拔起一束黄蒿,做了帽圈,戴在头上,又拔起一束黄蒿,一分为二,左手一把,右手一把,他就这样手挥黄蒿,冲向蜜蜂阵中。他朝着蜜蜂,东一下,西一下,上一下,下一下,抢成圆圈,舞成连环,挥舞得黄蒿的气息散发出来,四处弥漫,那气息香香,清香,迷香,甜香……包围着蜜蜂。蜜蜂闻不得这样的气息,草草地跟王亥周旋着,旋即卷成一个桶状,嗡嗡地往高处旋,随后跟一缕黄烟一样散去。只有三只蜜蜂,以死士精神,变换着三角队形,躲过黄蒿,不顾一切,冲到王亥面前,在王亥的左脸、右脸和右眼皮上,留下三个红疙瘩,扬长而去。

蜜蜂散去,那匹白马在地上打了个滚,又打了个滚,一连打了三个滚,爬起来,用嘴蹭蹭王亥的胳膊表示感激之情。王亥用黄蒿在马头马嘴马尾巴下面被蜜蜂叮的地方抹抹,又往自己脸上抹抹,顺手在马脖子上套个草绳,就把马牵了回来。

马师皇绕着那匹马看了一圈,除了嘴上鼻子上眼皮子上被叮之外,并无大碍。马师皇是兽医,他说:"无碍,无碍。"

"你还没有闻过马的味道吧?"王亥肿着右眼皮,直接把白马牵到黄帝那里。

黄帝头一次近距离看马,头一次那么近地闻到马身上的马味儿。他咚咚地绕着马走了一圈,又走了一圈。王亥说,走两圈跟走一圈有啥区别嘛。黄帝不理他,又走了一圈,然后伸手摸一下马脖子,马突然前蹄腾空,昂首嘶鸣,待前蹄落下,后蹄尥起,幸亏黄帝躲闪得快,没有被它踢住。

黄帝说:"老辈人说,马是天兵天将骑的。脾气阵大,它是认生,不习惯人身上的味。"

这匹落入王亥手中的白马,是轩辕部落乃至人族擒来的头一匹马。

狗汪汪叫着通知众人来看稀奇,连牛、羊、鸡都来围观,猪吧唧吧唧大嚼着什么也跑过来看热闹。

王亥就把马留下来,拴在木栏里,让没有见着的人第二天也看一眼。

没想到，第二天一早，马栏边又来了一匹大马，几匹小马，有白的，有红的，它们对着栏中的白马叫个不停，见了王亥好像有些怕，离开王亥几步远，又不走远，眼睛一直看着栏中的白马，好像栏中的白马是它们的头马或亲爹一样。王亥把圈中的白马拴紧，把圈门打开，自己躲到一边，只见栏外的几匹马嘚嘚地跑进了圈里，与白马亲热地蹭着脖子。哈，正中王亥心意。他跑过去，关上了圈门。

"哈，没有费力气就把一群马弄到了圈里。"王亥哈哈大笑着对黄帝说。

黄帝喜欢马的样子，他这才看清那匹白马的一只眼睛是青色，跟嫘养的猫一样。黄帝说："我听老辈人说，北海有个丁灵国，国中的丁灵人，上半身是人身，下半身像马身，脚长得像马蹄一样，膝盖下长着马毛，它们自己往自己的屁股上打一鞭子，一天能行三百里。"

王亥说："跑恁快？等过几天俺把这匹马当俺的下半身，试试跑得快不快。"

黄帝说："听老辈人说，马肉酸，你嘴下留情。"

王亥说："嘴下留情是啥意思？"

黄帝说："就是说你不要好吃嘴，别把它杀吃了。"

"留着弄啥？留着看？净费草料。今年的草料可不富余。"

黄帝说："看看，看看能不能跟牛跟猪一样，让它跟咱们合伙，做点事情。"

大头牛在一边吃着青草，长嘴猪哼哼唧唧地拱地，牛甩着尾巴看瘦脸羊一眼，猪吧唧吧唧地说："哼哼，我们要有一个长脸高个子的新伙伴啦。"红脸鸡在一旁一下一下地点头叨食。狗仰起脸汪汪叫两声,对长脸马表示欢迎。

"哈,看喂熟喂不熟吧,这野性子,能喂熟?"王亥咂咂嘴说。

"牛羊有两只角,咱都把它们喂熟了,马一只角也没有。试试,试试,没准能够喂熟。别我一转脸,你把它杀吃了。"

"哈,老哥想得远,听你的。"

牛羊听黄帝这么说,想起自己头上是长着两只角的。羊嘟嘟囔囔地说:"正是长了两只角,正好被人的两只手制服,如果俺多长一只角,少长一只角,人族的两只手就没办法了。"

隔了一天,黄帝笑着问天老:"王亥把马吃了没有。"

天老说:"这小子听话,没有把马吃掉,还跟马混熟了,马见他不怵蹶子了。"

黄帝说:"走,去看看。"

王亥见黄帝来了,牵出那匹白马。王亥抱着马脖子,突然纵身,翻上马背。

马背上还从来没有人上去过,马从来没有让人骑的心理准备。从前有只猴子突然从树上跳下来,跳到马背上,马立马把它掀翻下去,又踢它一脚,那只猴子就成了瘸子。马虽然对王亥印象不赖,但他翻身上马,还是把马惊吓了。马一声嘶鸣,前蹄跃起。王亥就从马背上滚落下来。

王亥灰头土脸地从地上爬起来说:"哈,马背比牛背好玩。"

牛看在眼里。牛想,见过人骑在牛背上,骑在驴背上,见过调皮的孩子骑在猪背上,狗背上,羊背上,骑在竹竿上,见过有人骑在人背上,那是打架哩,从来没见过人骑在马背上,正如从来没有见过人骑在虎背上。马能骑吗?牛瞪着眼睛看马的眼睛。马的眼睛里放射着愤怒跟反抗的光,还一连打了几个响鼻。

黄帝拍拍王亥身上的尘土说:"以后它熟悉你身上的味儿,就让骑了。"

就这样,马进入人族,五畜就变成了六畜。

人族从此多了一个英俊的朋友跟帮手。

那匹白马,就是黄帝迎娶嫘时骑的那匹白马。

新媳妇嫘的那只猫仰起脸看马,马的味道是新鲜的,噫,它的一只眼睛也是青色的。嫘出嫁时骑马,是头一次骑马。骑在马背上,就跟骑在桑树杈上一样,就跟坐在大风中的桑树上一样。她与黄帝一起坐在马背上,她的背靠在黄帝胸前,贴在黄帝的心跳上。黄帝说:"传说东海有个小岛,岛上长着一种叫龙刍的草,马吃了这种草,一天就能跑一千多里。"嫘的头发飘到黄帝的脸上。黄帝的马把嫘驮到轩辕部落里。

跟炎帝打完仗后,有一天,大常对黄帝说:"那天打仗,雷公在后面拉着马尾巴跑,我就想,咱要是有一大群马,人人骑马上战场……"

马正在啃着自己蹄子,一听大常的话,浑身一哆嗦,又一哆嗦。马抬起头,拿着眼睛看嫘母。

黄帝听了大常的话,眼睛一亮,正要说话,看见嫘把脸扭向一边,就把已到嘴边的话咽了回去。

【嫘母生气】

回到家里。黄帝问嫘说:"刚才大常正说话,你咋把脸扭一边去了。"

"夜晚俺做个梦,梦见从马成山飞来个天马,跟咱家这匹马一模一样,就多长个翅膀……"

"我问你刚才咋把脸扭到一边去了。"

"你问这个呀,俺怕大常不高兴。"

"为啥?"

"他要你把马送上战场,俺不高兴,又怕他看见俺不高兴。"

"他的主意不错,马要上了战场,咱们……"

嫘母打断了黄帝的话:"你福大造化大,马让你骑在背上就中了,你还让天下人都骑在马背上?"

"马就是为人生的,骑骑咋了?"黄帝说。

嫘母说:"人家马都是自己活自己的,人家的背连自己的孩子都不背,咋是为人生的? 没听老辈人说,牛是地,马是天。"

黄帝不吭声了。

"人争来争去,跟人家马有啥关系呀? 你能不能不让马跟着人去打打杀杀。"

黄帝不吭声。

嫘母指着树上的鸟说:"你是不是还想着让扁毛小鸟也去打仗?"

黄帝不吭声。

"人死得还少呀,还让马去送死?"

黄帝有些生气,咚咚转身走了。

嫘母跟在他身后,继续说着:"马要会说话,马会骂你。马它娘知道了,更会骂你。"

黄帝一直往前走,不说话。

"马的孩子也会骂你的。"嫘母跟在黄帝身后,继续说。

"你儿子上了战场。你还要把马送上战场。"

"马怎么不能上战场？马比你儿子还娇贵？"黄帝瓮声瓮气地说。

"马就比我儿子娇贵。人家马本来在林子里撒欢,好好的,人家从来也不跟人争地盘,也不抢你的吃物,也没有抢你的东西……"

"嫘!你怎么啦?"

"你把俺们这些娘儿们也送上战场吧。"

嫘母说着,大滴的眼泪顺着鼻子两侧流了下来。她转身走了。

"脾气大得很咧。"黄帝看着嫘的背影大声说,"会搅缠咧。"

"中,中,是俺搅缠。"嫘说罢,头也不回走了。

牛看见了黄帝跟嫘母怄架。牛想,驴善被人骑,牛善被人骑,马善吗?马善被人骑。羊听见了嫘母的话,觉得嫘母是对的。鸡想,马会跟人一样打仗?猪想,六畜中还没有上战场的,马是第一个?狗想,我也算上过战场,大个子呀,战场可不是好玩的。猪在一边哼哼唧唧地摇摇头,心里说:跑得快有啥好处?好处是上战场吗?

嫘母嘟噜着脸,一连几天不理黄帝。黄帝也不理她。俩人许多天不说话。谁都不跟谁主动说话。

【马师皇】

马师皇在黄帝部落也是大名鼎鼎。《列仙传》有记:"马师皇者,黄帝时马医也。知马形生死之诊,治之辄愈。后有龙下,向之垂耳张口。皇曰：'此龙有病，知我能治。'乃针其唇下口中，以甘草汤饮之而愈。"

"听说龙病了都是你摆治①的?"嫘祖问。嫘看马师皇的脸，有些马脸的样子。马脸有种长长的英气。

长着马脸的马师皇说："给牲口看个病，传来传去就传成给龙治病了。"

"你会给马治病?"

"会。"

"那你说说，给马治病是为了啥?"

"把病治好。"

"治好为了啥?"

"就是让它没有病呗。"马师皇有些不知咋回答了。

"给马治病，是不是让马好好活着?"

马师皇眨着眼睛，点着头，他还没有明白嫘祖要说啥。

"马跟人一起上战场，那马还能好好活着吗?"

"嫘祖，我明白了，马还是不去打仗好。"

"那就好，咱得让人家马好好活着。"

马师皇医道高明，常给马看病，传说还常给龙治病，龙感谢他，后来带着他飞天而去。《列仙传》卷上记载："后数数有病龙，出其波，告而求治之。一旦，龙负皇而去。"传说慢慢地变成神话。

---

① 摆治，治病之意，中土古语。

【回娘家】

嫘母跟黄帝好多天不说话,黄帝说啥,嫘母都不搭腔。

一天,嫘母忽然对黄帝说:"俺得回一趟娘家。"说着,打了个喷嚏。

"你打喷嚏,有人想你。"黄帝开玩笑说,"八成是从前那八个抢你的想你了,他们半路上把你抢走咋办?"

"娘想俺了。"嫘依旧嘟噜着面孔,"俺想爹娘了,想弟弟了,想桑伯了,梦见俺奶奶了,俺得回去。"

"媳妇生气了,回娘家。男人生气了,咋办?"黄帝说。

"没有生气。"嫘拢拢头发说,"就是想回娘家。"

"看你眉头,就知道你想家了。"

这一句,终于让嫘笑了。

"马你骑上。"黄帝说,"你早去早回呀,放心,按你说的,不让马去干马不愿意干的事情。我跟大常也说了,以后谁也不许再提让马打仗的事。"

白天在前,黑夜在后,日夜兼程回娘家。

许多熟悉的气息扑面而来。快到家时,嫘在一棵大树下坐了下来,远远地望着家,让心情平复下来。她抬起头,看见树上一只喜鹊正怔怔地看她,好像在辨认她。

狗记路,猫记家,小孩记住姥姥家。狗兴奋地跑在前面,离家老远就叫起来,叫声吸引来一群狗。许多年轻的狗不认识嫘,好在狗有灵性。娘家的狗不咬出嫁回门的闺女。正像马蜂窝建在谁家房前屋后,马蜂不叮刺谁家人一样。狗们欢快地通知族人:嫘回来啦。

"嫘回来了!"西陵之墟远远近近都在传递着这个消息。

"没想到这闺女恁有本事。"

"俺早知道她不是凡人。"

乡亲们都来看望嫘,扯着嫘的手,问这问那——

"听说黄帝在昆仑山山顶上有个宫殿,宫殿四周围绕着玉石栏杆,每面都有九扇门、九口井。听说是一个叫陆吾的天神在那里当管家,陆吾长着人的脸、老虎的身子和足爪,还长着九个尾巴。嫘你见他这个怪样子不害怕吗?①

"听说昆仑山上长着一株高四丈粗五围的稻子,结的稻子吃不完。嫘你给咱家起回来一株多好呀。

"听说黄帝家有棵琅玕树,树上长着珍珠样的美玉,黄帝派离朱一天到晚守着,离朱有仨脑袋,这仨脑袋轮流睡觉,任何一只眼睛都能看清几里外白马身上的一根黑毛。嫘这是真的吗?②

"听说,黄帝有个花园是飘在空中的,叫悬圃,那里一年四季开着鲜花,果实累累,食之不竭。嫘你去过没有? 你是咋上去的? 黄帝是咋上去的? 是不是爬天梯上去的?"

嫘才知道,外面有阵多黄帝的传说。黄帝的故事长着翅膀,向着越来越远的地方飞去,飞成一个又一个神话。

大家牵着嫘的手,一个接一个的好奇跟打听——

---

① 《山海经·西次三经》:"昆仑之丘,是实惟帝之下都,神陆吾司之。其神,状虎身而九尾,人面而虎爪。是神也,司天之九部及帝之囿时。"

② 《山海经·海内西经》:(昆仑)"开明东有……服常树,其上有三头人,伺琅玕树。"《淮南子·原道训》:"离朱之明,察针末于百步之外。"高诱注:"离朱者,黄帝臣,明目人也。"

"听说黄帝会使祛尘之风,这风吹来,再脏的衣服也跟刚刚洗过一样干净,不用手洗衣裳呀,怪不得你的手这么白嫩。

"听说昆仑山不远的峚山上,有个泉眼,经常冒出软软的白玉,叫作玉膏,黄帝每天吃的都是玉膏。嫘,你脸上也没有皱纹,也不见老,是不是也天天吃玉膏呀?①

"听说有个叫葆江的,负责每天给黄帝取玉膏吃,有俩恶鬼也想吃玉膏,还拦路抢玉膏,把葆江也杀了。黄帝知道了,一气之下就把那俩恶鬼打死了,俺说得对不对? 死得活该,那玉膏哪是恶鬼吃的东西。②

"嫘呀,你咋没有坐着黄帝的乘黄回来呀,听说坐一下乘黄,就能多活二千岁,乘黄的背上是不是长着两只角?③

"嫘呀,人家都说黄帝有四个面孔,怪吓人的,记得他来西陵迎娶你时好好的,咋变成四个面孔啦?"

嫘去看西陵湖。鱼看见了她,打了个水花,飞起来,把自己飞成鸟的样子。红的黄的叶子落入湖水中,从湖面上再慢慢地旋转着沉下去,恍兮惚兮。嫘像小时候一样,站在从前站过的石头上临水自照,照见自己的面孔。嫘这时惊讶自己眼角浅浅的鱼尾纹,她正想着自己当年一脸光亮的样子,还没想起来,脸就像老太婆一样枯憔了。原来,是一只水蜘蛛把水面弄枯憔了。水平静下来,枯憔纹不见了,桑树叶鸣叫起来,嫘忽然看见水中映出桑伯,嫘一回头,

---

① 《山海经·西次三经》:"峚山……其中多白玉,是有玉膏,其原沸沸汤汤,黄帝是食是飨。"

② 《山海经·西次三经》:"钟山,其子曰鼓,其状如人面而龙身,是与钦䲹杀葆江于昆仑之阳,帝乃戮之钟山之东……"

③ 《山海经·海外西经》:"乘黄,其状如狐,其背上有角,乘之寿二千岁。"《汉书·礼乐志》应劭注云:"訾黄一名乘黄,龙翼而马身,黄帝乘之而仙。"

惊喜地说:"桑伯,是你呀?!"

嫘跟桑伯去看她头一次见到蚕宝宝的那棵桑树。

桑树已经长得一个人都抱不住了。桑树的枝丫一如既往,从来不乱,每一个树枝都长在该长的地方,与另一个桑枝和睦为邻,彼此之间友好着竞赛着谦让着,给鸟给阳光给风留下过道,也不妨碍白云还有许多神奇的事物飞翔。

桑伯靠在桑树上,张开嘴,等一粒桑葚掉进嘴里。

嫘母站在桑树下也张开嘴,她知道不会有桑葚掉进嘴里,她不是桑伯,这季节桑树上也没桑葚,要是真的有东西掉进嘴里,那一定是鸟屎。她不管,她就是要学着桑伯的样子,她张开嘴……

【蚕生日】

在娘家,在从前睡过的床上,嫘做了个梦。

梦中,一个窈窕女子坐在桑树的一个高枝上,两条长腿摇晃着,说:"嫘,别忘了,十二月十二是蚕的生日。"

嫘仰起脸说:"记住了。"她想看那个对她说话的人,那人的面孔被桑树茂密的云绿遮住了,看她不见。她想绕到树的那边爬树上去,脚下绊了一下,差点绊倒,一看是桑伯靠在桑树上,嫘连忙说:"桑伯桑伯,你没事吧。"梦就醒了。

嫘记着那个十二月十二的日子,怕忘了,反复记了几遍。忽然想起,梦里头少问了一句话。

嫘接着睡觉,又梦见那个坐在树枝上的女子,那个女子摇晃着两条长腿。嫘问:"为啥蚕是十二月十二生日,天寒地冻的。"那个女子说了一句话，被周围乱叫的鸟叫遮住了，嫘没有听清，她问：
"啥?"女子学着嫘的声音说："啥? 蛇! 长虫。"说得嫘笑起来，梦
就醒了。醒来。嫘觉得那女子的声音跟自己真的有些像。

嫘想，再做梦见到那个女子，一定得问清楚为啥蚕的生日是十
二月十二日……①

【石瘢】

嫘祖找到雷公，说："颛顼这孩子，饿得直哭。"

雷公，医者。《帝王世纪》记载："黄帝有熊氏命雷公、岐伯论
经脉。"《抱朴子·极言》："黄帝……著体诊则受雷、岐。"诸说不
虚。黄帝喜欢跟雷公、岐伯谈医论道，把握阴阳。流传后世的《黄
帝内经》，就是黄帝跟他们的聊天记录。

嫘祖头一次见雷公时，雷公的头发全白了，眉毛也白了，面相
高古。嫘祖看着他的眉毛，惊喜地说："呀，一对蚕卧在你眼睛上
面。"后来，仓颉把雷公这种眉叫卧蚕眉。

雷公给嫘祖倒碗水："让孩子吃奶嘛。"

"孩子吃了，吸不出奶呀，昨天奶水还能滋出来，今儿咋就不出
奶了? 孩子他娘，奶子涨得直哭。"

"我知道了，这是石瘢病。你看前面那条山沟里的河，前几天
被轱辘下来的石头堵死了，水就流不下去了。大地上有山河，肉身
内也有山河。孩他娘的奶水也是被堵住了，郁积了。"

---

① 《光蚕桑说辑补》(沈公练著，仲昂庭辑补)："十二月十二日为蚕生日。"

"别管内山河外山河了,快想法子治呀。"

"亶爰之山,山上有种怪兽,脸跟狐狸一样,头上颈上长毛,名字叫类。这种怪兽雌雄一体,自己睡自己。吃了它就不会得石痕。"①

一会儿,嫘祖又来了:"你说的那个类,远不说,仓颉说它是传说中的动物。"

"你看我这脑袋,糊涂了。我想想,对了,轩辕之山,山上有种禽鸟,脸跟老鹰一样,不过脸是白的,它也是自己叫着自己的名字,那个黄鸟、黄鸟地叫的,就是它了。吃了它,石痕就好了。"②

嫘祖走几步,又回来了:"有没有不杀生的方子呀?"

雷公笑起来,蚕眉蠕动,说:"我就猜到你会有这一问。听好了嫘祖,泰室之山,山上有树,树叶跟梨的样子一样,纹理是红色的,这种树叫栯树,摘下它的叶子烧水喝下,奶水就不堵了。③ 这树呀,嫘祖,您蚕房西北角就有一棵。"

嫘祖说:"都急死人了,怎绕这么一大圈子。"

"怪不得人家说隔辈亲。"望着嫘祖的背影,雷公说。

---

① 《山海经·南山经》:"……亶爰之山,多水,无草木,不可以上。有兽焉,其状如狸而有髦,其名曰类,自为牝牡,食者不妒。"

② 《山海经·北山经》:"轩辕之山……有鸟焉,其状如枭而白首,其名曰黄鸟,其名自诙,食之不妒。"

③ 《山海经·中山经》:(泰室之山)"其上有木焉,叶状如梨而赤理,其名曰栯木,服者不妒。"

午篇　昆仑

《说文解字》:"午,啎也。五月,阴气午逆
阳,冒地而出。此予矢同意。"

午,本义是舂杵,引申指抵触(即《说文解
字》所谓的"啎也")。

午,十二地支的第七位。

【桑葚酒】

把吃不完的桑葚收集起来,放进陶瓮中。

在人所不知的时候,杜康往那陶瓮里加泉
水,加蜂蜜,加上星光跟阳光,加了神灵,加了魔
鬼,加了许多不可知,酿造出桑葚酒。

杜康说:"酒,不是我酿造,是天造神造,是
天帝跟神仙拿着我的手酿造。"

昌意抬腿跨上竹竿,骑上竹马,嘴里嗒嗒响
着,打马来到飘香的院子。见杜康老伯正拿着
牛角杯喝酒,他说:"俺闻见酒味了。"

"好小子,来一口。"

"俺娘说了,小孩不能喝酒。"

杜康用中指关节敲敲昌意的头,嘴里弹着响舌:"听听听听,里面空空,不喝酒里面是空的嘛,空的咋会聪明哩?"

"噫,老伯你看。"昌意指着酒缸。

杜康醉眼看去,只见几片枯叶站在酒缸边沿,亮着两只眼睛,小嘴嚅动,像在吃酒。又有几片枯叶闻香而来,飘然而下,站在缸沿。

"奇怪,树叶还会喝酒?树叶还有眼睛嘴巴?"昌意说。

"不能让几片破树叶把我的酒味串坏了。"

杜康把牛角杯往地上一插,摇摇晃晃地去捏酒缸上的树叶,捏它不住。树叶轻飘飘地飞走了。杜康追着那片会飞的树叶,只见那片树叶回到树上的树叶中间,看不清是哪片树叶了。更多的树叶从树上飞下来,站到酒缸边沿。

昌意捏着一片树叶给杜康。杜康醉眼看了:"哈,是个蛾子嘛,为啥装成叶子?"

这时候,缸沿的四周已经落满了吃酒的枯叶。

"天降甘露,连蛾子连树叶都喜欢,昌意,来,陪老伯喝。"

昌意用食指蘸了一下牛角杯里的酒,放在嘴里,皱着眉头说:"苦。"

"苦?那是你手上的灰,擦擦手,再尝一下。"

昌意在身上擦擦指头,又用食指蘸了一下牛角杯里的酒,舌头舔一下指头说:"有些酸……噫,有些甜……嘴里没有味了。"

麻雀在树上嗒嗒嗒嗒地叫,好像在提醒喝酒者,节节,节节,切莫贪杯。

昌意骑着马走了,嘴里嗒嗒有声。

一对野鸡闻酒香而来。

不能让这些鸡子的嘴把我的酒味弄臭了。杜康驱赶走野鸡，歪在酒缸边呼呼地醉睡过去。野鸡见杜康睡了，尽情地吃酒，吃晕了酒，也像杜康一样，就地睡在那里。杜康醒来，揉揉醉眼，见鸡还睡着，嘿嘿笑着，把鸡捡回去炖了。这是昌意喜欢这个老伯的一个原因。

树叶会喝酒的事情传到仓颉那里，仓颉专门跑来看了，说它们是树叶蝶。杜康拿出牛角杯，缠着仓颉，就着野鸡，一顿大酒喝到天黑。

杜康院子里那一群酒缸一直满着。

转眼间，昌意的儿子颛顼也会跑了。颛顼喜欢这个杜康爷爷。杜康几杯小酒下肚，开始摸着颛顼的肋骨一根一根地数："一、二、三、四……"颛顼忍着痒痒，忍着不笑，让老爷爷继续数。"……五、六、七、八，这边八根，孙子你也来数数爷爷几根肋骨。"颛顼摸着爷爷的肋骨自下往上数："一、二、三……"爷爷痒痒得笑起来。"……四、五、六、七、八。爷爷这边也是八根。"杜康说："我再数数你那边几根肋骨，一、二、三、四……"从上往下数，颛顼痒着笑着，让爷爷数着。"……五、六、七、八……九，怎么回事？怎么多了一根？不会呀。"孙子你来数数我这边。颛顼数："一、二、三、四、五、六、七，爷爷是七根肋骨，怎么会少一根呢？"杜康一听，大声说："怎么会少一根肋骨？谁把我的肋骨抽走一根？咋没有告诉我？孙子你肯定是数错了，再数一遍。"颛顼忍着笑，再数一遍。"爷爷，是七根，不多不少，不少不多，就是七根。"杜康不信，自己摸着自己的肋骨一根一根地数起来了，颛顼在一旁笑得直跺脚。"好哇，你这熊孩子敢骗老爷爷。"颛顼说："爷爷也骗我了，我这边的肋骨咋会是九根呢？爷爷你不是数错了，就是哄我了，你得重数。"杜康说："好好，让我重新数数，一、二、三、四、五、六……七……八，就是八根嘛。"杜康不敢醉了，因为他数得清清楚楚，颛顼拿筷子那只胳膊下的肋骨是九根，比所有人多出来一根。他连忙扭转话题，对颛顼说："从前我跟你爷爷到过鸡胸部落，那里所有的人都长着鸡胸。"颛顼说："啥是鸡胸？"杜康说："鸡胸就是人的胸脯跟鸡子的胸脯一样，凸起来了。"颛顼说："俺要看看咱部落的人有没有鸡胸……"

　　一天，颛顼突然手往远处一指，嘴里嘀咕一声。杜康没有听清，问道："啥？"颛顼说："啥——蛇——长虫！"杜康跳起来："在哪？在哪？"颛顼知道杜康伯伯怕长虫，眼看他闻长虫而逃，颛顼哈哈大笑起来。杜康听见颛顼的笑声，知道自己被熊孩子骗了，回过头来，伸手提溜起颛顼的一只耳朵，颛顼一边歪着脑袋，一边用一只手指着酒缸说："长虫，长虫。"杜康说："俺得罚你两杯酒，看你这熊孩子还敢哄爷爷不敢。"颛顼说："长虫，长虫。"他是真看见一条长虫。长虫也喜欢喝酒。那条长虫漫卷而来，举着脑袋到酒缸吃酒。杜康一看，真的是长虫，拉起颛顼就跑，跑了老远，惊魂未定地停下来，看看身后没有长虫跟来，才松口气。过了许久，估摸着蛇已走了，杜康说："你这熊孩子不是胆大吗？去看看，蛇走了没有。"杜康跑过去，又跑回来，说："长虫喝醉了，正在酒缸边睡觉哩。"杜康战战兢兢走过去一看，长虫真的醉卧在那里，他让颛顼用个树枝把蛇挑到林子里去，从此记住把酒缸盖严实。

　　杜康知道野鸡好酒的习性，想吃鸡了，就把酒缸打开，野鸡总也不长记性，见了酒就吃，吃了就醉，醉了就睡，睡梦中被杜康炖吃了。

杜康嘴里曩曩道:"鸠柏啾九舅勺就玖韭阄究酒揪赳鬏旧咎疢灸救鸷,嘴也罪也最也醉也。"谁也不知道他说的啥意思。

【颛顼】

颛顼的父亲是昌意,爷爷是黄帝,奶奶是嫘祖。《史记·三代世表》曰:"帝颛顼,黄帝孙。起黄帝,至颛顼三世(号高阳)。"《大戴礼记·帝系》云:"黄帝产昌意,昌意产高阳,是为帝颛顼。"

颛顼的父亲昌意小时候使筷子,拿筷子的手高高在上,二娘彤鱼氏说:"拿筷子手高,找媳妇家远,昌意将来找媳妇,会找离咱家很远的闺女。"果然是这样,昌意娶了一个离轩辕部落很远的女子。《太平御览》卷七九引《帝王世纪》记载:"帝颛顼高阳氏,黄帝之孙,昌意之子……母曰景仆,蜀山氏女,为昌意正妃,谓之女枢。金天氏之末,女枢生颛顼于若水。"《宋书·符瑞志》曰:"帝颛顼,高阳氏。母曰女枢,见瑶光之星,贯月如虹,感己于幽房之宫,生颛顼于若水。"女枢,在若水生下颛顼。

颛顼生下来后,昌意请黄帝起名字。

黄帝拿眼睛看嫘:"让恁娘起。"

嫘祖想起仓颉说过,名字喊起来像咒语,写起来像画符,不能马虎,就说:"让仓颉起。"

仓颉回家沉思,憋了几天不露面。有一天颠颠跑来,说了两个字:"颛顼。"

嫘祖不明白其中的意思,也不追问。天地之间的事情,她看明白一些,看糊涂一些,她已经不再事事过问。

仓颉说:"每个人都住在自己的名字里。名字让人居住,给人食物。人只有通过名字,才能活在这个世界上,别人才能找到他。古人那么多,因为没有名字,一个也找不到了,只有个别留下名字的才能找得到。"

颛顼生而神灵,长到四五岁,露出不同寻常的样子。比如,一群孩子,各自拿一个瓦片用力向水面抛去,别人最多打出六七个水花,颛顼能够打出十几个水花。他喊一声飞,瓦片轻盈地飞起来,戏水的燕子跟瓦片一起飞起来,瓦片踩着水连续跳跃十几次,比点水的燕子飞得还远。那瓦片在水面上的最后一跳,恰好击中一条飞起来的鱼,鱼漂起来了,瓦片也不落水,瓦片看着被打蒙了的鱼醒过来沉入水里,才落下去。这不像是人能够完成的。

仓颉悄悄地对嫘祖说:"三岁看大,七岁看老,这孩子能驾驭瓦片飞翔,以后翻起的浪花多着哩。"

嫘祖说:"孩子爱玩嘛,哪值得怎这样大惊小怪。"

仓颉说:"不然,你知道他头顶上有三个旋,你不知道他指头上的纹吧?十个指头上都是旋涡纹。杜康还告诉我,这小子右边的肋骨比常人多出来一根。我老想不明白,多出来这根肋骨干啥用呢?"

嫘祖说:"儿孙自有儿孙的事,且由他去吧。"嫘祖嘴里这样说,素日里对颛顼更多了几分疼爱。颛顼睡着的时候,嫘祖拿着颛顼的手一个指头一个指头地看了他指头上的纹路,果然是十个旋涡;嫘祖又一根肋骨一根肋骨地数着颛顼的肋骨,还没有数清楚,颛顼睁开眼,笑起来:"奶奶,痒痒。"嫘祖说:"奶奶背上痒了,你给奶奶挠挠。"

轩辕部落有句老话:隔辈亲,爷抱孙;童子屎,拉一身。当爹当娘时,还不知道疼孩子。当爷爷奶奶后,见到孙子亲得很,这叫隔辈亲。

嫘祖宠爱孙子颛顼。吃饭时对颛顼说:"好好吃饭,碗里不能剩饭,吃饭掉巴,个子长不大。"颛顼说:"俺要长得比爷爷高。"

黄帝也宠爱颛顼,他对颛顼说:"好好写字,不要写错字,字都长着眼睛呢,从来不犯迷糊。你仓颉爷爷说了,每一个字里都住着一个神,你小时候写一个错字,长大就会犯一个过失。你伤害字,字伤害你。这是上天的律令。"颛顼说:"仓颉老爷爷写过错字吗?"黄帝说:"仓颉写的字都是对的。"颛顼问:"为什么?"黄帝说:"他创造字,他代表字,他咋会错。"颛顼说:"爷爷,俺知道了。"

【痒痒】

"颛顼,快给奶奶挖挖背。"嫘祖说:"上边,下边,左边,右边,再往上一点……真笨呀,还是俺自己挖吧。"

在轩辕部落的话语中,挖痒说的是,人身体的某个部位刺痒了,得挖几下,一挖一挠,皮肤不痒了,变得很舒服。动物挠痒,也属于这一种。

颛顼一边给嫘祖挖痒,一边问:"树上的鸟痒痒了咋办?"

嫘祖说:"猪身上痒痒了,就在树上石头上蹭蹭。牛痒痒了,在地上打个滚。鸟痒痒了,用尖喙叨叨,用爪子挠挠。"

黄帝说:"马一辈子都站着,睡觉也是站着睡,身上痒得没有办法了,就地打个滚,打滚后,赶快站起来,如果它躺下站不起来,那它的生命也就走到头了。"

王亥说:"我看哪,马之所以一直站着,是因为站着也不耽误睡觉,遇到危险时能够直接扬蹄逃生,省下了从卧到站的时间,这个时间可是关键的时间。"他拍了一下马屁股,问马:"是不是?"马点点头。

轩辕部落说的"胳肢",是一种跟痒有关的游戏。就是故意挠人身上那些痒的地方,让人发笑,通常是逗小孩子来玩。作为游戏的胳肢,又叫挠痒痒。胳肢,能使对方身不由己地发笑,直到笑得难受,最极端的例子是,痒死了,胳肢得对方笑死了。这种游戏人族之外的动物好像还没有学会,连一直向人学习进化的猴子也没有学会。

女娲在造人的时候,特意在人的肉身上设计了几个痒痒的部位,供人游戏。别人一触到那些地方,就会痒得笑起来。最痒的地方是胳肢窝。胳肢窝是胳肢人最常选的地方。痒的地方还有耳朵眼、胳膊肘、膝盖、脚底板等部位。少年时,皮肤细腻,容易痒的地方比较多。女孩子皮肤细腻,比男孩子痒痒的地方更多一些。童年时,容易痒,一挠一挖就容易笑。长大了,人皮实了,僵硬了,痒的地方少了,挠痒也不容易笑了。

黄帝用五个手指轻轻地抓挠着颛顼的膝盖,吟唱道:"一抓鬼,二抓神,三抓不笑是好人。"等不到三"抓",颛顼已经笑成一团。

"奶奶,那天在桑园里,俺听见桂花说痒痒痒痒,蚩尤伯就把她压着了。"

黄帝看嫘祖一眼,嫘祖看颛顼正咬指甲,对颛顼说:"手痒了?"

颛顼爱咬指甲。嫘祖嚷他,他听不明白奶奶的意思:"奶奶,俺手不痒。"嫘祖把他的小手放到自己的手心,轻轻地打了一下:"看你还咬手指甲。"颛顼一下子就明白了,奶奶说的手痒不是痒,是不让咬指甲的意思。

黄帝跟嫘祖说话的时候,知了在高枝上用细嘴凿开树枝的酒窖,上树的蚂蚁闻香而来,一拥而上,扯知了的翼尖,挠知了的触角,知了痒痒得没办法,"知了"一声飞走了。

【树神】

大树上住着树神、树精。树上了年纪,就会成仙,就像传说中狐狸会成仙一样。《太平御览》卷八八引《玄中记》曰:"千年树精为青羊,万年树精为青牛,多出游人间。"

树跟人一样,跟所有生命一样,有自己的喜怒哀乐,有自己的疼痛跟梦想。

大树上住着树叶,住着飞鸟,住着风,住着阳光跟雨露,住着许多不为人族所知的生命,还住着众神。一天,树神都竖起耳朵听人说话——

五圣对黄帝说:"明堂该修修了。"

黄帝说:"是该修修了,记住,太岁所在之辰,必不可犯。"①

"还有,敬树,敬树神;不能动桑树。"嫘祖提醒说,"挪树前,别忘了提前给树捎话。"

黄帝跟嫘祖周游征战去了,五圣在家修明堂。

修明堂得用许多大树。他躲开所有的桑树,远远近近地找合

① 《黄帝经》:"太岁所在之辰,必不可犯。"

适的树,找到合适的树,就做个标志。他给号上的树,一棵一棵地递话:"树啊,你来自不死之国不死之山,你是不死之树,黄帝要建明堂,以和谐天下,和合万国,得用您一下。树神啊,想走就走吧,不想走过几天就跟我走吧,帮忙撑起明堂,跟撑起一片树荫一样,反正您在哪儿都是荫护人族。"

要挪树了,提前三天,五圣一棵树一棵树地对树说:"树神树神,吾将挪树,望汝远避。"

大树商量着,走或是留。云阳说:"三天时间够了,大家都想好了,到时别后悔,走的走好,留的留好。"

云阳是树神之精。《太平御览》引《抱朴子》:"山中大树能语者,非树语也,其精名曰云阳,以其名呼之则吉。"

青羊说:"话捎到了,我们搬家吧。"

青牛说:"众神在此处逗留时间不短了,也该挪挪窝了。"

叩木官儿依旧一个树枝一个树枝地叩击着。

众树神说:"人家话捎到了,我们不能给人家添麻烦,走。"

树神一个个交代自己的树身,做好栋梁,做好檩条,做好明堂所需,莫要辜负黄帝。

众鸟都早早地搬家走了。青羊、青牛等众神从容地走下树,把树木身体囫囵完好地放在那里。临走时,转身对叩木官儿说:"别敲了,人族要用这棵树。"

叩木官儿说:"我得把虫子收拾干净,明堂栋梁之间不能让害虫混进去。"

"虫子再坏也坏不过人吧。"青羊说。

"人坏,那是人的事,不归我管,我必须管住不让害虫害人。"

挪树那天,周围树上的鸟听见云阳对挪树人说:"树神都挪走了,你挪树已无有挂碍,还有一件事得问你。"

"先生你问。"

"听说黄帝手下还有一位云阳先生,与吾同名?"

五圣想了一会儿说:"俺想起来了,有这位仙人,不过从来也没见过,传说他住在绛北阳石山的神龙池,黄帝让他在那里养龙,天下若是水旱不时,就请他出来帮忙。不过这事俺也不知真假,先生神通广大,有空去看看就知晓了。"①

"好了,你挪树吧。"

巫咸嘴里念念有词曰:"根定天灵,地灵,动土一二,有得灵声,土铜一起来!"

五圣对一棵柏树说:"正直粗壮,适合做明堂栋梁,中不中?"

五圣对一棵松树说:"高树大材,适合做明堂门窗,中不中?"

五圣对一棵梓树说:"你适合立在明堂,大家看见你就会想起家乡。"

五圣对一棵榆树说:"你做明堂的檩条,中不中?"

……

【嫫母】

嫫母是黄帝的第四个妻子。《帝王世纪·自皇古至五帝头一》说:"黄帝四妃,生二十五子。妃西陵氏嫘祖,次妃方雷氏曰女

---

① 《汉唐地理书钞》辑《遁甲开山图》:"绛北有阳石山,中有神龙池。黄帝时,遣云阳先生养龙于此……"

节,次曰彤鱼氏,次曰嫫母。”

那一天,轩辕口渴,到河边喝水,遇见一女子正拿着瓦罐打水,轩辕问她:“你一个人,不怕别人把你抢走?”

“俺阵丑,谁来抢俺呀。”

这个女子就是嫫。轩辕想起嫘当年也是这么回答他的,他不由地再看一眼嫫,身板直直的,胸脯鼓鼓的,尽管没有嫘耐看,也不难看呀。轩辕说:“我看你怪好看哩,不丑。”

关于嫫母,后世都把她当成了丑女的代表。且不说普天下的年轻女子,没有一个丑女。嫫母的德行,也是让人敬佩的。《烈女传》说:“黄帝妃曰嫫母,于四妃之班居下,貌甚丑而最贤心,每自退。”《雕玉集·丑人集》说:“嫫母,黄帝时极丑女也。锤额……形篦色黑,今之……头是其遗像。而但有德,黄帝纳之,使训后宫。”嫫母人好,德行也好。

轩辕把嫫母娶到家里。

嫘祖和嫫母相处得跟亲姐妹一般。嫘祖让青鸟从青要山里找来荀草的红果给嫫母吃。荀草只有青要山才能生长,吃了荀草果实能够使人变得好看。果然,嫫母吃了荀草果,面色更加美丽。

有一天,嫫母悄悄地问嫘祖说:“您去过青要山吗?”

“没有。”

“荀草果不就出在青要山吗?”

“那是俺让青鸟给带来的,俺没有去过。”

嫫母压低嗓子说:“有人说,那里是黄帝的密都。”

“密都?”

“人家说,青要山上有个女神叫武罗,长着好看的脸,身上文着豹子般好看的斑纹,蜜蜂小腰,牙齿洁白,耳朵上打了耳穿,挂着圆环,武罗说话的声音像佩玉一样好听。"①

嫘祖看着嫫母,摸摸嫫母的脸蛋说:"呀,嫫母……"

嫫母脸就红了。

嫘祖笑笑说:"黄帝的传说多了,听得耳朵眼里都起了老茧。"

【华胥梦】

按巫咸的说法,是不是从华胥刮来的风吹到我身上了? 黄帝对嫘祖说:"夜黑做个梦,梦见有个华胥的地方,那可真是个神仙国。"

嫘祖说:"俺听见你说梦话,那儿比咱这儿还好?"

"比咱这儿好。"黄帝说,"人家那里,每个人的面相都好看,声音都好听,人跟人的肩膀头一般平,没有贵贱愚贤,所有人都有敬畏心,都没有得失心、利害心,每个人都不偷不懒不骗人,那里的鸟都能歌善舞,百兽都能平和相处,人跟人之间从来不打仗,连蚂蚁都不打架。② 我睁着眼睛想了一黑,咱要建一个比华胥还好的家

---

① 《山海经·中次三经》:"青要之山,实维帝之密都……神武罗司之。其状人面而豹文,小要而白齿,而穿耳以镭,其鸣如鸣玉。是山也,宜女子。……有草焉,名曰荀草……服之美人色。"

② 《列子·黄帝》:"(黄帝)昼寝,而梦游于华胥之国。华胥氏之国,在弇州之西,台州之北,不知斯(离)齐国几千万里。盖非舟车足力之所及,神游而已。其国无帅长,自然而已。其民无嗜欲,自然而已。不知乐生,不知恶死,故无夭殇。不知亲己,不知疏物,故无所爱惜。不知背逆,不知向顺,故无利害。都无所爱惜,都无所畏忌。入水不溺,入火不热,斫挞无伤痛,指摘无痛痒。乘空如履实,寝虚若处林。云雾不碍其视,雷霆不乱其听,美恶不滑其心,山谷不踬其步,神行而已。"

园,起码得跟华胥平齐。"

嫘祖说:"你这脑子都没有停的时候。"

黄帝说:"眼下归顺者越来越多,咱这部落越来越大,得让人人有饭吃,得让鳏寡孤独者都有依靠,得让人人勤劳,得让懒惰者不懒惰,得让人过得心里舒展。"

嫘祖说:"要是能把人的心拴住,不打仗就更好了。"

"得准备着打仗。"黄帝说,"咱不想打仗,可打不打不由咱,咱说不打就不打了? 得防止人家打咱,人家打来了,咱打不过人家,那好日子就没有了。"

"唉。"嫘祖叹口气说,"那天俺问巫咸,有没有不打的游戏,有没有让双方都赢都不输的游戏,他说肯定有,只是咱们还没有找到。你能不能把这个都赢都不输的游戏找出来,能不能在咱这儿建起个不打打杀杀的、大家都赢都不输的部落?"

【素女】

黄帝跟嫘祖游巡于西南都广之野①,闻听琴瑟悠扬。细细听去,只觉得,琴声中,温风冬飘,素雪夏寒,鸾鸟自鸣,凤鸟自舞,灵寿自花。绕水转竹寻去,鼓琴的是半大不大的闺女。嫘祖的眼睛一下子就看见她那满头的辫子,几十条辫子,这在西陵、在轩辕,在过去走过的许多地方,从来没有见过。

嫘祖喜欢地问:"这闺女,你叫啥名字?"

---

① 都广之野:古地名,出自《山海经》。

她伸了一下舌头："我没名字。"

黄帝哈哈大笑，他想起嫘当姑娘的时候也爱伸舌头，如今已经多年没有见过嫘伸舌头了。他朝嫘祖看了一眼，伸了一下舌头。

"没有名字，原来是素女。"嫘祖拿眼睛看黄帝，黄帝还沉浸在嫘爱伸舌头的模样中，没有联想到传说中的素女。

嫘祖说："俺怪喜欢你鼓琴的样子，像蚕宝宝在弹琴，俺怪喜欢你这一头辫子，俺这辈子没有福气生个闺女，给俺当闺女中不中？俺以后天天给你编满头辫子，你也给俺编辫子，中不中？"

"中。"素女学着嫘祖的口音答应着，伸一下舌头。

"你给俺当闺女，就是给黄帝当闺女，这可不丢你的人，回家给你爹娘说说，就跟着俺走吧。"

"俺从小没有爹娘，就有个教俺弹琴的师父，他前两天说俺干娘要来了，就扔下俺云游去了。"

"恁干娘呢？俺去找她说说。"

"干娘就是您呀。"素女说着，牵起了嫘祖的手。嫘祖看见，这闺女的手白白的，手指上有肉肉的小坑。

素女就这样跟着嫘祖和黄帝，做了嫘祖的女儿。

嫘祖看到，素女下睫毛的边缘，横卧一条蚕宝宝，跟自己一样，嫘祖把它称为卧蚕纹。素女扫地挑水，啥活都干，一笑起来，卧蚕纹尤其明显。蚕月里，素女出入于蚕室，跟着嫘祖养蚕抽丝。桑蚕季节过去，她跟着嫘祖和黄帝游走在各地。

黄帝说："素女老让我想起你当年伸舌头的样子。"

嫘祖说："这把年纪再伸舌头，不成了老妖精。"

黄帝与蚩尤的涿鹿大战之后，黄帝的战将女魃从嫘祖蚕房中出走，从此无有踪影。黄帝怀念她，命素女鼓瑟。本来清风明月，蛙鸣悠扬,素女的琴弦一动,栖鸟林中惊,明月遮阴云,天地大悲,满池塘的青蛙都哇哇大哭起来。素女停下素手,青蛙还在抽泣,无声之悲音仍在弥漫⋯⋯

黄帝说:"乐不淫,哀不伤。你弹得太悲了,弄得天地人都鼻涕一把泪一把的。没节制,不中。不中,就得改。五十弦太多了,密密麻麻,密不透风,太压抑了,太过了,减去一半,二十五弦,中不中?我看足够了。"

关于此事,后来的《世本·作篇》记载:"庖牺氏作瑟⋯⋯五十弦。黄帝使素女鼓瑟,哀不自胜,乃破为二十五弦。"

【迁徙往来】

《史记·五帝本纪》记载:(黄帝)"迁徙往来无常处,以师兵为营卫。""天下有不顺者,黄帝从而征之,平者去之,披山通道,未尝宁居。"

迁徙,得带着火跟盐,这很重要,永远不可忘记。

旦复旦兮,行行复行行。饥一顿饱一顿,有一顿没一顿,冷一顿热一顿。嫘祖有时自己走路,有时坐着木轱辘车,有时跟着黄帝骑马。几只狗,前前后后地跑,不时翘起后面的一条腿撒尿,留下记号。大头的牛,瘦脸的羊,蹦蹦跳跳的鹿,或前或后或左或右地跟着。

走着走着走进阳光中。蜜蜂撅着屁股钻进花心里,进入仙境,腿上翅膀上都沾着花粉。

走着走着走到牛毛细雨中。嫘母的耳畔一片春蚕噬叶的声音。竖亥唱道:大头大头,下雨不愁;你用手挡,我有大头。

走着走着,倏然而霁,天无纤云。每片树叶,每片草叶,每朵花上都挂着水珠。小雨把人都淋湿透了,也没有把路边的花朵装满。

走着走着走进争战里。头上的树枝一下子猛烈摇动起来,大风吹乱了嫘母的长发跟心情,树上那银灰色的蛛丝黏湿地飘到她的脸上,她把脸上的蛛丝抹去,可是总感到脸上还粘着蛛丝似的……

白天在前,黑夜在后。走着走着走到月黑头里。黑咕隆咚,那都是原始的黑暗,没有杂质的黑暗,比白天还要纯粹。据说那里是崦嵫山,是日头睡觉的地方。

龃矗螽麤霝齾鱻贔罷籬鐂蕎戀臟蠹户踾饢癮爨鸞灐燚纕……

走着走着走进白雾中。草叶、石头、土地、河水上冒出缕缕青烟。路变得恍恍惚惚。风的脚步在雾中现形,风跑一会儿停一会儿,好像还故意逗逗雾,嘴里说,跟你玩哩,别生气呀。嫘踏着雾走,看大块的雾被黄帝破开,又在黄帝身后愈合。一只小鹿跑进一团浓雾,雾中传来呦呦鹿鸣。鸟的翅膀把雾拍散,拍散的雾很快又聚合起来。嫘吹一口气,一团雾在她面前散开。

走着走着走进大食国。孩儿树上,跳跃着一群小儿如花朵,指头肚大小,个个赤肚儿,看见嫘祖一行,嘻嘻作笑。嫘祖正在好奇,只见它们排成一队,一个个从树叶上一跃而下,如婴的笑声响成一串,轻盈清脆。嫘祖正怕它们摔着,只见小儿如花瓣飘然落地,一个一个化为无形跟渐远的笑声。嫘祖从梦中惊醒,说与黄帝。黄帝说:传说前面就是小人国了。嫘祖说:"别往前走了,咱一个个粗人,粗手粗脚的,别吓着人家。"

走着走着,遇见三棵桑树,这三棵桑树高高地长到了云眼里,偏偏不生旁枝。黄帝手搭凉棚看看说:"咋没有树叶呢？嗯,树上坐一个大闺女。"嫘祖往树上张望:"我咋没有看见那个闺女？"黄帝说:"还是采桑女,吃了一肚子桑叶,正在那儿吐丝哩。"说着,轻轻地摸摸嫘祖的脸蛋。嫘祖一下子想起别人对她说过的传说。那个传说后来被记载在《山海经·海外北经》:"三桑无枝……其木长百仞,无枝。""一女子跪据树欧丝。"嫘祖说:"老了老了,学会逗媳妇了,年轻时弄啥去了？俺背上痒痒,帮俺挠挠。"

走着走着,嫘祖脸上有蛛丝的感觉。争战很快又开始了。头顶的树枝一动不动,有个巨大的蜘蛛网笼罩在那里。嫘祖拿起一个树枝,把蛛网戳了个窟窿,忽然想起这是人家蜘蛛的家,止住了手。

远怕水,近怕鬼。不熟悉远方的水性,得格外小心。走过一条面善的大河,它轻轻静静地流淌。嫘祖说:"别急着过,试试水深浅。"一条狗不听话,急急地跳进去,转眼间就不见了。众人正在吃惊,只见一只小鸟飞过,一根羽毛飘落下来,慢慢地落在水面上,片刻之间羽毛沉入水中。竖亥说:"呀,这是弱水!"嫘祖说:"就是不胜鸿毛的弱水?"她看着黄帝。黄帝的目光投向弱水,轻轻叹道:"窦窳……"

走着走着走进白云中。下面的云跑得快,上面的云走得慢。嫩嫩的云女子在草叶上、在石头上、在脚下的小路上流动。老相的云,有点发黑,是云爹云娘。羊角上挂着几朵云。一会儿嫘在云中黄帝在云外,一会儿黄帝在云中嫘在云外,一会儿嫘跟黄帝隔着一片云。嫘伸手抓到一朵云,伸开手,眼看着小小云朵从她手中飘去。嫘想,握着一片白云,走下山时它会不会变成一朵雪花？这样想着,她伸手摘了一朵云握在手心,走了一会儿,她想起云爹云娘发现自己有个孩子丢了会着急的，就松开手，把那片嫩云放在草叶上。

　　走着走着走进泥泞里，深一脚泥，浅一脚泥，一步一滑，黄帝、螺祖跟大家一样都走成了一个个泥人。

　　走着走着走到白云之下，一朵白云一朵白云一朵白云一朵白云一朵白云一朵白云一朵白云一朵白云一朵白云，长得很像，像一个爹娘生下的孩子，却各是各的样子。白云之间的缝隙里是青天，青天中盘旋着一只苍鹰。

　　走着走着走到闪电里，天地之间轰隆隆作响，闪电一声声钻进林子，钻进土地，好像把天上的啥东西往地上灌注。乌云中那么多水，也浇不灭闪电。螺祖这样想着。遇见雷电的时候，螺祖跟每个人一样，内心恐惧，在雷电中使劲地缩小自个儿，直到把自己缩小在黄帝的怀抱里。

　　走着走着走到了大山里。高俊的山头，陡峭的悬崖，不见底的深渊。路忽高忽低，忽宽忽窄，忽陡忽平。一路上，看见大山领了一群小山，大石头领了一群小石头，大树生了一群小树，小石头生了一群沙子，大鱼伴着一群小鱼……一块大石头实在是太大了。螺祖说："噫兮，这石头吃的啥呀，长这么大！"在山谷中上升，在山顶上下降，走走停停于林泉松壑之间，见古树致敬，遇低枝弯腰，逢小溪跨过，踩青苔小心。黄帝总是对着青山整理自个儿的装束。竖亥大声说道："上山气喘，下山腿软；迎风拉屎，顺风撒尿。"听得螺祖微笑，嫫母把脸扭向一边，素女捂着嘴笑。

　　螺祖突然感到脸上挂上了蛛丝，接着感到臂上、脖子上都有粘上蜘蛛丝的感觉，痒痒的。黄帝和他的兵士呼啸着走进争战里。头顶的树枝发出交头接耳的说话声，好像蜘蛛压着嗓子说话。一只蜘蛛从树枝上吊下来，一晃一晃的。嫘祖的心也吊在半空，一晃一晃的。

　　一种好听的流水声传来，却看不见河流。黄帝说："山里的溪流都藏在树丛中。"嫘祖听见满山叮咚，好像在前面也好像在后面，她拨开树丛，躲开一群蜗牛，见到一股细水，捧一捧喝了，说："山泉甜着呢。"嫘祖看见，水弯处飘着一段芦苇正在打圈，芦苇上有只惶恐的蚂蚁，她把芦苇捞上来，让蚂蚁上岸。溪水声中夹杂着鸟兽古怪的叫声。溪水中的石头上长着绿毛毛，石头就变得柔软了。一只细腰蜜蜂飞过。黄帝说："这是青要山。"嫘祖忽然笑起来，大声说："嫫母嫫母，这就是青要山。"嫫母羞涩地笑起来。黄帝看看嫘祖，看看嫫母，问道："恁俩笑啥呢？"嫫母把脸扭向一边笑，不说话。嫘祖说："你把武罗女神叫来，让俺姐儿俩见见。"黄帝问："谁是武罗女神？"嫫母光笑，不说话。嫘祖说："就是那个小妖呀。"黄帝问："小妖是谁？"

　　走着走着走进幽谷里。没有路，草木成困，只有树跟树之间的缝隙。黄帝命竖亥开路。竖亥说："这幽谷里的一草一木一石都没有被人动过，咱是头一群闯进来的。"嫘祖说："就在这儿歇一会儿吧，别乱动，别乱说话。"只见地上的松针厚厚的，像三月三的麦地一样，也不知落下了多少年的松针，一脚踩上去就把脚陷了进去。在遮天蔽日的荫暗里，人也好奇，树也好奇，鸟也好奇，彼此打量着，几只不知名的虫子匆匆钻到松针下面。滴答滴答的水声，也是好奇。一片老树皮掉下来，一群蚂蚁在飞。一只不知名的鸟扑棱棱落在嫘祖肩上，啾啾叫着，圆圆的眼睛瞅着面前的这棵以前没有见过的"树"，叨叨"树"的耳朵，叨叨"树"的头发。嫘祖有点痒，一点也不疼，她一动不动。小鸟想叨走一些毛毛回家做巢，可长在这棵"树"上的毛毛长得太结实了,它有些失望地啾啾两声,两脚一蹬,双翅一扇,空手飞走了。嫘看见小鸟身下羽毛的红白,觉得对不起小鸟,就把梳掉的几根头发盘盘,放在身边的树根上,希望小鸟再来时拿走。有个树根忽然动起来,是条长虫,弯弯曲曲地爬上了树,消失在枝叶里。嫘祖说:"竖亥你别开路了,咱退回去,绕道走,别惊扰了里面的神仙。"说着,深一脚浅一脚地往外走。又叮咛说:"都跟紧,别走丢了。"

走着走着走到一片浅水滩。那里有成千上万的蝴蝶在喝水,飞舞。嫘的身上落满了各种漂亮的蝴蝶,轩辕黄帝身上一只也没有。嫘大声喊着:"你们仔细脚下,别踩着蝴蝶,一只也不能踩着。"

走着走着走到月光里。月光厚厚的。一脚下去,人被月光淹没,就走进水底里。真的是走在水底里,月光流淌,潺潺流响。脚步所到之处,水自动分开,石头让路,水草招手,两边的水中有大树的影子。水底的清溪映着月亮,抬头看见天上的月亮,忽然想起来这是走在月光里。不,是走在月亮里头,每个人都被月光照亮。果然,月亮里的小白兔跑过来,看看嫘,看看这一群深夜里来到月亮里的人,转身跑了。嫘祖说:"前面那个树影子像是桂树,咱去看看嫦娥呀。"仓颉大声说:"杜康把酒准备好,请吴刚兄弟喝两杯咱的好酒。"嫘祖说:"仓颉你快躲起来,小心兔子咬你。"

走着走着,嫘祖突然发现,明月当头,自己的影子没有头。她悄悄地看看其他人的影子,怪了,每个人的影子都没有头。咋回事呀? 嫘祖怕吓着众人,没有吭声。①

---

① 嫘祖不知,冬月十五晚上十二点前后,人站在月下,影子缩于脚下,看不见脑袋。不信,诸君试试。

走着走着,嫘祖感觉碰上了蜘蛛网。远处的杀声隐隐约约,嫘祖身在战场之外,人跟被蜘蛛丝包裹一样,心在战栗。她抬头看天,她不知道自己为啥要看天,其实她啥也没有看见。

　　走着走着,走进迷途。迷路了。在大片生长三叶草的地方,找到了四叶草。竖亥说,还好,前面有个脚印,跟着脚印走,总会走出去的。山重水复,走到天黑,也没有走出去。怎么回事呢? 仓颉说:"坏了,这是跤踵人的脚印,你看他是往南走的,人家其实是向北走的。"

　　虎行似病,鹰立如睡。跟着队伍的有燕子、喜鹊、鸽子等各色鸟儿,还有蝴蝶、蜜蜂、蜻蜓等虫子。鸡子说,我走不动了。牛说,我来背你。牛的背上,站了鸡,站着郎猫女猫,站了一只受伤的喜鹊,旁边还站着几只过路歇脚的麻雀。五圣说:"坚持呀,前面不远就是穷桑,据说那里有棵桑树,直上千寻,这桑树跟咱们那儿的桑树可不一样,它长着红色的叶子,紫色的桑葚,一万年才结一回果子,吃了这棵树上的桑葚,可长生不老。"

　　走着走着,走到五色云中,低头一看,草叶上的露也是五色露。嫘祖尝尝,说:"这就是甘露吧,黄帝你也尝尝,这就是甘露呀。"

　　天跟着走,地跟着走,日头月亮跟着走。走着走着,一抬头,看见一个人字形的雁阵飞过去。嫘祖的拐杖支撑着身体,她的眼睛从雁阵那里低下来,恍惚间,好像遇见迎面而来的自己。她对黄帝说:"咱回家吧,还是家里好。"

【竖亥】

天地生万物,没有生道路。道路都是人跟兽踩出来的。

人在路上急急慌慌地走。在路上走,摔骨碌是难免的,所有人都摔过骨碌,没有例外。路从来都是不慌不忙的,路上的草,路边的草,也是不慌不忙的。

黄帝游走各地,遇到没有路的地方,由竖亥伐木开径。

竖亥黑瘦,长个大头。竖亥说:"黑瘦黑瘦,浑身是肉,没有虚肉,净是疙瘩肉。"他一手持棍,用以打草惊走长虫,腰里缠着鞭子,上面还别把石斧。《路史》说:"黄帝使竖亥通道路。"外面传说,竖亥的神鞭,能够鞭石开路。在他啪啪的鞭子声中,石头跟羊群一样听话,连忙腾开身子,躲到路边。

竖亥开了多少路,他自己也记不过来了。《山海经·海外东经》说:"帝命竖亥步,自东极至于西极,五亿十选(万)九千八百步。"

竖亥说:"开路是俺的命。"

竖亥开起路来不要命,摔了不少骨碌,腿上疤痕累累。他从不知道使哩慌,使哩慌也不说,累得淌浆也不吭声。[1] 他说:"我多摔几个骨碌,大伙儿少摔几个骨碌。"

五圣对竖亥说:"你要是生在无路国,就不用开路了。"

竖亥本来累得好像把所有的路扛在了肩上,正四仰八叉地把

---

[1]　使哩慌:累、疲劳之意;淌浆,累垮之意。都是中土古语。

自己摊在地上歇着，一听五圣说还有不用开路的地方，立马来了精神，忙问："无路之国？那人怎么走路？"

五圣告诉他说："无路国里，人人都是大个子，身长二千里，腹围一千六百里，两脚之间一千里，根本不用路。"

竖亥嘀咕道："那脚下也得有路呀。"

有一天，竖亥苦恼地对嫘祖说："夜黑俺做了个梦。"

"啥梦呀，还用皱着眉头去说。"

"俺梦见，路是直的，所有的路都是直的，看不见弯。"

"这倒是个新鲜梦，还没听说过路是直的。"

"就是呀，咱开了阵多路，还不知道路是弯是直？可梦里的路都是直的，太诡秘了，把俺吓醒了。路咋会是直的哩？遇山得拐弯，遇水得拐弯，遇见大树得拐弯，遇见该拐弯的地方都得拐呀，咋会是直的？大河那么厉害，它也得拐弯。还有更吓人的，刚一合眼，又做个梦，还是梦见路，路都是平的，所有的路都是平的，连个坡都没有，连个小水坑都没有，路上连一点水都存不住。这路又直又平，让人咋走？让鸟兽咋走？阵平阵直的路，没有坡坡坎坎，人不滑倒、摔骨碌才怪，不迷路才怪。"

"做梦吧。"嫘祖叹道，"那是神仙的路吧。"

【狩猎】

那是一个比力气的年代。

狩猎，打架，打仗，比的都是力气。有力气，跑得快，跟野牛一样有劲，跟麋鹿一样跑得快，肯定比跑得慢的有优势。即使打不过,若能跑得快,也是逃生的有效方法。不管如何,你得有力气,还得跑得快,这是生存法则。

人跑起来,两只胳膊向后弯曲,两条腿向前弯曲。四脚动物跑起来,四肢都是向前弯曲的,扒着地跑,只有大象例外。鸟飞起来,除了展翅,两条腿是向后弯的。这些都是人们狩猎时发现的。

激烈的追赶。尖厉的啸叫。人兽混杂的声音。滚动。挤撞。汗珠飞扬。这是狩猎中常见的场面。

兔子遇见两条腿的人或四条腿的兽,只能靠四条腿跑得更快以求活命。谁要想吃到兔子,也得跑得快,快得能追上兔子甚至把兔子跑死,并且可能被兔子射一身尿。兔子、狮子、母象是向后撒尿的,其他动物都是向前方尿的。狗跑得快,它快追上兔子时,会猛扑上去,把兔子扑倒,前爪按着,一下子咬在嘴里。

狩猎时,如果双腿跑得不够快,就得让跑得快的石头、跑得快的长矛去追猎物。后来发明的弓箭,跑得更快。拉满弓,射出去的箭,比石头长矛跑得都快。

运气必不可少。那一天,兔子被狗追得正急,迎面出现一棵树,正好挡着去路。它心想,我可不能像传说的前辈一样急不择路,一头撞死在树上,被人跟狗一辈子接一辈子地笑话。兔子急了也会飞,它飞身从树杈之间跃过。紧追不舍的狗,哪能舍弃已到嘴边的美味,也一跃而上,一条前腿几乎抓到了兔子,头也跟上了,脖子也跟上了,偏偏身子没有跟上,脖子被卡在树杈之间,身子就悬在半空中,下不去,上不来,眼看着兔子走山跳涧而去,跑得没有影子,狗只有挣扎跟哀号的份儿,连汪汪的声音也喊不出来。好在它快要翻白眼时,主人赶到了。这个不幸的狗,是咬人狗的狗。咬人狗说:"算你倒霉,今天遇见一只飞兔;算你运气好,今天俺跟在你后面。"

狩猎还得有经验跟技巧。围猎通常是从下风处开始的,不能弄出大的动静,不能大声说话,以免惊动了猎物。当然还得比谁跑得快。野猪闻到人的味道就会撒腿逃走,不过它那摊新鲜而又温热的猪粪暴露了自己。野猪跑得快,追赶它的人也得跑得快,跑不过野猪就吃不到野猪。以往的经验证明,一个人徒手很难制服野猪,反而会被野猪弄死弄伤。众人合力,加上得心应手的工具,弥补了单个人力量的不足。

狩猎者拿着长矛跟木棍,长矛尖尖地刺向猎物的肌肉甚至骨骼。在长长的竹竿上装个网兜,跑得快要追上兔子、野鸡等小的走兽飞禽时,伸出竹竿让网兜上来帮忙,哈,野物在网里面翻滚挣扎的情景,是狩猎者喜欢看到的情景。

鹿的两只耳朵总是竖着,听觉灵敏,一有动静就跑得无踪无影。夏季的鹿被丰美的草催出一身膘,是它跑不快的时候,最容易猎取。年幼的小鹿跑得不那么快,在人族的围猎中,它还以为是游戏,蹦蹦跳跳的,当它发现危险时为时已晚,一块画着弧线飞来的石头响亮地砸中它的前腿。小鹿挣扎着喊疼,尖叫着向石头抗议,向人抗议,大声呼喊着同伴来救援,同伴都在飞翔的石头跟长矛中奔逃,已经顾不上它。恐慌的小鹿忍着疼像人一样两只脚站起来逃奔,一支长矛画着直线横空戳来,截断它的血管,搅动它的肠胃,刺入它的心脏。颛顼跑过来,提起它温热的腿,看着它美丽眼睛中的星光渐渐微弱直到消失……这是颛顼的头一个猎物。嫘祖问颛顼:"听说你捉到一只小鹿?"颛顼知道奶奶不杀生,连忙说:"没有,没有,奶奶我说的是真的,颛顼不哄奶奶。"

一头野牛正往前跑,看见前面站着两只老虎,它还没有选择好逃脱的路径，就被飞来的长矛跟石头打倒在地。

有只狐狸直接走到众人面前，坦然坐地，眼光凄美。知命抹把脸上的汗水说："噫，你不想活了。"狐狸不说话，眼看着面前这个满脸汗水满脸胡子的人用草绳把自己的四蹄捆了个结实。

"这狐狸自觉献身，我猜是为保护崽子，放了吧。"黄帝说。看着狐狸的背影，黄帝想起了嫘的狐狸皮大氅。黄帝说："今天就到这里吧，省得人家狐狸一家子不安生。"

夷牟神气地扛着长矛，扛着弯月，亮着大门牙，唱着不着调的歌，炫耀着长矛上的猎物——山羊，磕磕碰碰地走在下山的小道上。忽然，咬人狗的狗在后面汪汪叫个不停，大家扭脸看去，那狗站在那里不走，正要笑话这只丢脸的狗，发现又叫又跳的狗头上面的半空了中，悬挂着一只山羊。羊怎么飞到半空呢？原来，夷牟长矛上高举的山羊的大盘角挂在了一根藤条上，夷牟竟然浑然不知。

篝火旁，屠夫举着利刃，对猎物说："对不住了，不要记恨呀，俺会记住你呀，你会长在俺身上呀。"嘴里念叨着，把猎物杀宰干净。

烤熟煮熟的大块骨肉，分给每个狩猎者，分给老人女子跟孩子。每只狗也有一份。狗闻闻，不是狗骨头。汪汪。狗叫着表示感谢。一群及时赶到的饭蝇也参与了部落的会餐。蚂蚁将人族掉下来的渣渣搬运到蚂蚁窝里。

黄帝看看远处徘徊张望的几只老虎，说："把牛肉送给老虎一些，鹿肉也给老虎一块，别给它们鹿的肠胃。"

正说着，一阵叫唱声传来——

"呜——！今天你打猎，今天你打猎，打了头山猪，打着只小鹿。山上的山猪，岭上的小鹿，不是你养它，不是我喂它，天地来养它，风吹来养它，雨下来养它，山岭来养它，树叶来养它，草籽来养它,溪水来养它,它是大伙的,人人都有它。"

夷牟告诉黄帝:"这是蚩尤的兵士。"

黄帝说:"见见面,分一半,送去两头山猪,两头小鹿……"

【昆仑之墟】

新建的明堂,有三层之高,巍峨雄伟,数里之外就能看到。

明堂坐落在水中央的十字平台上,坐北朝南。正门左右各有一门,东、西、北三面各有两门。九个大门的门口,左右各站两兽,一兽叫开明,虎一样的身上长着九个脑袋,面孔似人;一兽叫陆吾,也是虎身人面,后面扬起九条尾巴。进入明堂,是议事大厅,黄帝的座位高高地立在大厅中央靠后的位置。黄帝就是坐在这里跟大臣们讨论天下大事,探究天下大势。

关于明堂与昆仑之墟,《山海经·海内西经》有所记载:"海内昆仑之墟,在西北,帝之下都。昆仑之墟。方八百里,高万仞。上有木禾,长五寻,大五围。面有九井,以玉为槛。面有九门,门有开明兽守之,百神之所在。在八偶之岩,赤水之际,非仁羿莫能上冈之岩。"这是神话的夸张。后世对于黄帝的"昆仑之墟"误解甚多。其实,《史记·封禅书》说得很清楚:(明堂)"……中有一殿,四面无壁,以茅盖,通水,圜宫垣为复道。上有楼,从西南入,命曰昆仑。"昆仑之墟就是黄帝故事的明堂。

在明堂,众鸟在梁柱之间叽叽喳喳,黄帝与风后、天老、五圣、知命、规纪、地典、力牧七圣议事,与常先、大鸿、容光三臣议事,议着轩辕部落的柴米油盐,日常生活。大家说:"嫘祖把桑蚕带来之后,男耕女织的习惯正在形成,女子像蚕丝一样柔软,男子像土地一样勤劳。"黄帝说:"五谷跟桑蚕,正在化育咱们的性格,化解人身上的野性子。"

在明堂,众鸟在梁柱之间叽叽喳喳,黄帝与蚩尤、太常、苍龙、祝融、风后、后土六相议事,议着文道武道。大家说:"嫘祖带来的桑蚕,比猪狗牛羊还温驯,没有一丝一毫侵略性,不过男人得时刻强壮自己,咱不做侵略者,得防着入侵者,不然连猛兽都打不过,更别说保卫家园了。"黄帝说:"农忙干活,农闲操练,这个得记着,忘了可不中。咱得尚武,我总感觉,今后的秩序格局得靠它厘定。嫘祖说的抓阄,好是好,我估摸着行不通,因为人族爱挖软泥儿。①嫘祖那天给我说,让咱们寻找一种大家都赢都不输的法子,这真是个好想法,各位要在这个地方用心思。"

在明堂,众鸟在梁柱之间叽叽喳喳,黄帝与沮诵、仓颉、隶首、孔甲四史议事,与岐伯论道,论着先前的得失教训。大家说:"伏羲以来,祖先发明的许多好东西没有传下来,这中间肯定是哪个地方出毛病了,咱们得琢磨。比如,嫘祖的养蚕抽丝手艺就不能再失传了,宁封子的制陶手艺就不能再失传了,还有杜康酿酒也不能失传了。"黄帝说:"咋样才能叫它不失传呢?靠打仗怕是不中,我看还得靠仓颉的文字,文字不说话,但会说话……"

巫咸看见,众鸟听黄帝议事,也在明堂的屋檐或梁檩间议事,叽叽喳喳说个不停。巫咸听见众鸟说话,它们在笑话人族活得如何苦、如何累、如何不堪——

麻雀说:"黄帝跟大臣们讨论活着的事情,这对鸟,对兽,对人,

---

① 挖软泥儿,欺负弱者之意,中土古语。

对草木,对蚕宝宝来说,都是顶要紧的事。活下来得有吃物,上天宽待我们鸟兽草木,咱们不种不收不藏,不劳而食。"

鸽子说:"上天一样宽待人族,可是人族太贪婪了。我们吃饱肚子,万事皆休。人不仅要吃饱,还要吃好,吃出花样,还要把吃物存得够许多日子吃,还要把不属于自己的吃物抢过来,太辛苦,太忙碌,也太可怕了。人族为了嘴巴可以不要脑袋,为了肚子可以不要身子,为了活着可以拼死。这太奇怪了,让我的脑子转不过弯来。"

叨木官儿敲敲一根檩条说:"万物的另一件大事是传宗接代。说是大事,也不算多大个事。人族的大脑壳里就把这件事想得过于复杂,羊拉屎似的,生下一堆,该由子孙干的他们自己干了,也不知是帮子孙还是坑子孙,人族的脑袋里是不是生了虫子?"

喜鹊说:"除了活着,除了传宗接代,还有什么要紧的事情吗?没有了。人族的脑壳里,认为还有比这两件事情更重要的事情。他们高下相慕,左右攀比,争地盘,讲名分,还有啥立功立言打屁股……"

巫咸闭着眼睛听,闭着眼睛想。他心里说:鸟族比人族的见识高明许多呀。

黄帝说:"人未必无兽心,禽兽未必无人心。"

明堂前,不知啥时候长出一棵屈轶草,一人来高,草茎向上,叶子如人手指。这屈轶草十分神奇。《宋书·符瑞志》有记:"天下既定,圣德光被,群瑞毕臻,有屈轶之草生于庭,佞人入朝,则草指之,是以佞人不敢进。"就是说,凡有佞人进入明堂,屈轶草就会有一枝弯曲下来,指向佞人,使佞人不敢进入。

那天,屈轶草忽然摇动,伸出一个枝条,指向一个人。

只见那人从桥上走来,走向明堂。

屈轶草一直跟着他,指着他,直到他走进明堂。

他走出明堂时,屈轶草又指着他,直到他消失在桥的那头。

知命看在眼里,对黄帝说:"刚才屈轶草一直指着蚩尤。"

黄帝没有表情,心里想:蚩尤会反?

龃龘龤龖龗龞龡龢龣龤龥龦龧龨龩龪龫龬龭龮龯龰龱……

【宁封子】

宁封子说:"火起先是不咬人的,人老是不学好,火不高兴了,开始咬人。"

宁封子是一个黑红油亮的人,能哩很,通晓泥巴跟火焰的秘密。他矮壮身材,上身长下身短,双臂结实,整天埋首在泥巴跟火焰之间,跟神一样主宰、摆弄一块块泥巴,转眼间化泥为器,捏个碗,捏个盆,捏个罐,还有坛呀壶呀……放在火里烧炼。他的手极快,能赤手从火中取出他烤制的物件,火还没有来得及咬住他的手,他已经把物件取出来了。

嫘祖对宁封子说:"你给俺做个纺轮。"

昌意十来岁的时候,看宁封子制陶烧陶,看见老伯的手被火烫了个泡,说:"不是说老伯的手快吗? 咋也烫着了。"宁封子说:"小屁孩,你有所不知,我是故意慢一些,让火咬一口,让火高兴一下。"昌意问:"为啥呀?"宁封子说:"那天恁娘往恁爹胳膊上咬一口,恁爹不是高兴得哈哈大笑? 小屁孩一边玩去,别耽误了我的正事。"昌意回家,见了娘就问:"娘,你往爹胳膊上咬了一口?"嫘看着黄帝说:"这你也给人家说?"黄帝说:"被老虎咬一口丢人,被你咬一口不丢人嘛。"

宁封子的一窑老火一直旺旺地着着,炉火照天地,红星乱紫烟,百十年都没有灭过。

嫘祖对宁封子说:"你给俺做个纺坠。"

颛顼十来岁的时候看宁封子老爷爷烧窑,说:"爷爷爷爷,我闻见火味了,都说火里住着火虫子,都说你能抓住火虫子,你抓个火虫子给俺看看嘛。"宁封子说:"老炉子老火中才生火虫子,火虫子跟蝇子一样,带着翅膀,它在火中时爬时跳,高兴了还在火中飞舞,我烧坏的器物都怪这火虫子作怪。"颛顼问:"火虫子不怕热?"宁封子说:"人家火虫子就喜欢热,人家在火里凉快。"正说着,突然竖起眉毛,如大火聚,手伸进火中,一把把一个火虫子抓出来,一把把火虫子摔在地上,地上冒了股青烟,啥也没有了。颛顼看在眼里:"爷爷爷爷,你抓了火虫子? 火虫子呢?"宁封子不语,从火灶中抓住一只圆罐的耳朵提溜起来,那个罐罐红红火火的,还着着火。宁封子自言自语道:"还好还好,没被火虫子毁掉。"颛顼说:"爷爷爷爷,我想看看火虫子啥样。"宁封子说:"火虫子家在火里,吃的是火,喝的是火,它睡火玩火,不喝水光喝火,见水则死,离火没命,没法拿给你看。"颛顼嘴里嘟嘟嚷嚷地说:"吃的是火? 喝的是火? 屙尿的是啥? 不尿床吧?"宁封子说:"孙子你夜黑是不是尿床了? 我告诉你,一次打仗,恁爷被困在大火中,别人都烧死了,恁爷一根汗毛都不少,知道为啥吗?"颛顼的眼睛瞪大了。"我告诉你,恁奶给恁爷做了一件衣裳,叫火浣衣,穿上这件火浣衣,比火虫子都厉害,烧不着,也不尿床,你不知道吧?"

宁封子的手上、胳膊上、脸上沾满了泥巴,皮肤上留下火焰咬过的痕迹。这些他都不在意,甚至还很乐意。他在意的是泥团跟火焰的形象,水火既济而土合的样子。人们跟他说话,他常常爱理不理,答非所问,也就是他喜欢的小屁孩问他,他才搭理几句,他沉浸在自己创造的世界中。

仓颉说:"宁封子陶醉了。"

杜康带着酒气说:"他的陶,也能像俺的酒一样醉人吗?"

宁封子烧制了小猫、小狗、蚕蛹、蝴蝶等身边事物,圆鼓鼓的,除了颜色不那么一致,还真跟活的一样。

嫘祖看了,说:"好像跟在哪儿见过一样,又像,又不像。"

宁封子又拿出自己烧制的虎、豹、猫送给嫘祖,说:"山里野东西多,你放在蚕房里,防鼠,辟邪。"嫘祖说:"哪有啥邪呀。"嫘祖还是把那些陶猫陶虎放在了蚕室。蚕猫端详着陶制的猫,对嫘祖说:"像。"嫘祖闲着的时候,直起腰看看那些又像又不像的物件,自言自语说:"这个宁封子还真有能耐。"

宁封子还莫名其妙地制作一些不知名的、四不像的东西。杜康说:"捏个碗还能喝酒,你捏这些东西有啥用呢。"雷公说:"捏个罐方便熬药,捏个碗方便喝药,你捏这些东西像孩子们撒尿和泥捏出来的,啥都不像,换不来一把盐嘛。"

人们不知道宁封子满胸脯满脊背地流汗捣鼓出这些啥玩意儿,又在黑沉沉的夜里不睡觉烧制这些东西做啥用。有人说:"你看那群小屁孩,用泥土捏个男人捏个女人,还知道让两个人睡在一起;捏个土碗,往地上一摔,还能听个响。你捏这东西有啥用吗?"宁封子听了,想了一会儿,嘴里嘟囔着对自己说:"你捏这东西有啥用吗?"

有人背后叫他疯子,当然当面也叫他封子,至于他听到的是他封子的名字还是人们讽刺他的疯子,那就不知道了。

杜康说:"陶醉啥呀,疯子吗?"

仓颉说:"宁封子就是个火虫子嘛。"

知命对黄帝说:"这个宁疯子,可是不疯。你看,他把水中的鱼画在盆子上,又放在火里烧烧,这可了不得。"

黄帝说:"他是造物者,火窑里化出万物,火候的事还得问他,他跟火混熟了。"

《列仙传》记载:"宁封子者,黄帝时人也,世传为黄帝陶正。有人过之,为其掌火,能出五色烟,久则以教封子。封子积火自烧,而随烟上下……"这是把史实传成神话了。

【蚕马谣言】

颛顼说:"爷爷奶奶,人家骂你们。"

胡曹对嫘祖说:"有人翻瞎话,歪排您跟黄帝,①传得到处都是,连小娃子都知道了。"

"你俩别急,慢慢说。"嫘祖说。

原来,不知从哪儿传来一个谣言,传得轩辕部落许多人都听说了。谣言说的是——

黄帝打了败仗,被人家绑走了,黄帝的那匹马逃回家中,给嫘祖报信。嫘祖说:"谁能把黄帝救出来,就把闺女嫁给他,报答他。"结果一个响应的人都没有。那匹马见没有人去救黄帝,就自告奋勇,救出了黄帝。嫘祖把自己许愿的话说给黄帝。黄帝一听,

---

① 翻瞎话,说假话之意。歪排,背后说人坏话之意。中原土语。

把自家的宝贝女儿嫁给一匹马，一口回绝："那可不中，肯定不中。"马一听，心想，我帮你把嫘祖娶回家，又把你从死神那里救出来，你咋连一个女儿都舍不得？人不能说话不算数嘛。马气得咆哮起来。黄帝一生气，一箭把马射死了，剥了它的皮，晾晒在院子里，嘴里还说："看你这畜生还惦记我闺女不惦记。"马皮晒干的那天，忽然刮来一阵怪风，只见那张马皮起身站起来，一卷，卷起黄帝的女儿飞走了。黄帝跟嫘祖赶紧追出去，找呀找，终于在一片林子里的一棵桑树上找到女儿。女儿已变成了蚕，长着马头，用马皮包裹着自己，见了爹娘也不会说一句人话了……

黄帝说："噫，还怪会编故事嘛。"

胡曹说："还编了一首歌：爰居爰处？爰丧其马？于以求之？于林之下。死生契阔，与子成说。执子之手，与子偕老。"①

嫘祖说："蚕宝宝就是咱家闺女呀，跟亲闺女一样，比亲闺女还亲。"

本来气愤不已的颛顼见奶奶爷爷笑谈谣言，有些不明白：他俩为啥不生气哩？

胡曹说："知道恁爷爷奶奶的厉害了吧，知道咱们不中了吧。"

【猫步】

看看猫走路的步子就知道啥叫猫步了：猫行走时，前后左右脚

---

① 这几句歌谣后来收入《诗经》中，名《击鼓》。大意是说：身在何方，身处何地？我的马儿丢失在哪里？到哪里找到我的马？到那林泉之地。生生死死离离合合，我与你立下誓言。与你的双手交相执握，伴着你一起垂垂老去。

轮番踩到左右两脚中线的位置,或把左脚踩得中间偏右一点,右脚踩得中间偏左一点,四只脚几乎都走在一条线上。

桂花头一天来蚕室,开口叫声"嫘祖",吓了嫘祖一跳。

猫怎么说话了。嫘看着猫。猫说我没说话,拿眼睛看着桂花,又伸出白爪子指指桂花。

"嫘祖。"桂花的声音像猫叫。

嫘祖说:"这闺女说话的声音好听。"

桂花的屁股长得肉肉的,走路像扁嘴鸭子,撅着屁股一扭一扭的。蚕房的姐妹说:"你咋这样子走路? 不好看,不好看。"

姐妹们笑桂花走路不好看。桂花见姐妹们笑话,就想着改换自己的步子。

她看猫咪走路的样子,心想,猫咪咋就走得恁好看呢? 她悄悄看猫走路,看了几天,看出来了门道:猫的四只脚走在一条直线上。她想,人的两只脚走在一条线上,肯定比猫的四只脚走一条直线容易得多。她悄悄地学猫咪走路,还趁蚕室没有人的时候,扯上一根蚕丝,踩着蚕丝轻轻落脚,这样走了几天,两只脚就走在了一条线上。

那天,嫘祖见桂花走了过来,噫了一声:"你这孩子咋走路的? 咋好像在哪看见过,好像谁也这样走过?"

桂花红了脸,低头不吭声,怕嫘祖说她走得不好看。

猫咪知道桂花跟她学走路,就一步一步从嫘祖面前走过,提醒嫘祖。

嫘祖笑起来说:"你走的是猫步呀,猫步挺好看的,又配上你的小腰,好看,就这样走路吧。"

桂花红了脸蛋。蚕屋的小姐妹叽叽喳喳地说:"毛毛虫变蛾子了,蚕蛹变蛾子了。"

嫘对黄帝说:"这闺女的声音像猫的声音,又走出了猫步,她身体里是不是住着猫咪?"

几天之后,嫘祖又告诉黄帝说:"桂花被人抢走了。"

黄帝说:"谁是桂花?"

"就是走猫步的那个。"

"谁抢走的?"

"蚩尤。"马师皇说,"抢桂花时,字上前阻拦,蚩尤一刀把字捅了。"

未篇　涿鹿

《说文解字》:"未,味也。六月,滋味也。五行,木老于未。象木重枝叶也。"

未,本义是古代的一种树木或繁茂,借以表示滋味。

未,十二地支的第八位。

【条竹】

门前有竹。风的手拿着竹子,轻轻地扫,使劲地扫,把天上的白云乌云扫来扫去。人族看在眼里,将那竹子砍下来,束成一把,枝叶朝下,用于扫地上的落叶跟阴影,人称之为扫竹。

扫竹,又叫条帚、条竹、扫帚。

做扫竹,剩下来一根竹子,昌意往上面一跨,当马骑了。嫘祖说:"像恁爹。"

墙角有一堆做扫竹剩下来的竹子,颛顼挑出来一根,往上面一跨,嘴里驾驾着,身子一高一低,拍马而去。嫘祖表扬说:"像恁爹,更像恁爷。"

一天晚上，嫘祖做了一个梦，梦见那个被蚩尤捅死的孛，鲜亮鲜亮地，气喘吁吁地跑过来说："嫘祖，看天，嫘祖，看天。"嫘祖醒来，觉得奇怪，听见群鸟夜鸣，野兽乱叫，连忙起床，看到一群人也在嚷嚷着看天。

天上忽然多了一颗平时没有的星星，像啥熟悉的物件，一时又想不起来。

嫘祖说："去叫仓颉，去叫雷公，去叫知命。"

仓颉看看天，说："这是扫竹星。"

嫘祖说了自己的梦，问雷公："咋会梦见孛呢？"

雷公的蚕眉一动一动："那个孛，托生为星，提醒咱们有灾难要发生哩。"①

黄帝问："天上出扫竹星，是什么意思？"

知命说："你看扫竹星的样子，像狼屁股后面拖的尾巴，可能要有不好的事情出现了。"

雷公对黄帝说："蚩尤那家伙长着扫竹眉，咱得早做准备。"

【蚕食】

昆仑之墟，鸟在叽叽喳喳地叫着。

黄帝问仓颉："你咋来这么晚？大伙等你半天了。"

---

① 明代陈耀文《天中记》卷二引《中兴天文志》："孛，本黄帝时一女子，修行不得，其死(为孛)。"《公羊传·昭公十七年》："孛者何？彗星也。"

仓颉慢悠悠地说:"来的路上,我看见河里的鳐鱼一群一群涌出来,就看了一会儿。"

黄帝说:"你直接说,不要绕。"

仓颉不紧不慢地说:"我又到嫘祖的蚕室,看了一会儿蚕吃桑叶……"

黄帝说:"又绕到蚕室去了,直接说,别绕。"

仓颉说:"黄帝肯定见过蚕是咋吃桑叶的,您不会没有看过吧?"

黄帝说:"你直接说中不中?"

仓颉依旧慢悠悠地说着:"蚕呀,它从桑叶的边上下嘴,一点一点地吃,一小口一小口地吃,很快吃掉一大片桑叶,又吃掉一大片桑叶。"

"别绕啦,直接说。"

"老辈人有个说法,鳐鱼出涌,其邑有兵。"①

"接着说。"

"看蚕吃桑叶,我想起一个词。"

"又绕圈子。你不会再绕到蚕猫身上吧?"

"看蚕吃桑叶,一个词蹦出来:蚕食。"

"啥意思?"

"咱们正被蚕食。"

"啥意思?"

"不是嫘祖的蚕室,不是蚕吃桑叶的蚕食,是被蚩尤蚕食。"

---

① 《山海经·西次四经》:"鸟鼠同穴之山……渭水出焉,而东流注于河。其中多鳐鱼……动则其邑有大兵。"

"看你绕的。"黄帝说,"不是让人给炎帝捎话了吗？让炎帝管管这个蚩尤。"

"托人捎话了,话也捎到了。炎帝性子柔和,每天忙着品尝百草,辖制不住部属,蚩尤他照旧抢粮,抢女人,把新麦也抢走了,带不走的就糟蹋掉。"

黄帝说:"让他作吧。"

大鸿说:"蚩尤把炎帝部落开采的铜铁都打造成刀戟大弩,用这些兵器杀人,今后的天下非血流成河不可。他还联络了八十一个头领,个个武装得铜头铁额,不像人的样子。还有,打就打呗,糟蹋庄稼,疵毛哩很。"①

"蹬着鼻子上脸。"黄帝说,"让他作吧。"

【作】

作,就是作怪、作祸、作孽。

西陵、轩辕部落把作怪、作祸、作孽,简称为"作"。还有个说法叫"作死"。作,作孽,造孽,就是作死。"作",是开始,是"因";死,是"作"的结果。

作,表现为妄言、妄行,以及自我的得意忘形。凡是"作",都过分,不中,任性且随意,破坏且逾矩。

青阳小时候说:"俺从来不生病。"嫘祖急忙喝止他,拿着他的手拍拍土地,告诉土地说:"小孩子不懂事,您可不要听进去呀。"

---

① 疵毛,指人的行为不端,中土古语。

在一次大战前,昌意说:"快打吧,我都急得不行了,咋还不开战哩!"嫘祖听了,上前推一把昌意,把昌意推个趔趄,昌意正奇怪娘咋阵大的劲,听娘大声嚷道:"作啥作?作死呀?"

颛顼小时候吃饭,吃半碗,剩半碗,总是不听话,嫘祖厉声说:"作!"一声就把颛顼吓哭了。

在嫘祖看来,"作"一下两下,"作"一次二次,老天或许包容原谅。老是"作",会"作"出病来。所以她时刻提醒着身边的大人孩子,小心且仔细着,别"作"过了头。仓颉不是说过:"作"过了,是要遭雷劈的。

《尚书·太甲》记载了这句话:"天作孽,犹可违;自作孽,不可活。"这句民谚是上古流传下来的,反映了天地的因果律令,它的意思是说,上天降下的灾害还可以逃避,自己造成的罪孽可就无处可逃了。

蚩尤在"作",众生看见了,黄帝看见了,天地看见了。

岐伯说:"蚩尤的结局不妙,走着瞧吧。"

【盐】

若作和羹,尔唯盐梅。

盐是宝贝。饭菜中不能缺盐,没有盐不香。人不吃盐,没有力气。牲口有时候也得吃把盐,不然,牲口也没有力气。当然也不能吃多了,吃多了,口渴。这大概是天帝设计的,让人族体会啥叫"中",啥叫"正好"。

过日子,没有盐不中,盐放多了,也不中。有一天,嫘的爹踢着脚下的狗说:"打死卖盐的啦?"嫘的娘说:"胡说哩,货郎那么好个人,谁舍得打他,他走到谁家门口谁家都给他端碗饭吃,山贼都敬他。"嫘的爹指着饭碗说:"尝尝尝尝。"嫘在一边,朝娘伸了一下舌头,又连忙捂上嘴。娘讪讪地说:"盐放多了?"

嫘学会养蚕抽丝之后,还发明了浴蚕。浴蚕,离不开盐。春天树叶萌芽之际,嫘将蚕子浸在淡淡盐水中浸浴数天,再把蚕子晾干,这样一来,那些不强壮的蚕子就孵化不出来幼蚕,从而淘汰掉体弱而不能好好吐丝结茧的蚕,避免了桑叶的浪费。

货郎说:"盐是从阪泉涿鹿那里贩来的。"

西陵人谁都不知道阪泉涿鹿在哪里。

嫘祖没有想到,嫁给黄帝,又遇上这个地名。嫘先是知道那个煮盐的叫宿沙,是神农的臣子,人族吃的盐,都是他领着煮出来的。①

有一天,黄帝对嫘祖说:"要跟蚩尤打仗了,不在阪泉,就在涿鹿,就是上次跟炎帝打仗的那个地方。那个地方有个盐池,是出盐的地方。蚩尤把盐池占了,用仓颉的话说,盐池已被蚩尤蚕食了。"

嫘祖问:"为了盐?"

黄帝说:"不只为盐,更为复仇。他是不服气呀,他是要给炎帝复仇呀。"

嫘祖说:"平平淡淡好好过日子多好,非得多放一把盐。"

黄帝问:"不是多放一把盐,他是把长好的伤口劐开,再撒上一把盐。"

---

① 《世本·作篇》:"宿沙,作煮盐。"《淮南子·道应训》:"昔宿沙之民,皆自攻其君而归神农。"

嫘叹口气说:"好好的日子,又要打仗……抓阄多好。"

【空桑】

《山海经·东山经》曰:"东次二经之首,曰空桑之山……"《述异记》记载:"空桑生大野山中,为琴瑟之最者,空桑也。山以产此桑而名。"素女的琴身就取自空桑之木。

这棵桑树站在那里,谁也不知道它站在那里多少年了。成群的鸟住在上面,有的搭窝,有的连窝也不搭,早出晚归。夏天的黄昏,一大群鸟在它周围盘旋几圈后,一停上去,树枝像结满果实一样立即弯低下来;冬天的黄昏,众鸟仍然是先盘旋一阵子,再落下来,天和树一下子就暗了下来。

人们走在这棵大桑树下,脚步都会放轻。

有一天,闪电把黑夜照得比白天还明亮,人们正在惊奇,轰隆一声炸雷在头顶响起,震得人们头皮发麻。后来传说是,那个苦于行雨的乖龙,常把自己藏在人身中,藏在梁榫间,藏在牛角里,甚至藏在牧童身上,这天乖龙为躲避雷神,把自己藏在空桑里,雷神追到空桑上空,正准备出手,见许多人坐在空桑下捧着碗吃饭。雷不打吃饭人,这是雷界的古训。雷神收回手中的闪电,待吃饭者一个个端着空碗回家而去,这时候乖龙已把自己的身子深藏于树身之中。雷神无奈,对桑树说声"对不起了",伸手用闪电的枝杈,劈下桑树的枝杈。桑树的几个大枝被劈下来,留下的大半边着了火,把树身烧出一个黑洞。树洞大得能够藏下几个人。至于藏在树身中的乖龙,有人说,看见一股青烟从树冠飘走了。有个老人说,雷劈桑树,不是树上有乖龙,是雷带着桑树的神灵升天了,留在地上的空桑是成仙的桑树留在凡界的身子。①

雷劈发生之后,仓颉发明出一句咒人之语:让雷劈。

嫘心里想,这话太狠了,不该这样说话。

仓颉说:"谁作死,就让雷劈谁。"

雷劈之后,桑树不死,老树与新枝交映,活得好好的。那被雷神劈下来的一枝,被素女的师父捡走,做了架琴。

有一天,颛顼问嫘祖:"奶奶,我是从哪来的?"

嫘祖说:"你是从空桑里捡回来的。"

的确,颛顼生于空桑。《吕氏春秋·吉乐》记载:"帝颛顼生自若水,实处空桑。"

颛顼说:"奶奶的蚕宝宝生在桑树上,我也生在桑树上。"

嫘祖说:"颛顼将来要比蚕宝宝有能耐。"

颛顼去看空桑。树干上布满皱褶深沟,还有忧伤的疤痕。他扒着树洞要钻进空桑,有人拦住他说,这是神树,可不敢造次。颛顼不听,一跃而入,惊飞一只大鸟。拦阻颛顼的人看得目瞪口呆,听听空桑里面毫无动静,吓得身上吓撒,不敢出声,轻手轻脚地走出空桑的树影,才放开双脚跑去喊人。

颛顼跰堆在空桑里面,草木腐朽跟新生的气息混合在一起弥漫着,依稀看到树洞里面能够容纳数人。颛顼一声不吭地坐在里面,在一种奇异的安静之中,听到细微的嗡嗡声。等到他的眼睛适应了空桑里的黑暗,看见一个大蜂窝,一个小鸟巢。他想,正好把

---

① 宋黄休复《茆亭客话》:"乖龙者,苦于行雨,而多方逃匿,藏人身中,或在古木楹柱之内,及楼阁鸱甍中,须为雷神捕之。若在旷野,无处逃避,即入牛角,或牧童之身,往往为此物所累,遭雷震死。"

蜂窝端回去,给爷爷奶奶吃蜂蜜。

【蚩尤】

蚩尤是炎帝的部下,管理着九黎。《尚书·吕刑》疏云:"九黎之君,号曰蚩尤。"

《路史·后纪四》注引《世本》曰:"蚩尤作五兵:戈、矛、戟、酋矛、夷矛。"《太平御览》)云:"蚩尤兄弟八十一人,并兽身人语,铜头铁额,食沙石子。"《山海经·大荒北经》记载:"蚩尤作兵伐黄帝。"

黄帝名声日显,蚩尤不服,就发动了对黄帝部落的战争。

那一年,许多枣树疯了。

那一年,天上出现扫帚星。

那一年,那个被黄帝杀掉变化成大鹗的怪鸟现身。只见它状如老雕,白头红嘴,长着虎爪,一声声怪叫着。人们都想起"大鹗发声,其邑有兵"的老话。①

那一年,纷纷扬扬的大雪天里,雷声大作。

黄帝说,该来的还是来了。

嫘想了想,终于想起蚩尤的模样。她说:是不是长着扫竹眉,喜欢斜楞着眼看人的那个?

---

① 《山海经·西次三经》:"钟山,其子曰鼓,其状如人面而龙身,是与钦䲹杀葆江于昆仑之阳,帝乃戮之钟山之东……钦䲹化为大鹗,其状如雕而黑文白首,赤喙而虎爪,其音如晨鹄,见则有大兵。"

【冰蚕】

外面有鼻子有眼地传说:嫘祖在桑林密处,养着一群冰蚕。这冰蚕,长七寸,黑色,有角有鳞。冰蚕得用冰雪覆盖,只有在冰天雪地里才能生长,才能吐丝结茧。

外面有鼻子有眼地传说:下雪打雷的时候,嫘祖用冰蚕丝给黄帝做了一床褥子。这床褥子,入水不濡,入火不着,再热的天也不觉得热。

外面有鼻子有眼地传说:蚩尤本来是抢冰蚕的,没有找到冰蚕,就抢走了桂花。

外面有鼻子有眼地传说:蚩尤这次带兵而来,让桂花带路,首先要抢走黄帝的那件冰蚕褥子。

黄帝听了,对嫘祖说:"这褥子你得保存好,别让蚩尤抢走了。"

嫘祖说:"冰蚕褥子前天刚被人偷走了。"

黄帝说:"嫘祖呀,这褥子可是宝贝,你得给我再做一床,另外再做件火浣衣。"

"中,做一床冰蚕褥子,再做件火浣衣,不过呀,如今春暖花开,冰蚕养不活。"嫘祖不笑,继续说,"明年吧,巫咸卜了,说明年大冷,冰蚕好收成,能做好几床冰蚕褥子。"

蚕猫卧在一边,不动声色地听着。颛顼在一边听得眼睛一眨不眨。他告诉别人说:"奶奶说了,明年给黄帝爷爷做个冰蚕褥子,也给俺做件火浣衣。"

传说是,嫘祖养的冰蚕没有传下来,嫘祖做的冰蚕褥子传到唐朝,就失传了。①

【鬼打墙】

　　黄帝与蚩尤的战争在进行……

　　夜色从四面八方围拢,天布繁星,大地黑咕隆咚。

　　古老而深沉的暗黑里,蛐蛐叫得欢,先是一只叫,接着是一群一起叫,忽东忽西,忽南忽北,四下埋伏,此起彼伏。黑暗被惊动了,蛐蛐的声音低下来,人一走过去,蛐蛐的声音又高昂起来。后来,蛐蛐好像不再怕人,也不躲避,蝈蝈、蚯蚓还有好多虫子也加入了大合唱,它们使劲地、一个劲儿地扯着嗓子叫喊。

　　黑夜,是黑夜跟虫子的天下。

　　蟲说:"腿长胳膊短,眉毛盖住眼,有人不吱声,没人大声喊。猜猜这是谁?"

　　鑫说:"这蛐蛐咋跟鬼叫似的。"

　　猋说:"这声音咬得人耳朵疼,它是不是吃了人骨头?"

　　队伍说着走着,本来路很近,可是咋也走不完,咋也走不出蛐蛐蝈蝈的叫声。

_____

　　① 　唐代段安节《乐府杂录·康老子》:"康老子者,本长安富家子,酷好声乐,落魄不事生计,常与国乐游处。一旦家产荡尽,因诣西廊,遇一老妪,持旧锦褥货鬻,乃以半千获之。寻有波斯见,大惊,谓康曰:'何处得此至宝? 此是冰蚕丝所织,若暑月陈于座,可致一室清凉。'即酬价千万,康得之。还与国乐追欢,不经年复尽,寻辛。后乐人嗟惜之,遂制此曲。亦名《得至宝》。"此后,再也没有冰蚕褥子的踪影。

天上,啥时候被谁的指甲掐了一下,留下掐的痕儿,发出微光。

“今儿这路咋阵长?”森嘴里嘟囔着,“咋感到咱是围着月牙转哩?”

时不时传来狐狸的叫声,远远地看见一只狐狸拜月的影子,看不清它的颜色。

朤说:“拜月要拜圆月,拜个月牙子还想成仙?”

森说:“别管人家狐狸了,咱们是不是走了冤枉路?”

焱说:“没有哇,正走着哩。”

一群黑黑的剪影贴着地皮走动,自以为走的是熟道熟路,其实他们已走进熟悉的陌生中。猫头鹰用一只眼看,这群人在打圈子。用另一只眼看,他们仍在打圈子,这些人在做什么游戏呢?有个蛐蛐好心地提醒说:“曲曲曲曲。”有个心直口快的蛐蛐干脆直接告诉人族:“弯曲弯曲。”这是清晰的密语,可是陷入迷阵的人族怎么也听不懂。

脚步的声音变得越来越怪。走得脚掌麻木,腿肚子也转筋了,脑子走得恍惚,仍没走到地儿。

垚摸着被露水打湿的头发,说:“咱天擦黑开始走,走到下露水了,今儿这路咋阵长哩。”

叕说:“走了几十来回的路,今儿咋会走不到头了。”

[illegible]说:“咱是不是走到哪个旮旯去了。”

㐺说:“俺咋觉得有个黑爪子在抓俺的背?”

毳的头发竖起来:“谁在用俺的腿走路?”

赑说:“胡说,瞎说。”全身已经绷紧。

众、羴、犇、骉、猋等都慌慌的:“咋办? 咋办?”

每个人的身上都起了一层鸡皮疙瘩。

一抬头,那弯月牙不见了,众多星星也不见了。

猫头鹰睁开两只眼,只见一群影子不远不近地走在人的前面,一群影子不近不远地踩着人的脚印跟在人的后面,一个个手心向上。在虫子合唱自家祖传歌儿的声音中,那些沉睡的各种动物魂,草木魂,石头魂,等等魂,都站起来,挪动着各自的魅影。

所有人的腿脚好像蹚在稠稠泥水里,心愈加慌张。大家就走在这慌乱跟恐惧中,一直走着,停不下来,连话也不说了,一直走,快用尽了吃奶的力气。

蝈蝈叫着:"过——过——"蛐蛐叫着:"去——去——"

"齨驫鱻麤靐龘飍鸗靇籱蘽纞臘蘦庐踾饟癳爨齾瀿爣纕……"

一阵怪叫声传来。

磊说:"夜游神!咱们有救了。"

夜游神为黄帝司夜,昼隐夜见,每晚现身四野,驱鬼护民。《山海经·海外南经》记载:"有神人二八,连臂,为帝司夜于此野。"

"齨驫鱻麤靐龘飍鸗靇籱蘽纞臘蘦庐踾饟癳爨齾瀿爣纕……"

怪叫声中,只见一排眼睛明亮地飘动着。飘呀飘,飘近了,但见一十六人结队而行,胳膊挽着胳膊,在黑夜里翻卷出波浪;一十六人迈腿抬脚,整齐划一,坑坑洼洼的路在他们脚下跟平地一样,或许他们的脚是在离地一两拃那么高的地方走着,因为他们走得太快,没有看清。

"尔等鬼打墙啦。"

话音犹在,夜游神已没踪影。

话音刚落,天地清明,迷途人瞬间走出了诸鬼布设的无形之墙。

天已大亮。前前后后，都是累累白骨，有人骨，有兽骨，最让人害怕的是各种头颅骷髅上的洞洞，看着天，瞪着路人，几只红黑蚂蚁在几个洞洞中忙碌着。

蚕蟲说："鬼用咱的腿走路，这是鬼跟咱们闹着玩哩。"

仓颉听说了，说："当年我作书，鬼夜哭；今日你行路，鬼打墙。"

巫咸说："下一次行军，记着带上洞冥草。"

巫咸说的洞冥草，在《洞冥记》中有记载："（北极）种火之山……有明茎草，夜如金灯，折枝为炬……于夜暝时，转见腹光通外，亦名洞冥草。"

【岩画】

黄帝与蚩尤的战争进行中……

战斗间隙。兵士横七竖八地在营垒睡下了。

神荼在左，郁垒在右，跍堆在黄帝歇脚的山洞口，栽嘴打着瞌睡。

黄帝一直睡不着，眼前的战事一时也没有眉目。一团火坐在木柴中间，忽忽闪闪，呼呼啦啦，明明暗暗，跳荡跟诉说着黄帝的心事。黄帝借着柴火的亮光，拿一根烧黑的松木，在石壁上画了一个人。

马师皇在火光中一边医治受伤的战马，一边安慰黄帝说："这马命大。"

木柴怀抱着火焰,火苗伸出红红的舌头,不时跳跃一下,爆出一个个火星。黄帝蘸着马血在石壁上画了一匹马的样子。

马师皇说:"这匹马年岁大了,你看它老得牙齿越来越白了。"

黄帝想起狩猎的快活日子,在石壁上画几个人举着石头跟棍子逐鹿的样子。

马师皇说:"一次狩猎时,看见一头驴像人一样用两只脚走路。"

黄帝就画了一头用两只脚走路的驴。难忘的是有一次猎到一头像牛一样的羊,它的肉几十人吃,还没吃完。黄帝这样想着,画了头牛样的羊。

一只蝙蝠从头顶掠过。黄帝在石壁上画个蝙蝠的影子。

火舌舔着山洞里的暗黑跟寒冷,烟眼的烟顶着风,从风的缝隙里跑到洞外,加入雪花之中。

汪汪,狗在外面叫了两声,像在说话。黄帝就画了两只狗。他想起从前娘哼的曲儿:四根棍,搭个屋,人来了,唱一出。

很多未知的东西在石头的空白处等着。石头被画得痒痒的,被画得不像石头或者更像石头了。石头把这些画精心收藏起来,作为自家的秘藏。

"齞驫鱻麤靐齹龘厵龗籱虋纞臡蠿户踂饟癵暴齾灪爩纞……"

山洞口,神荼困得栽嘴,郁垒睡着了。

神荼恍恍惚惚听见一个声音说:"这下雪天,太冷了,咱进去避避风雪吧。"另一个声音说:"那怎么行,咱要看好门,对不住黄帝。"

神荼一下子惊醒。雪花正飘,郁垒沉睡着。谁在说话?不像树说话,风跟雪不会说,郁垒不会说,周围没有人。只有两条狗,亮着眼睛看着他。难道是两条狗在说话? 狗会做梦,不会说话吧? 狗都没睡,自己跟郁垒竟然睡着了,还看门人呢。神荼这样一想,豁然惊醒,叫醒郁垒,再没有一丝睡意。

树上的猫头鹰看见,说话的就是那两条狗。说避风的是年轻的狗,一张嘴,狗牙是白的。说看好门的狗,是条老狗,声音深沉,露出黑黑的牙齿,估计也不锋利了。

"汪汪。"老狗对猫头鹰说,"你不要告诉别人。"

第二天早上,黄帝离开了山洞。

石壁上的马走下来,蝙蝠飞下来,牛样的羊叫唤着走下来,站着走路的驴走下来,几头鹿走下来。它们正要出去看看黄帝跟蚩尤的战争打到哪一步了,忽然看见神荼、郁垒返了回来。一群动物飞身上墙,把自己渗透到石头里。神荼、郁垒看看洞里没有遗落的物品,只剩下一堆灰。

神荼说:"得把洞封起来,不能让蚩尤知道黄帝的消息。"郁垒对着石壁上的动物说:"对不住了,你们先在这儿待着吧,等到平和年头,会有人来找尔等。"①

---

① 汉王充《论衡·订鬼》:"《山海经》又曰:……害恶之鬼,执以苇索而以食虎。于是黄帝乃作礼,以时驱之,立大桃人,门户画神荼、郁垒与虎,悬苇索以御凶魅。"今《山海经》无这段文字。《类说》卷六引《荆楚岁时记》:"岁旦绘二神,贴户左右,左神荼,右郁垒,俗谓之门神。"

【桑鱼】

河里有只鸟,状如雄鸡,面孔像人,一声声叫着"凫徯"。老辈人说:凫徯自鸣,见则有兵。①

黄帝跟蚩尤的这一仗打了很久,打得这几天连饭都没有的吃了。

"要是有日头之草就好了。"黄帝说,"我曾经问天老,天地之间有吃了令人不死的东西吗? 天老说,日头之草,名曰黄精,饵而食之,可以长生。天老还说,有日头之草,还有太阴之草,名曰钩吻,不能吃,入口立死。"②

共鼓说:"传说那个赤将子舆,不食五谷,以花草充饥,咱咋不行哩。"③

货狄说:"听说南方有个无损兽,长着鹿身子猪脑袋,它的肉随割随长,永远也吃不完。"④

伯余说:"听说狄山上有一种视肉,形同牛肝,长着两只眼睛,今儿从它身上取一块肉,明儿一看新肉已长出来,食之不尽。"⑤

胡曹说:"月支那地方的羊,长着一条驴尾巴,有十几斤重,它

① 《山海经·西次三经》:"鹿台之山……有鸟焉,其状如雄鸡而人面,名曰凫徯,其鸣自叫也,见则有兵。"
② 《博物志》卷五记载着黄帝的这段话。
③ 《列仙传》卷上《赤将子舆》:"赤将子舆者,黄帝时人,不食五谷,而啖百草花。"
④ 《神异记·南荒经》中记载有无损兽。
⑤ 《山海经·海外南经》中记载有视肉。

的尾巴随割随长，永远也吃不完。"①

夷牟说："听说有一种牛叫稍割牛，它的肉天天割，天天长，若是十天不割，这牛就气死了，不吃它的肉都不中。"

"别在那过嘴瘾了。"嫘祖一把一把地往河里撒着桑葚，大声说，"快撒网呀。"

一网撒下去，拉上来几十条大鱼。

凫徯飞到了对岸，凫徯、凫徯，一声声叫着。

那些落网的鱼，睁着眼看自己落入人族之网，只能翻腾着认命了。

黄帝奇怪地说："鱼喜欢吃桑葚？"

嫘祖说："小时候在西陵湖边玩，我看见湖里的鱼露出脑袋，以为它想透口气，谁知一个桑葚落下来，它们都抢着吃，原来鱼在桑树下等桑葚哩。喜鹊、麻雀吃桑葚时，鸣叫着，摘下几个丢给鱼，鱼们都欢呼'鱼'跃。桑葚甜呀。我爬上树，摇动桑枝，桑葚雨点一样落到水里，鱼就成堆了。"嫘祖说罢，转身走了。

黄帝知道，不是到这样难熬的时候，嫘是不会出这个主意的。她这个主意一出，一群鱼的命就没有了，这对于嫘来说不容易。

咬人狗面对马上可以吃到的鱼，兴奋得嗷嗷叫着。从前他从来不吃鱼，如今实在是顶不住肚子的叫唤，只能吃鱼了。

凫徯一声声"凫徯"地叫着。黄帝拾起一块石头扔过去，凫徯飞远了。

---

① 《凉州异物志》："肶国有羊，尾重十斤，割之供食、寻生如故。"

【战鼓】

黄帝与蚩尤的战争进行中……

战鼓发明于这场大战中,发明人是玄女。《事物纪原》记载:"《黄帝内传》曰:'玄女请帝制鼓鼙以当雷霆,是则黄帝制之以伐蚩尤也。'"

黄帝跟蚩尤的作战陷入僵局。

黄帝说:"人的声音不够用了,得借助天的声音。"

周围的人听了,不知道黄帝要说什么。

"夜黑,大家听到了什么?"黄帝问。

"响雷,炸雷,噼里啪啦地响,太可怕了。"

黄帝说:"凶猛骇人的声音,最适合于战场,若能调来这种不同凡响的声音,随时应用,必将鼓舞我方,威慑敌人。"

"对呀。"

"常伯,记得在阴浦,咱们看见一物,拍着自己的肚子奔跑,声震林木,你说他是雷神。咱们把雷神请来就好了。"

"请不来。"常伯拍着自个儿的肚子说。

"黄帝是说那个雷神拍着肚子发出巨响?"玄女说着,啪啪拍着自个儿的肚子,"响是响,声震林木就难了。"

"哈哈,那是你的肚子不够大嘛。"知命嚷嚷道。

黄帝说:"咱们请不来雷神,雷兽倒是捉到一群。那雷兽叫夔,其状如牛,身上跟长着声音一样,轻轻拍下他的皮,就跟打雷一样。"

玄女眼睛亮亮的,一只手拍着空气,好像正在拍打夔皮一样,她的耳边已经响起一种不同凡响的轰鸣。

黄帝说:"玄女,夔就交给你了,你要给咱弄出比雷还大的动静。"

玄女以夔皮为鼓,以夔骨为槌,做出一面战鼓。[①] 她轻轻地敲了一下,一个无有征候、无形无状、不可抓取、不能躲避的声音传来,草木一惊,每个人都打个激灵。果然不同凡响。一种新的武器诞生了。

咚!咚!咚!

嘭!嘭!嘭!

雷神在战鼓上复活、舞蹈、咆哮。《黄帝内传》记载:"黄帝伐蚩尤,玄女为帝制夔牛皮鼓八十面,一震五百里,连震三千八百里。"雷神的大鼓被挪用过来,大地深藏的声音被敲打出来,空中乌有之声被鼓点掏出来。鼓声淹没了队伍,淹没了杀声,淹没了尘埃,淹没了众生喧哗。

咚!咚!咚!

嘭!嘭!嘭!

鼓点跟着鼓点,鼓点踩着鼓点,鼓点追着鼓点,鼓点撞击着鼓点,鼓点放大着鼓点。大地的心跳被鼓点敲打出来。鼓点兴风作浪,飞沙走石。一时间,草木发抖,百花飘零,鸟兽逃窜,鬼神变色。

黄帝的队伍闻鼓声而进,个个冲锋在鼓声中如神附体,勇猛异常。

---

① 《山海经》:"东海中有流波山,入海七千里。其上有兽,状如牛,苍身而无角,一足。出入水,则必风雨。其光如日月,其声如雷,其名曰夔。黄帝得之,以其皮为鼓,橛以雷兽之骨,声闻五百里,以威天下。"

蚩尤及其八十一个铜头铁额兄弟,个个头疼欲裂。众多兵卒陷入鼓声恐惧中,有的被鼓点的石头砸中脑袋,有的被鼓声的利箭刺中四肢,有的肉身刚刚躲过压顶而来的无物之震响,又被一连串的掏胸响拳击中心脏……

【旗帜】

黄帝与蚩尤的战争进行中……

黄帝派快马来到蚕室,令嫘祖赶快缝制旗帜。

"啥是旗帜?"嫘祖问道。

仓颉说:"旗帜就是那种叫咱们的人追随、让敌人一见就害怕的东西。"

嫘祖坐在那里不言语了。

嫘祖想了一想,自己经过的那个让人兴奋又让人害怕的东西,莫过于彩虹。那就以彩虹的模样来做旗帜吧。

把这些年集藏的蚕布翻出来,找来紫草根,染紫。找来朱砂、红草,染红。找来桑叶、槐花米、姜黄、茜草、黄栌等,染黄……

嫘祖看见,一只蚂蚁拉着一根比它长二十来倍的羽毛。一顿饭工夫,羽毛被拖到蚂蚁洞口,好像进不去了。嫘祖在忙碌旗帜的时候打了个盹儿,听见鸽子批评蚂蚁说:"你一只小小蚂蚁,拖这么大个羽毛弄啥? 你能把它拖进洞里吗? 不能吃,不能喝,劳力伤神,吃力不讨好!"蚂蚁回答说:"你功利心炽盛呀,为什么要把羽毛拖进洞里? 我拉着玩玩中不中? 中不中? 我把它竖起来当一面旗帜难道不中吗?"嫘祖醒了,看见几只蚂蚁在忙碌着竖立那根羽毛。

一直在嫘祖周围飞舞的一只蚕蛾,忽然感到眼睛花了:天上的彩云落到了蚕屋,落到嫘祖的手下……

嫘祖说:"快送去! 快送去!"

咚咚鼓敲。呼呼旗摇。

在惊天动地的战鼓声和厮杀声中,山坡上突然展开一面巨大的旗帜。大旗迎着日头闪耀,绚丽无比,令人眼花缭乱。从来没有见到过这样的旗帜,如此震撼人心的武器。

《列子》记载:"黄帝与炎帝战,以雕鹗鹰隼为旗帜。"《黄帝内传》曰:"玄女请帝制旗帜以象云物,此盖旗帜之始也。"

【涿鹿之战】

战旗猎猎。号角长鸣。战鼓震天。百草束成的火把在跳跃。

头饰牛角的人,腰缠蟒蛇的人,戴着虎头拖着虎尾的人,一个个亮相,一个个闪开。

黄帝咚咚走上来。只见他披着玄狐之裘,戴着面具,面具上有四个面孔。他长叹道:"大战蚩尤,三年攻城不下,如何是好? 想来我那从未谋面的小孙子,已满天满地跑了。战争如此拖延,如何是好? 昨晚我梦见西王母,西王母说,她已遣人助我,此人披玄狐之裘。今晨,便见伍胥。"

伍胥披玄狐之裘,参拜黄帝。

黄帝说:"方家可有妙计?"

伍胥说:"臣请朱雀之日,正午之时,立赤色徵音绛衣之军于南方,以辅角军。"一队赤色徵音绛衣军急急奔向南方。

伍胥说:"臣请以青龙之日,平旦时,立青色角音青衣之军于东方,以辅羽军。"一队青色角音青衣军急急奔向东方。

伍胥说:"臣请以玄武之日,人定时,立黑色羽音黑衣之将于北方,以辅商军。"一队黑色羽音黑衣军急急奔向北方。

伍胥说:"臣请以白虎之日,日入时,立白色商音白衣之将于西方,以辅宫军。"一队白色商音白衣军急急奔向西方。

兵卒跑上,报黄帝:"四将已立。"

伍胥说:"臣请黄帝以黄龙之日,日中,建黄旗中央以制四方。"①

黄旗滚滚,黄尘滚滚。黄龙之日正午,黄帝立帐于中央。五色云在黄帝头顶上空飘扬,金枝玉叶作为华盖。黄帝手搭凉棚,遥望远方的蚩尤战阵。

伍胥说:"五方之军全部就绪,请黄帝下令。"

黄帝说:"杀!"

令官挥动帅旗,军士从四面向蚩尤杀去。

第一声战鼓擂响。晴天霹雳。蚩尤震惊。那蚩尤,打扮得"人身牛蹄,四目六手,耳鬓如剑戟,头有角"②。他的扫竹眉往上一扬,嘴里嘟囔道:"晴天咋会打雷?"这时,黄帝的兵士正一鼓作气地杀来。

第二声战鼓。黄帝大将应龙释放大水。鼓声驱赶着大水,雷

① 《黄帝出军诀》曰:"攻伐作五彩牙旗,青指东、赤南、白西、黑北、中黄是也。"

② 《述异记》云:蚩尤"食铁石","人身牛蹄,四目六手,耳鬓如剑戟,头有角"。

霆一般向着蚩尤队伍冲去。蚩尤声嘶力竭地对风伯雨师吼道:"兴风作雨,挡住洪水!挡住那洪水般的队伍!"

第三声战鼓。黄帝令女魃:"收拾风伯雨师。"

第四声战鼓。进攻!进攻!突然,黄帝的兵士在蚩尤布下的团团大雾中迷失方向。

第五声战鼓。风后的指南车在大雾中出现。指南车上,风后伸出一指,手指南方。①

第六声战鼓。烟消云散。兵士虎狼一般杀向蚩尤队伍。

第七声战鼓。敲得铜头铁额的蚩尤队伍,焦头烂额,兵器散落一地。

第八声战鼓。角号同时响起。四面合围,蚩尤无处可逃。

第九声战鼓。一面巨大的旗帜猎猎飘扬。天空中出现旗帜样的彩云。蚩尤的扫竹眉耷拉下来,瘫软在地上,命悬一鼓。②

四面疾攻,一派杀声。

一阵白烟飘过,只见蚩尤的首级悬挂在军门之上。③

……这出戏,看得黄帝跟嫘祖哈哈大笑。

这是与蚩尤开战三年以来最快乐的一天。

晚上,以酒慰将,杜康的酒把大家都喝醉了,黄帝也喝得微醉。

这是嫘祖几年来最高兴的一天,她也连喝了好几杯,几乎喝晕了。

---

① 清马骕《绎史》卷五引《帝王世纪》:"黄帝……得风后于海隅。"《太平御览》卷十五引《志林》:"黄帝与蚩尤战于涿鹿之野……风后……做指南车……"

② 吴任臣注《山海经·大荒北经》引《广成子传》:"蚩尤铜头啖石,飞空走险,以橇牛皮为鼓,九击而止之,尤不能飞,遂杀之。"

③ 《黄帝内传》曰:"黄帝斩蚩尤,悬首军门,此枭首之起也。"

"嘂驫螻麤靐龘龗鷹羆籱钃蘷戀釅蕭屵睴饟癟爨蠿灪爣
齉……"

对于这场大战,史书的记载大同小异,罗列三则如下:

《山海经·大荒北经》:"蚩尤作兵伐黄帝,黄帝乃令应龙攻之
冀州之野。应龙畜水。蚩尤请风伯雨师,纵大风雨。黄帝乃下天
女曰魃,雨止,遂杀蚩尤。"

《史记·五帝本纪》:"蚩尤作乱,不用帝命,于是黄帝乃征师
诸侯,与蚩尤战于涿鹿之野,遂擒杀蚩尤,而诸侯咸尊轩辕为天
子。"

《太平御览》卷三二八引《玄女兵法》云:黄帝攻蚩尤,三年城
不下,募求术士,乃得伍胥。……伍胥曰:"臣请朱雀之日,日正中
时,立赤色徵音绛衣之军于南方,以辅角军;臣请以青龙之日,平旦
时,立青色角音青衣之军于东方,以辅羽军;臣请以玄武之日,人定
时,立黑色羽音黑衣之将于北方,以辅商军;臣请以白虎之日,日入
时,立白色商音白衣之将于西方,以辅宫军。四将已立,臣请为帝
以黄龙之日,日中,建黄旗中央以制四方。"五军已具,四面攻蚩尤,
三日其城果下。

【黄帝四面】

早晨,嫘祖坐在床上,捶捶自己的腰,突然笑起来。

黄帝奇怪地问:"笑什么?"

"外面传说你有四个面孔,回娘家时姐妹们也问俺你咋长了四
个面孔,这回我还真看见你有四个面孔。"

"梦见的?"

"夜黑,那个黄帝不是四个面孔吗,你没有看见?"

黄帝哈哈大笑起来。

日上竹竿的时候,黄帝忽然让素女去叫史皇。

史皇,黄帝臣子。《世本·作篇》记载:"史皇作图。"宋衷注:"史皇,黄帝臣也;图谓画物象也。"他的图画得好。

史皇急急赶来。黄帝说:"外面不是都说黄帝四面吗? 你画个我的像,面朝四方,四方有面,设像以教,如何?"①

嫘祖又笑起来,问道:"史皇,白泽说天地之间通共多少鬼神?"

白泽是传说中的神兽,其实是个白胡子老人,他洞悉天地之间的秘密,能够一口气把世界显现和隐藏的鬼神全部指认出来。《云笈七签》引《轩辕本纪》记载:"帝巡狩,东至海,登桓山,于海滨得白泽神兽,能言,达于万物之情。因问天下鬼神之事,自古精气为物、游魂为变者,凡万一千五百二十种。白泽言之,帝令以图写之,以示天下。"

史皇说:"白泽说通共有一万一千五百二十种鬼神。"

"不对吧,是不是有一万一千五百二十一种?"嫘祖说。

史皇拍着脑袋说:"我记得我画过一万一千五百二十种,都是按白泽老人说的画的,不会错的。"

黄帝哈哈大笑:"再画一个我,不就一万一千五百二十一种了。"

---

① 马王堆出土的战国佚书《十六经·立命》曰:"昔者黄帝质始好信,作自为象,方四面,傅一心,四达自中,前参后参,左参右参,践立履参,是以能为天下宗。"

黄帝四面的传说,从嫘时代开始,一直在中国流传。《吕氏春秋·本味篇》:"黄帝立四面,尧舜得伯阳、续耳,然后成。"高诱注云:"黄帝使人四面出求贤人,得知,立以为佐,故曰立四面也。"

"黄帝四面"这件事,连孔子的学生子贡都信以为真了。《太平御览》引《尸子》曰:"子贡问孔子曰:古者黄帝四面,信乎? 孔子曰:黄帝取合己者四人,使治四方,不谋而亲,不约而成,大有成功,此之谓四面也。"孔子的解释,是一个"中"的解释。

【腰殇】

暗夜中,嫘在睡梦中想把手搭在黄帝身上,手没有找到黄帝,她翻了个身,一摸,仍没有摸到,再摸,还没有摸到。她突然惊醒,坐起来,想了一会儿,这才想起,这是深夜,黄帝正在外边跟人打仗。这样的夜晚有许多个。这样的夜晚,她就再也睡不着了。她从黑暗中看见屋子里的微明。鸡叫了,微明越来越明,熟悉的墙壁清晰起来。在看不见的远方,黄帝正在打仗,那么多人在打仗,肉身流血,有人倒下去再也起不来了,再也回不了家了。许许多多这样的夜晚,嫘就这样想着,再也睡不着了。只有黄帝在她身边鼾声如雷地睡着,她心里才是踏实的。

这天夜里,嫘祖弯着腰,看了一会儿睡着的黄帝,才慢慢地躺下进入黄帝的鼾声里。如今只有躺下来时,她的腰才能直起来。闭上眼睛,蚕房的情景就涌现出来——

……嫘祖的手不停地摆弄蚕丝。她的手被神灵扶着,手上有一千只手一万只手。经经纬纬,清清晰晰。缠缠绵绵,唧唧叽叽。

莺莺燕燕,喃喃絮絮。开开合合,弯弯曲曲。嘈嘈切切,缓缓急急。盘盘绕绕,茫茫迷迷。明明暗暗,恍兮惚兮。荡荡默默,影影绰绰。飘飘渺渺,闪闪烁烁。采采叨叨,缕缕丝丝。牵着丝线,就是牵着流水春风;翻手覆手,就是白云白雪。

让每一根丝站好,让每一根丝排队,让每一根丝打坐,让每一根丝牵手,让每一根丝唱歌,让每一根丝发光,让每一根丝穿上盛装,最后让每一根丝作为丝在牢记自己中忘记自己……

方雷氏说:"嫘祖多少天没有梳头了?"

素女说:"嫘祖说没空梳头。"

嫘祖对素女说:"帮我挠挠痒痒,上边,再上边一点,下边,左边……右边,真笨呀,还是俺自个儿挠吧。"

……做好的旗帜送到前线去了。

这时候,嫘祖看东西,得把那个东西放到眼下,得弯下腰来才能看见……

嫘祖说:"素女,帮我梳梳头吧。"

大战之后,黄帝到娘的坟上磕了三个头,来不及理睬跟在屁股后一个劲喊爷爷爷爷的小屁孩,咚咚地来到蚕室,见嫘正弯腰捡着桑枝上的残叶,黄帝从后面把她抱住了。

嫘的心咚咚咚咚地跳。她问:"……打胜了?"

"胜了!"

"俺天天把指甲掐进肉里。"嫘喘口气,吃力地直起腰,双手反搂着黄帝的脖子。她要像年轻时候一样,一纵身,翻卷到黄帝的背上,让黄帝背着她。

黄帝也想好了,等到嫘祖一翻到他背上,他背上她就跑,一直把她背到明堂,让嫘祖跟自己一起,坐在明堂中央的椅子上。

嫘祖一纵身,身体没有翻卷上去。她不甘心,再一次纵身,还是没有翻卷上去……

【女魃】

女魃大声喊道:"嫘祖,嫘祖。"这是女魃第一次来蚕室。

素女和蚕猫迎接出来,素女说:"嫘祖腰疼,刚歇着去了,您等一下,俺去叫她。"

跟蚩尤打完仗后,女魃老是掉头发,满把满把地掉。她来找嫘祖,看看嫘祖有没有啥办法。女魃走进蚕室。

一屋子的蚕,都抬起头来看女魃。

白色汹涌。白色蠕动。白色汹涌。白色蠕动。

女魃惊出一身鸡皮疙瘩。只见一屋子的蚕个个立起身子,齐刷刷长出翅膀,汹涌地向她包抄过来。她惊叫一声,撒腿就跑。

嫘祖来到蚕室时,女魃已经没有了踪影。

从此,轩辕部落里再也没有女魃的踪影。

黄帝问:"她怎么一到蚕室就失踪了呢?"

嫘祖说:"素女她们听到她尖叫一声,人就没影了。"

女魃从蚕室里走出来就没了踪影,这成了嫘祖的一块心病。

折腰养蚕,嫘祖的腰越来越直不起来了。她常常感叹:"看俺这老腰。"

渐渐地,嫘祖开始弯着腰过日子。

她弓着身子,背成为她身体的最高处,她每天看到最多的是自己的脚,是脚下的落叶跟虫子。

进屋时,她的头进屋了一会儿,腰才能跟着进屋。出屋时,她的头在光明里,身子还在暗影里。有片桑叶落在她背上,若是没有人替她捡下来,若是她不直起腰仰望一下天空,就会一直驮着那片桑叶。

嫘祖弯腰伺候着桑蚕,她对素女说:"这是给蚕鞠躬啊。"

嫘祖弯腰走路,她对颛顼说:"你看,奶奶跟猴子差不多了。"

黄帝对颛顼说:"先前呀,恁奶奶背挺得直直的,发髻高高绾起来,下巴还翘着。"

嫘祖的腰,只有拄着拐杖才能直起来,只有坐下来才能直起来,只有躺下来才能直起来,只有看天空看飞鸟时才能直起来。

【画眉】

青鸟对嫘说:"三月三,是西王母的生日。"

嫘说:"真巧,三月三也是黄帝的生日。"

青鸟随手在地上捡块石头,在自家的眉毛上一画,一条长长的眉毛出现了,她画了一只眼睛上面的眉毛,另一边的眉毛不画了。

嫘看了,惊奇得不行。她说:"噫,阵好看。噫,还有画眉的石头?"嫘也捡块石头,往自己眉上一画,感觉有些疼,也顾不得了,画了之后让青鸟看。

青鸟展开两只胳膊,一蹦一跳地带着嫘来到水边。临水一照,嫘看见青鸟画的一条好看的长眉,自己的眉毛还是老样子。

青鸟说:"画眉,得用画眉石,这个给你吧。"

嫘拿着那块石头好奇,往手上画一下,画出一道青痕。

青鸟说："下次我给你找一种叫黛的画眉石，西山、中山里面有。西王母就是用黛画眉的。"①

后来，货郎贩来画眉石。

嫘问货郎："你从哪弄来的？"

货郎答："南山。"

南山，就是《山海经·南山经》中的南山。《南山经》中，记录有二十多个䑇的产地。《说文》曰："䑇，善丹也。"这个䑇，又叫画眉石，有各种颜色，青色者叫青䑇。《西山经》《中山经》中记录了三个石涅的产地，石涅就是古人所说的画眉石。

嫘从青鸟那里学会了给自己画眉，那还是闺女时期。她成了嫘母、嫘祖后，拿着画眉石给方雷氏画眉，给彤鱼氏画眉，给嫫母、素女画眉，给桂花画眉。于是，画眉在轩辕女子中流行起来。

素女刚到嫘祖身边时，喜欢看嫘祖的眉、嫘祖的手。嫘祖的手，摘桑叶、侍弄蚕、缠丝、拿筷子，都那么好看。嫘祖给素女画眉的时候，素女看见嫘祖的指甲盖红红的。素女说："人家都说，嫘祖生下来，手指甲脚指甲都是红的，是真的呀？"

嫘祖看着素女的卧蚕纹说："人家说是真的，就是真的。"她拿起素女的手说："你阵好的手，弹琴的手，指甲也得是红的。"

"俺的指甲天生就不是红的。"

"从明天早晨开始让它红，中不中？"

晚上，嫘祖指给素女看一种开着红花的草。她说："按仓颉起名的法子，它叫指甲草。"她说着，摘了几朵红花，手里揉揉，涂在素女的指甲上，撒点细盐，随手掐了几片阔叶，把红花跟指甲包起来，

---

① 《说文》："黛，画眉石。"

再用灯芯草捆起来。

颛顼闹着说:"我也要,我也要。"

"男孩子包啥红指甲。"嫘祖这样说着,仍旧给颛顼包好了。临睡时交代:"都记住,晚上不能看,一看就染不红了,明天早上起床后再看。"

【战鼓摧蚕】

咚!咚!咚!

嘭!嘭!嘭!

战胜蚩尤之后,《灵夔吼》《雕鹗争》《石坠崖》《壮士怒》,这些鼓曲把轩辕部落敲得欢天喜地。① 嫘祖高兴了几天,又不高兴了。

蚕宝宝听到雷声吓个半死,听了比雷还响的战鼓吓死了一片。

嫘祖对黄帝说:"俺跟蚕都不喜欢战鼓。你看,那只母鸡还在窝里抱蛋,它抱的蛋早被战鼓震坏了,已抱不出鸡娃,俺怕它伤心,一直没有惊动它。"

黄帝看一眼抱蛋的母鸡,它红着脸专心地卧在那里,把身子下的一窝鸡蛋遮得严严实实,用自己身上的暖温,暖热一个个鸡蛋,孵化小鸡。

嫘祖说:"正下蛋的鸡听了雷声还能媷蛋,听到战鼓就不媷蛋了,媷出来的也是软蛋。有人骂不生孩子的女子,说她是不媷蛋的

_____

① 《旧唐书》卷二十八《志第八》:"鼓吹之作,本为军容,昔黄帝涿鹿有功,以为警卫。故鼓曲有《灵夔吼》《雕鹗争》《石坠崖》《壮士怒》之类。"

鸡,能怪鸡吗?"

黄帝说:"听说瀚次山上有一种鸟,冬出夏蛰,名叫橐蜚,佩戴它的羽毛,不畏雷。我让人去找,找来后,往蚕室一放,迅雷不入。"①

嫘祖说:"俺不是怕雷,好好的鸟,拔人家的羽毛,算了吧。"

黄帝说:"对了,半石山上有一种叫嘉荣的草,一人多高,'赤叶赤华,华而不实',煮水喝了,不畏雷霆霹雳。"②

嫘祖说:"老了,越来越不能听战鼓的声音了,一听就心惊,就心慌。"

"蚩尤已死,咱以后轻易不动战鼓。"黄帝说,"我已昭告天下,声禁重,色禁重,衣禁重,香禁重,味禁重,室禁重,尤其是慎用战鼓。"③

嫘祖说:"俺耳朵里总是嗡嗡响,你看看,里面是不是飞进去个飞不出来的蚕蛾子。"

黄帝说:"我已下令,行军打仗,不可杀伐桑树。蚕房周围十里之内,不许擂鼓。凡有违反者,打屁股。"

嫘祖说:"俺倒是喜欢你那《枫鼓曲》。"

《枫鼓曲》是黄帝与伶伦等合作创作的。《初学记》记载:"黄帝杀之(蚩尤)于青丘,作《枫鼓之曲》十章:一曰《雷震惊》,二曰《猛虎骇》,三曰《鸷鸟击》,四曰《龙媒蹀》,五曰《灵夔吼》,六曰

---

① 《山海经·西山经》:"瀚次之山……有鸟焉,其状如枭,人面而一足,曰橐蜚,冬见夏蛰,服之不畏雷。"

② 《山海经·中山经》:"半石之山,其上有草焉,生而秀,其高丈余,赤叶赤华,华而不实,其名曰嘉荣,服之者不霆。"

③ 《吕氏春秋·去私》:"黄帝言曰:'声禁重,色禁重,衣禁重,香禁重,味禁重,室禁重。'"

《雕鹗争》,七曰《壮士奋》,八曰《熊罴哮》,九曰《石荡崖》,十曰《波荡壑》。"

【打】

"'打'这个字,是你发明的最不好的字。"嫘祖说。

"嫘祖呀,人跟人、人跟虫兽、虫兽跟虫兽,一直在打,打了几千几万年。我不发明这个打字,也照样打。"仓颉说。

嫘祖忧伤地说:"仓颉呀,你听出来没有,打仗之后,大家说话更喜欢用'打'字了。"

"还有这事?"

嫘祖说:"明明不是打,也说打。打井,打水,打算,打扮,打岔,打点,打火,打搅,打雷,打量,打气,打听,打眼,打坐,打柴,打鱼,打瞌睡,打退堂鼓,打哪开始,打哪说起,打谷子,打场,打滚……俺得换口气了。"

肜鱼氏接着说:"还有,打柴,打动,打鼓,打呼噜,打滑,打劫,打问,打垮,打拳,打皱,打歪……俺也得换口气了。"

方雷氏笑起来说:"还有,挨打,抽打,鞭打,敲打,攻打,摔打,毒打,痛打,单打独斗,精打细算,趁火打劫,宽打窄用……"

素女说:"还有,无精打采,稳扎稳打,零敲碎打,一网打尽,大打出手,屈打成招,打草惊蛇,打抱不平,满打满算……"

桂花说:"还有,打嘴,打住……"

"都打住吧。"嫘祖笑起来,"那天货郎来,那个会打仗的力牧,不是问货郎吃了没有,上来就问,恁打哪儿来。人怎么这么喜欢打？安安生生地过日子多好，不打不好吗？"

"也就是个口头语，嫘祖您别在意。"仓颉说，"有些话，打小就这么说，不是打仗之后才有的。"

"打小，你看你也打起来了。啥打小，就是从小、自小嘛。"

嫘祖想不明白，低着头不说话。一低头，看见一只蚂蚁衔着半个米粒上树，就想起桑伯看蚂蚁上树的事。正想着桑伯，看见一群蚂蚁打了起来。红蚂蚁，黑蚂蚁，从树上打到地上。

"颛顼，你回来。"嫘祖指着打架的蚂蚁说，"你劝劝它们别打了。"

颛顼说："蚂蚁呀，奶奶让俺劝劝你们别打了，你们不听俺的，得听奶奶的，奶奶可是为你们好。"

颛顼说着，蚂蚁打着。很快，蚂蚁的战场跟人族的战场一样，尸横遍野，黑蚂蚁的尸体比红蚂蚁多，并且大多身首分离。

【蚩尤枫】

黄帝与蚩尤三年大战，惊走了许多鸟兽，惊动了众多草木。

蚩尤被杀那天，一只逃奔的老虎慌忙中咬伤了一个过路的妇人。

黄帝说："得好好救治人家。"

这个被咬伤的妇人，被雷公、岐伯治疗了七天，没有治好。

嫘祖说："人家跟咱打仗的两家啥过节都没有，就这样死了。"

黄帝说："咱厚葬人家。"

妇人的坟上，飞来一只鸟，样子像鸡，毛色似凤，叫着"伤魂，伤魂"，天天在坟上叫，老是"伤魂"个不停。

仓颉说："这是伤魂鸟。"

知命说："杀蚩尤之后，捆绑他的刑械扔在大荒之中，竟然开枝发叶，长成一棵枫树。"

这棵枫树，人称蚩尤枫。《山海经·大荒南经》记载："有宋山者……有木生山上，名曰枫木。枫木，蚩尤所弃其桎梏，是为枫木。"郭璞注："蚩尤为黄帝所得，械而杀之，已，摘弃其械，化而为树也。"王瓘《轩辕本纪》记载："黄帝杀蚩尤于黎山之丘，掷其械于大荒之中，化为枫木之林。"

黄帝问："这个蚩尤枫，作什么怪？"

"作怪倒是没有，有人在大风大雨中，看见枫在奔跑，在高声叫喊。"

黄帝说："蚩尤的部下一个都不要杀，无罪者迁往邹屠之地，有罪者迁往有北之乡，让大家好好过日子。① 蚩尤枫也留着，让他的亲人跟部下，想他的时候来看看。"

嫘对黄帝说："那个桂花，让她回蚕房跟着俺养蚕吧，怪可怜的。"

---

① 这件事后来记录在晋王嘉《拾遗记》中："轩辕去蚩尤之凶，迁其民善者于邹屠之地，迁恶者于有北之乡……"《黄帝内传》曰："帝斩蚩尤，……其众流于八荒之外，即流刑之始也。"

申篇 赤水

《说文解字》:"申,神也。七月,阴气成,体自申束。从白,自持也。吏臣晡时听事,申旦政也。"

申,本义是电,引申泛指伸展,又引申指延缓、说明、下级向上级禀报、重复、鬼神(即《说文解字》所谓的"神也")。

申,十二地支的第九位。

【黄帝丢玄珠】

黄帝佩戴的玄珠丢了。《庄子·天地》记载:"黄帝游乎赤水之北,登乎昆仑之丘,而南望还归,遗其玄珠。"

黄帝经过赤水,晚上睡觉时,发现佩戴的玄珠不见了。黄帝看天晚了,没有吭声。黄帝想:玄珠咋会不见了? 它可不能丢,得找过来。

黄帝想到了知。

知这家伙,聪明得头顶上的头发没剩几根,

长着一个垂肩耳朵,这耳朵有个奇处,就是脑袋不动,耳朵自己会动,让昌意、颛顼小时候都看得入迷。据说他的头还能像猫头鹰那样转动。反正他的耳朵聪明得很,聪明到听听鸟叫声,就知道鸟是站在啥树上鸣叫的,就知道传过来的鸟声经过了哪些草木哪片云彩,还能从鸟的声音中听出来鸟最近一天喝的是天酒甘露还是死水活水,甚至听出来鸟声中携带的故事。

"我把玄珠弄丢了,知,你去帮我找回来。对了,不要让嫘祖知道。"

赤水风大,知不时得拢拢那几根乱飘的头发。他在赤水上下找了一遍,查看了每一滴水,每一块土,没有找到玄珠。他转动耳朵把赤水所有的鸟声听了一遍,如果任何一只鸟看见玄珠,他就会从鸟声中听出来,鸟声中没有玄珠的一丁点儿迹象。他甚至绕到水的背后,绕到自己的背后去找,把聪明都用光了,把剩余的几根头发也用掉了,还没有找到。

嫘祖遇见知,问道:"吃了没有?"

知说:"这不正散食嘛,撑得慌。"

知在找玄珠的时候,知没有找到玄珠灰心丧气的时候,一个青衣女子在赤水深处发笑,她是赤水女神献。《山海经·大荒北经》曰:"有女子衣青衣,名曰赤水女子献。"赤水一隅,还有个女子也在隐身处冷笑……

知挠挠空脑袋,空手向黄帝回话:"是不是还有个无法视听的世界? 肉眼无法看到的地方,肉耳无法听见的地方,脑子再好也不中用。"①

　　知看黄帝着急,出了个主意:"咱带了恁多昆仑玉,不行让琢磨再琢磨一个?"

　　黄帝不许。

　　嫘祖知道黄帝派知去找丢失的玄珠,装着不知道。

【离朱】

　　黄帝想到离朱。

　　离朱眼神贼亮,眼睛稍小,眼袋肥大,眼珠子往里凹着,老是眯着眼看东西。这家伙眼神好得能看清三里地外白马身上的一根黑毛,好得能看清二里远的猴子身上的虱子是公是母。传说他在没人的时候看东西,眼珠子凸出来,凸起比鼻子还高。

　　"我把玄珠弄丢了,离朱你一定得帮我找回来,记住别让嫘祖知道这件事。"

　　离朱出门,眼睛四下看了一圈。

　　离朱看见,赤水之东的长胫国,那里的人,身高五尺,臂长二丈。一个长胫人把长手伸进赤水河里,一会儿就抓出一条鱼来。②一个长胫人身边卧一头哼哼唧唧的母猪,猪肚子里有十个猪娃,猪娃三公七母,看样子过两天就要生产啦。

―――――――――

　　① 《庄子·天地》:"黄帝游乎赤水之北,登乎昆仑之丘,而南望还归,遗其玄珠。使知索之而不得……"

　　② 《山海经·海外西经》中有"长股之国",郭璞注曰:"国在赤水东也。长臂人身如中人而臂长二丈……"

离朱看见,南边的林子里,一群老鼠正吹吹打打送女儿出嫁。

离朱看见,西边河上游的瓢泼大雨中,公雨比母雨少了九百九十九滴。

离朱看见,赤水之西有个巨兽,一个身子上长着左右两个头,据说他叫跰踢,正瞪着四只眼睛直直地看过来。①

赤水女神献一直不远不近地观察着离朱。心想,这离朱就会使眼睛,连句人话也不说,待我逗他一逗。

"刚才我听一只鸟叫你离朱,你是离朱吧?"

"鸟叫俺,俺咋没有听见?"

"离朱咋会是你哩?恁冒充离朱的吧?"

"俺就是离朱,绝对没有冒充。"

"我听说黄帝家有一种树叫琅玕树,树上长着珍珠一样的美玉,黄帝派离朱守着。那个离朱有三个脑袋,三个脑袋轮流睡觉。你就一个脑袋嘛。"

"俺也听说过,传说那个离朱是个四蹄之物。"②

"哈,你是两蹄的离朱。"

看那人消失在赤水茫茫处,没有了踪影,离朱的脑子才反应过来:骂俺呀,她为什么骂俺呢?

嫘祖问:"离朱,你看见啥好玩的了,说来听听。"

"没有没有,嫘祖,俺看见好玩的马上给恁说。"

躲过了嫘祖,离朱向北看去,一眼看见那个人身兽面的烛龙,这家伙吃风喝雨,不寝不息,他睁开眼睛的时候,黑夜就变成了白

---

① 《山海经·大荒南经》:"南海之外,赤水之西,流沙之东,有兽,左右有首,名曰跰踢。"

② 《山海经·海内西经》:"服常树,其上有三头人,伺琅玕树。"

天,他闭上眼睛的时候,白天就变回黑夜。① 离朱看见烛龙的身后,雾蒙蒙的林间,有两只明火虫儿在飞,一雄一雌,它俩的腰上都系着一截丝线,丝线上留有指纹。离朱想起他曾经看到嫘母给昌意玩的明火虫儿上系着丝线,给颛顼玩的明火虫儿上系着丝线,这两只明火虫儿是昌意或是颛顼玩的? 他仔细一看,两根丝线上留下的指纹是旋涡纹,是颛顼的。明火虫儿跑这么远来,是指引俺离朱的吧? 他跑过去,跟着明火虫儿,跑到天明,又跑到天黑,体力快耗尽了,终于看见明火虫儿停在一棵桑树上。离朱爬上桑树,桑树上有一个鸟巢,鸟巢里有五只圆圆的蛋,其中四只蛋是白色,一只蛋是玄色,难道谁把玄珠藏到了这里? 画眉在一边说:"别瞎猜了,它不是玄珠,我能媸玄珠?"

夜游神的声音在不远处响起:"鼺鱻麤靐齾齾龖龘驫鸞籘钃蘽戀纞蠿龘龘龘䲜饢癟爨鸎灪齫……"

"嫘祖嫘祖,你看你看。"离朱捉来那两只明火虫儿给嫘祖看。

嫘祖眯着眼睛看了一会儿:"明火虫儿捎信来了,孩子们想俺了。俺想儿孙了,得回去了。"

离朱的眼睛重点寻找圆形之物。鸽子每窝有两个蛋,雄雌各一。鸡蛋,有的鸡蛋是双黄蛋。兀鹫的蛋在悬崖的巢里,只有一个。赤水深处的石头蛋,好像水媸的蛋,一群一群的。一阵冰雹蛋不由分说地砸下来,离朱捂着脑袋往三株树下跑,还是被砸到了脑袋。

离朱寻找玄珠的时候,冰雹砸到离朱脑袋的时候,正踏浪而行

---

① 《山海经·大荒北经》:"西北海之外,赤水之北,有章尾山。有神,人面蛇身而赤,直目正乘。其瞑乃晦,其视乃明。不食,不寝,不息,风雨是谒。"

的赤水女神献,哧哧地笑起来。还有一个女子在隐身处冷笑。

【吃诟】

离朱摸着头上的疙瘩向黄帝交差说:"玄珠失落的地方,可能不是在地上,掉在天上也有可能,天外有天,别有洞天。我看到山的高度水的高度鸟的高度风的高度之下,我看到蚯蚓的深度老鼠的深度鱼的深度水的深度之上,看到黄帝您骑马奔驰的疆域之内,这个范围里都没有玄珠,这可以肯定,非常肯定。玄珠失落的地方,可能没有方位没有高度没有深度没有空间……"①

离朱对黄帝说:"您也别着急,咱带了那么多昆仑玉,不行让雕刻再雕刻一个。"

黄帝不许。

嫘祖知道离朱没有找到玄珠,假装不知道玄珠丢失这件事,她怕她一问,黄帝着急。

黄帝估计玄珠是被人藏匿起来了,就派出能言善辩得有些口吃的吃诟去寻找。

"吃诟,我把玄珠弄丢了,你得帮我找回来,记住不能让嫘祖知道了。"

吃诟的嘴巴比一般人大,嘴唇比一般人薄,据说是好说话把嘴唇磨薄了。

吃诟接到黄帝交代的任务,在赤水上下,见人就问,把舌头都

---

① 《庄子·天地》:"黄帝……遗其玄珠……使离朱索之而不得……"

磨亮了,消耗掉几百口唾沫,最后把嘴唇累肿了,也没有找到玄珠。

青衣女神献看着吃诟厚厚的肿嘴唇,在远处哧哧发笑。还有一个女子在隐身处冷笑。

嫘祖说:"吃诟你的嘴唇咋肿了?"

吃诟说:"上火上火。"赶紧捂着嘴躲开了。

吃诟空手向黄帝交差:"这世界上有语言抵达不到的地方。"①

吃诟也出了个主意:"咱们不是带有昆仑玉吗,不行让切磋再切磋一个?"

黄帝不许。

"不会是嫘祖跟您玩,把玄珠藏起来了吧?"

"怎么会呢。"

【欧默】

赤水边上有三株树,树叶如栢,每片叶子上都闪着珠光,一阵风吹来,树被吹得跟扫帚一样,叶子上的珠子闪闪发光,跟扫帚星一样。嫘坐在三株树下,给素女讲了个故事。嫘祖说——

"有个叫欧默的,家里有个宝贝,叫五曜神珠。欧默没有儿子,仨闺女都嫁出去了,有个嫁给了黄帝的部下,叫啥来着? 你看俺这记性。欧默病危时,三个闺女都不在身边,他对身边人说,我死后,把五曜神珠投入南海中,如果那几个闺女回来,就告诉她们,五曜神珠投入南海了。三个闺女回来奔丧,不约而同地问起五曜神珠,

---

① 《庄子·天地》:"黄帝……遗其玄珠……使吃诟索之而不得也。"

听说五曜神珠被投入南海,就赶到海边,大哭起来,在她们的哭声中,五曜神珠从海底飘了起来⋯⋯"①

素女颦着眉说:"嫘祖,俺听不懂。"

"俺听婆婆讲的这个故事。"嫘祖说,"俺也没听懂。"

黄帝在一边,想起娘也讲过这个故事,他好像也没有听懂,又好像听懂了。他从口袋里摸出一枚玉蚕递给嫘祖:"你看像不像?"

嫘祖说:"你一年给俺一个,已给俺六十个玉蚕了。"

【献】

"象罔,我把玄珠弄丢了,你去找找,看能不能找回来。"

象罔接受了黄帝的委托,高一脚低一脚地去找玄珠。一出门,看见赤水边上站着三株树。象罔心想:明明是一棵树,怎么叫三株树?

象罔正想着,碰见穿着青衣的赤水女神献踏水走来。

象罔跟献打个招呼:"想当年,黄帝手下有个喜欢穿青衣的女将,她在跟蚩尤的大战中可是立了大功。"

献说:"你说谁喜欢穿青衣?"

象罔说:"她是女魃,一身青衣,人人皆知。黄帝跟蚩尤的大仗

---

① 唐人佚名《雕玉集》卷一二《感应篇》:"欧默,黄帝时人,家有五曜神珠。欧无子,唯有三女,各嫁诸侯为妻。欧临终语左右曰:'可投五曜珠于海,吾女若来,可告之。'及欧死,三女奔丧,因问神珠。告之,三女俱往海边号泣,神珠为之浮出。"

打得难解难分。那蚩尤兴风作雨,让黄帝奈何不得。说来也奇怪,女魃一到,蚩尤的风雨就不灵了。黄帝这才杀了蚩尤。"

献问:"后来呢?"

"女魃战蚩尤,耗尽神气,后来不知为啥去了嫘祖蚕房一趟,就没有了踪影,可能是隐居了。黄帝从来没有忘记她,嫘祖老念叨她,听说黄帝铸鼎专门交代上面要刻上她的名字。"

"那嫘祖,身体可好?"献想起嫘祖的蚕屋,想起那一屋子的白色蠕动……

"嫘祖活成神仙了,身体好着哩。你认识嫘祖?"

象罔跟献说着闲话,东一句西一句,东家长西家短,却把黄帝交给他的事情忘得一干二净。

象罔跟献告别后,一摸脑袋:"黄帝让我干什么来着?"他想来想去,实在想不起来,就苦恼地在赤水岸上走来走去。

象罔高一脚低一脚走路的样子,女神献看在眼里,觉得这个人好玩又好笑。

象罔不知道,献就是从前的女魃。女魃听了象罔的一席话,决定帮帮他。她找到了盗走玄珠后隐身的震蒙氏。

震蒙部落有一女子,人称震蒙氏。她看见黄帝,一则喜欢上黄帝佩戴的玄珠,二则她的家族属于炎帝一脉,曾经被黄帝部落打败过,复仇心加上贪心发作,就趁神荼、郁垒不在,黄帝困睡之际,把玄珠偷走了。《蜀典》卷二记载:"《蜀祷杌》曰:'古史云,震蒙氏之女窃黄帝玄珠,沈江而死,化为奇相,即今江渎神也。'按《黄帝传》云:'象罔得之,后为蒙氏女奇相氏窃之,沈海去为神。'"《墉城集仙录》卷五:"震蒙氏女者,亦曰奇相氏,得黄帝玄珠之要而为水仙。"

象罔高一脚低一脚地走,脚下遇到一块小石子,脚想踢石子一下,挪动一下石子的位置。小石子也正想跟人玩一下踢石子的游戏。象罔一脚踢去,石子跑了一阵子,停在前面不远的地方等脚。象罔的脚走过去,接着踢石子。那个石子觉得这样玩起来还挺有意思,每次跑一阵子,就停下来,停在象罔的眼看得见、象罔的脚也够得着的地方,让象罔一直踢下去。象罔踢着石子,就把苦恼忘记了。这样踢了大半天,脚还玩得没有尽兴,石子不想玩了,石子就使劲地轱辘了几下,躲到路边的草丛里,把自个儿藏起来。象罔还想踢石子,就扒拉着草丛,找那个小石子。

恍兮惚兮,草丛中有一个东西在发光,象罔高一脚低一脚地走过去,一看,一枚玄珠。

玄珠?这里咋会有个玄珠?玄珠不是戴在黄帝脖子上吗?

象罔突然想起来,自己出来就是寻找玄珠的。①

【星空】

面前的大河正拐大弯。

半夜,黄帝起来撒尿,一低头,一河流动的星星,跟天河连在一起,有一颗星星格外明亮,也分不清是大河里的星星还是天河里的

---

① 这件事后来有记载。《庄子·天地》:"黄帝游乎赤水之北,登乎昆仑之丘,而南望还归,遗其玄珠。使知索之而不得,使离朱索之而不得,使吃诟索之而不得也,乃使象罔,象罔得之。黄帝曰:'异哉!象罔乃可以得之乎?'"《淮南子》云:"黄帝亡其玄珠,使离朱、攫剟索之,而弗能得之也,于是使忽恍而后能得之。"

星星,反正数它最亮,它的光一下子把黄帝的身体穿透。黄帝一个激灵,睡意全无。

黄帝说:"快!快!起来看星星。"

一家人嘟嘟囔囔起来,揉开眼睛。只见清洁的夜色中,繁星丽天,星河明亮,蔚为壮观。

这一夜跟以前每天的夜一样,没有月亮的天上,星星一颗一颗那么亮,满天的星子清湛得似乎伸手可及,却永远也不可及。这一夜跟往常又不那么一样,不一样在啥地方?光是因为河里有星星吗?是因为天河跟地上的大河连在了一起吗?嫘祖一时没有想明白。

蛐蛐在四周鸣唱,青草的气息弥漫着。一家人看着满天满地的星星,个个看得星空满怀抱。

黄帝的眼里星光闪烁。他说:"你们看,那儿有一颗一年四季不动的星,叫北极星。勺子星的把儿会改变方向,春天指向东方,夏天指向南方,秋天指向西方,冬天指向北方。"

猫心里嘀咕道:星星不是星星,是满天的猫眼,人族不懂。

颛顼说:"奶奶,天上星星里住人没有?"

"地上一个丁,天上一颗星。"嫘祖说,"记得你娘生你时,南边有一颗大星星特别亮,没准你就是那颗星星上下来的人。"

今夕何夕。猫咪心里说:记得我老家在一颗遥远的星星上,人族谁都没有去过那个地方。

颛顼看见嫘祖的眼里闪动着星光,顺着嫘祖的手他看到一颗流火大星。

恍惚一下子,颛顼觉得他回到了那颗明亮的星星上。他听见什么东西在身边如水般哗哗流动,一回头,看见星星流成了河流,一河星星急急缓缓地流动,不时有几颗飞快的流星飞过,像大河的浪花;还有一群流星逆流而行,像大河中那些逆行的鱼群。颛顼站在天河边,如同亲近地站在大河岸边。颛顼感觉自己在流泪,一摸脸,真的有两行泪水,他悄悄地将眼泪擦掉。

连嫘祖都不知道,这个仰望星空的晚上,把颛顼打开了。他感到从遥远的星星上倾倒下来一种神秘力量灌注进他的身体,穿透他的心……

"𪚚𪘀𪚜𪚢𪚥𪚦𪚧𪛉𪛊𪛌𪛕𪛓𪛔𪛇戸𪛖𪛗𪛘𪛙𪛚𪛜𪛝𪛞……"

当一家人都睡下的时候,颛顼也躺下了,天河的水声在他耳边一个劲哗哗流淌,漫过来,漫到他的心里。他悄悄地起来,来到刚才一家人看星星的地方。

巨大的天穹,笼罩着他一个人。

四处寂静,狗也不叫。颛顼站在那里,看见漫天星星都以自己为中心近近远远地分布着。他没有深思,也没有任何犹豫,两手着地,飞升身子,把自己的身子举起来,双脚扎实地蹬着虚空,踏上云彩,踩着星星,自己就悬浮起来。手中托举的大地悬浮起来,天河从身体穿过,星星飘移到脚下。星星都没有睡,眨着大大小小的眼睛,拱卫在身体周围,先是几颗流星拖着亮尾巴从四肢之间穿过,接着是漫天的流星雨,下成春天的花,下成满眼的繁华。他移动一下双手,星云在脚下,在头顶,在身体周围,在左右手十指延伸的方向快速旋转,近处的树也旋转起来,再移动一下胳膊,星云树木跟着旋转,仿佛有无数的鱼在星空中游来游去,游成一条星光闪烁的大河……

猫头鹰旋转脑袋看着颛顼的奇怪举动,颛顼跟蜻蜓一样把自己竖立起来。猫咪看着颛顼,也看着猫头鹰。

斗转星移。颛顼倒立着,置身于无限星空,有些恍惚有些陶醉。天哪,我举起了大地,我把大地举过了头顶,我几乎没有费劲就把大地举起来了,我能够在星星之间行走,星星围绕着我运转。他看见一束星光的光上又发出许多光的叉,一下子向他涌来……我真的像奶奶说的那样,来自远方的那颗星星?他眼睛的余光看见,一只星星一样的眼睛一眨不眨地在远处看着他;星星之间有闪电一闪而过,也没有一丁点声音,这是奶奶说的露水闪,夜里开始下露水了。几颗流星从身旁飞过,跌落进黑夜的大河,没有一点声音。

颛顼想,今夜,唯独没有见到月亮。这样一想,只见两个月亮像谁的眼睛一样盯着他,从天际一步步地走近他。两个月亮亮亮的,跟两个圆洞一样,如此之近,跳跃一下就能爬进去。颛顼向那个洞口跃进,他身子一歪,倒下来。

天河倾斜,天地归位。猫咪后退两步,瞪着两只月亮一样的眼睛,又一步一步走近颛顼。

颛顼坐起来,看看天,看看地,看看睁一只眼闭一只眼的猫头鹰,看看瞪着两只月亮一样大眼睛的猫咪。颛顼的眼睛凑近猫咪的眼睛说:"刚才你看见的,可不许跟奶奶说,也不许对别人说。"

有一颗小星星拖着一点亮亮的尾巴,一头栽在身边不远的草丛中,扑通一声,声音不大。颛顼好奇,想去寻找那颗星星,看看跟爷爷奶奶的玄珠一样不一样。他看看猫咪,猫咪一动不动地看着他。他抬头看见猫头鹰正睁一只眼闭一只眼地看着他,扭动了一下脖子,像摇脑袋。颛顼也就把那颗星星放下了。

"刚才看见的,都不许说,咱们说定了。"

颛顼摸着自己多出来的那根肋骨,那天杜康老伯提醒后他回家认真数了一遍又一遍的那根多出来的肋骨,睡着了。他梦见,天河里游动着许多鱼,会发光的鱼,大大小小的鱼……

【自带光芒】

"源于独山的末涂之水,有种异兽叫鯑鯔,黄蛇的模样,长着鱼的翅膀,出入水中闪闪发光,它出现在哪里,那里就会发生大旱灾。

"源于子桐之山的子桐之水,其中多鲭鱼,长着鱼的样子,长着鸟的翅膀,出入有光,声音跟鸳鸯一样,它一出现则天下大旱。

"吉神泰逢主管着和山,泰逢长得像人,却拖着老虎的尾巴,它进进出出浑身带光。这泰逢神,能够动摇大地的大气,兴云致雨。

"丰山之神叫耕父,它常去清冷之渊游玩,每进出水面都闪闪发光。它出现在哪个国家,那个国家就会衰败。"[1]

天上一颗流星拖着长长的尾巴闪过。岐伯与黄帝闲闲地聊着。

巫咸听了,说:"万物自带光芒,不需向日头借光。明火虫儿有光。石头有光。蝴蝶蜜蜂有光。蚕宝宝有光,嫘祖身上的光炎炎的,把蚕的光拨得更亮了。桑树有光。蚂蚁有光。黑夜也有光。谁身上都有光芒,这个没有例外。万物自带光芒,只是光大光小而已。梦也有光,不然你记不住,记不住的梦是梦的光太弱了。宁封子在造物中发光,他的陶器都带着自己的光。黄帝出生时带着大

---

[1]   上述神、兽,在《山海经》之《东山经》《中山经》中有记载。

光,把大地都照亮了,亮得能看见掉在地上的一粒谷子。你们看颛顼,身架还没有长成,可他光焰盛大,这光焰跟他爷爷有一比呀。"

螺祖的眼光越过巫咸光光的头顶,看着远方说:"你说的光俺看不见,但俺知道万物各有各的好,这好就是光吧?"

酉篇　刑天

《说文解字》:"酉,就也。八月黍成,可为酎酒。象古文'酉'之形。凡酉之属皆从酉。"

酉,本义是酒器,引申指酒,又引申指成熟(即《说文解字》所谓的"就也")。

酉,十二地支的第十位。

【九尾狐】

"你是越来越懒了。"嫘祖抚摸着猫背说。

老猫抬头看看嫘祖,没有表情。

青鸟踮着脚,对嫘祖说:"你家这老猫,快成精了。"

嫘祖说:"俺听老辈人说,猫生下来,活到第九年的时候,会再长出来一条尾巴,以后每隔九年就会长出一条新尾巴。"

青鸟说:"你家老猫长了九条尾巴。"

嫘祖说:"俺天天跟猫在一起,能不知道它长几条尾巴? 不过是尾巴大一点,尾巴大了,懒,天天打着呼噜睡觉,晒日头,看小虫,光打呼噜就把老鼠吓跑了。"

青鸟说:"它就是九条尾巴。"

嫘祖说:"外面传说黄帝有四张面孔,黄帝的头又不是方的。"

老猫卧在嫘祖身边,听着青鸟跟嫘祖说话,一动也不动。

青鸟盯着老猫看了一会儿。这只老猫,长着像婴儿一样的面孔,圆圆的脸庞,圆圆的眼睛和小小的嘴,身后正挥动着九条尾巴。

青鸟把九头鸟叫来,九头鸟用十八只眼睛仔仔细细地围绕着老猫看了又看,确认它真的长了九条尾巴。

青鸟把嫘祖蚕屋里有个九尾老猫的事,告诉了青丘之山的九尾狐。《山海经·南山经》云:"青丘之山……有兽焉,其状如狐而九尾,其音如婴儿,能食人,食者不蛊。"九尾狐听了青鸟的话,说:我去看看,是不是我家小时候丢的那个妹妹。

绥绥白狐,九尾庞庞。在一阵沙沙沙沙的声音中,蚕屋里走来了九尾狐。

"呀,白狐来到咱蚕室啦。"桂花大声地嚷嚷着,跑出去告诉嫘祖。

九尾狐是从后面看到蚕猫的,它是先看到猫身后拖着的九条尾巴。它以为遇到了当年丢失的妹妹。当九尾狐绕到前面,看到猫咪婴儿般的面孔,不是狐狸部族的样子,嘻嘻笑了起来,笑过之后问一声:"你好。"声音如婴儿。这声音,跟桂花的声音有些像。

老猫不笑不语。这家伙拖着尾巴的沙沙声老猫早听见了。猫的耳朵会读脚步声,猫从九尾狐拖尾巴的声音中知道,这货吃人,不吃猫,对猫来说无有伤害,所以它连头也懒得转过去看一眼,只是稍稍旋转一下耳朵。现在这家伙站在面前,它尖下巴,眼睛往上挑着,好像要从额头飞上天去,嘁,它屁股后面舞动着几条尾巴,嘁,也是九条。老猫身后的九条尾巴竖起来。

九尾狐见老猫不笑,说:"面瘫呀?"

老猫仍旧没有表情。猫的表情就是面瘫表情。

老猫跟九尾狐彼此凝视,瞳孔不动。

老猫心里说,看谁先眨眼,谁先眨眼谁输。

老猫看着九尾狐的眼睛。

嫘祖曾经看着猫的眼睛,说这猫的眼睛里有个湖泊,像娘家的西陵湖一样,没有波澜,也看不到底。

猫盯着九尾狐的眼睛,目光一会儿聚焦九尾狐的瞳孔,从这里能读出九尾狐之心;目光一会儿散着,余光扫见九尾狐九条舞蹈的尾巴,那九条舞蹈的尾巴要表现什么它有些读不太懂。

"这样大眼瞪小眼,没意思。"九尾狐跟猫咪对视了一会儿,摇摇尾巴说,"不过,你一只眼青色,一只眼黄色,倒也稀罕。"

大眼瞪小眼多好呀,动手动脚、动武动粗才没意思,一点想象力都没有,层次低得跟人一样,动不动就开仗。老猫不说话,它在心里说:还是嫘祖说得好呀,人家草木就不打仗,蚕宝宝也不打仗,人族就不会学学?

九尾狐在蚕室走了一圈,看看青鸟常说的嫘祖养的蚕,自言自语道:"这不是人做的事情。"

老猫生气了,开口说道:"你胡说嘛。"

九尾狐说:"真的,这不是人干的事情,是神干的。"转身走了。

老猫想,这句话说得真不赖嘛。它伸出白爪子向九尾狐再见,九尾狐并没有看见,因为它没有回头。当然,看见或看不见这对老猫都无所谓,反正老猫的白爪子伸出去了,说再见了,反正老猫的规矩跟礼数尽到了。

嫘祖跟桂花回到蚕屋时,九尾狐已经走了。

【贼风】

嫘祖养蚕,知道蚕喜欢啥,不喜欢啥。

蚕初生时,忌屋内扫尘。蚕长大后,忌敲击声,忌尖锐的声音。蚕宝宝还不喜欢哭泣声、叫喊声。杜康不能进来,吃酒人不能进来,蚕不喜欢酒气。膻、腥之物,嫘祖不喜欢,蚕也不喜欢。蚕,不能吃带着雨水、露水的湿叶子,吃了拉肚子,一拉肚子,就吐不出丝了。养蚕人的手得保持干干净净,不然蚕就不高兴。

四月天里,麦地缺水。

龙星升天,黄帝率群巫吁嗟求雨。雨就淅淅沥沥地下了起来。

雨多萧萧,把天下凉了。

闭门养蚕的嫘祖低眉看着蚕宝宝,心中生出担忧。她说:"这天连阴起来,蚕宝宝都不爱吃桑叶了,天要暖和呀。"

方雷氏在一边笑起来,轻轻地说:"做天难做四月天,蚕要温和麦要寒;种麦哥哥要落雨,采桑娘子要晴天。"素女听了,也跟着哼唱起来。

一天早晨,嫘祖看见几个蚕宝宝结茧结了一半,撒手而去,死了。还有几只蚕,作茧不得法,胡乱地吐丝,没有结成一个完美的茧。

"咋回事?"嫘祖说,"是不是被九尾狐吓住了。"

黄帝看了,说:"来了一股贼风。"手一指,墙壁上有个裂缝。

嫘祖一看,那几个死掉的蚕,正对着墙缝,墙缝里有风挤进来。

黄帝说:"岐伯告诉我,贼风邪气伤人,令人病焉。人得防着贼风,蚕也得防着贼风。"

【刑天】

刑天亲近炎帝,他从黄帝那里离开,投奔了炎帝。炎帝战败,他不服气。蚩尤被杀,刑天更是心里愤愤不已。他本来要跟蚩尤一起起兵,被炎帝制止。他老想着跟黄帝再干一仗,除了为好友蚩尤复仇,还要争个高低,捍卫炎帝的荣誉。

炎帝说:"你不是还喜欢制曲吗?今年又是个丰年,你且作《扶犁》之乐,制《丰年》之咏。"刑天点头答应。①

炎帝说:"我作了《扶持》你听听,不要老想着杀伐了。"

刑天把炎帝的《扶持》放在一边,每天在自己的领地里练武。他左手握盾牌,右手拿板斧,将那蓝天白云青山绿水搅得天昏地暗,鸟儿都无法在那里停留。

一天晚上,刑天待炎帝睡下,将写好的《扶犁》曲与《丰年》歌放在炎帝门前,用一块石头压住,一个人悄悄离开,向黄帝部落摸去。他一路上杀杀砍砍,一直杀到昆仑之墟。

那天,嫘祖起得早,看见一个人一手拿着盾牌一手拿着板斧迎面而来,马上想到了这些天来不断传来的消息,想到那个从炎帝部落一路杀来的刑天。

---

① 《路史·后纪三》:"(神农)命刑天作《扶犁》之乐,制《丰年》之咏……"

"你是刑天?"

"您是嫘祖?"

"嫘祖。"

刑天放下兵器,单膝着地,双手抱拳说:"嫘祖早安,这是男人的事情,你忙你的。"

"啥大不了的事,不能商量着来,非要打打杀杀。"

"不打不中。"刑天说。

嫘祖正要开口,背后传来黄帝咚咚的脚步声:"那就打呗,把脑袋留下。"

刑天的手摸摸自己的脑袋,手滑到耳朵那里,提溜一下耳朵,顺手把自己零乱的胡子捋顺,笑着说:"各自看好自家脑袋。"

嫘祖说:"就不能吃了饭再打?"

黄帝说:"问他。"

"早晚得打,打了再吃吧。"刑天说。

"那就打了再吃。"黄帝说。

刑天说:"知道你这里没有好刀,我给你带来一把。"伸手从后背上摸出一把刀,扔给黄帝。

黄帝接过刀,日光照射过来,目光与刀光对视,碰出一朵火花。黄帝说:"好刀。"

嫘祖被那刀光闪了一下眼睛。她说:"恁俩别打了,抓阄分胜负,中不中?"

"抓阄?"本来一脸严峻正在临阵的刑天咧嘴笑了,嫘祖的主意出乎他的意料。他脸上有些羞涩地说:"不中,不中,这又不是闹着玩的,哪能抓阄。"

"抓阄咋啦?"嫘祖说,"俺看抓阄比打仗好。"

"不中,不中。"刑天说,"刀都给黄帝打好了,不使使,刀不高兴。"

刑天拱起了脊背,黄帝也拱起脊背,一个如豹,一个如虎。

已阻拦不住了。嫘祖说:"打一阵子,分个输赢就中了,可不能真打。"

嫘祖叹了口气。她知道杀伐是男人的游戏,动物的游戏,部落的游戏。她转身走了,又回头叮嘱说:"分出来胜负就中了,一起过来吃饭。"

"听说你为炎帝作过不少乐曲。"黄帝说,"你的《卜谋》,我家素女弹过,咱们一边打一边听素女演奏《卜谋》如何?"

"这个主意好。"刑天说,"《卜谋》已传到恁这儿啦? 这么快!"

素女抱琴上来,拿一片桑叶,擦了擦琴弦。

嫘祖大声说:"素女,你背过身去弹,眼别看他们打架……"

【舞干戚】

饭做好了。只见黄帝一个人回来,脚步声咚咚作响。

嫘祖问道:"刑天呢?"

"死了。"

"你把他杀了?"

"不是我杀他,是刀杀他,他给我的刀太快了,他躲闪不及。"

"刀快?"

"刀快!"黄帝说——

"刑天一板斧一板斧过来,我都躲过去了。

"我一刀一刀过去,他也躲过去了。

"偏偏有一刀,不知怎么那么快,吃进了他的脖子。

"这把刀如此之快,不能怨我,怨刀。

"他的头,从肩膀上飞出去,比刀还快,血也快,立刻飞溅三尺,血想拉住他的头,没有拉住。

"那飞出去的头颅上,冒火的眼睛瞪得圆圆大大,嘴里'杀杀'地喊着,头颅还不知道自己已离开了身体。

"他的身体,也没有察觉自己没有了头颅。那没有头颅的身体在健全的双腿上狂奔着向我冲来,脖子上的血咕嘟咕嘟地急急往上冒。

"他没了脑袋,依然一手持盾来挡我的刀,一手挥着板斧来取我的脑袋。

"我闪到一边,看他一手持盾一手舞斧,有板有眼地向前杀去。

"他没有遇到我,转身向左杀去,没有遇到我;再转身,向右杀去,仍没有遇到我。他可能想到我在他身后,就突然转身向后,一手持盾一手舞斧杀来。

"我看见,他有一斧子竟然把路过的蜻蜓的头砍掉了。蜻蜓的身体发现自己的头飘在离身体不远的地方,拍着翅膀飞上去,一把抱着自己的头,飞走了。

"我连忙去看刑天的头。他的头颅一直在奔跑,长发飘扬着,嘴里'杀杀'地喊着,目光炽热着。他长着厚嘴唇的嘴巴好像要张嘴打个喷嚏,没有打出来,脑子有些迷迷糊糊的,不知发生了啥事情。

"再看他向前攻击的身体,被石头绊了一下。那块石头或许是刑天的冤家,一直在那儿等他。他打个趔趄,支撑起身体,没有摔倒。

"他犹豫了片刻,慌乱了片刻,立即镇定下来。

"我看见,他的灵魂在几拃远的地方支撑着他。

"奇怪了,他摇摇身子,把身子挺起来。

"奇怪了,他的双乳睁开了眼睛,闪闪欲动。他肥肥的肚脐像嘴一样大口喘着粗气,啾啾有声,不知在说些啥。他就这样瞪着乳眼,肥脐喘气,向我杀来。

"他挥舞双手,一阵狂砍。

"无首刑天!好汉刑天!俺大声赞叹。

"这一声不要紧,提醒了刑天已经分离的头颅跟身体。

"刑天的头颅答应着,耳朵听到自己的声音虚虚软软,没有底气,低眼一看,发现脖子下空空荡荡的没有身子。悬空的头颅,一下子明白自己跟身体已经不在一起。

"他的身体听见自己的头颅发出的声音离自己远远的,抬手一摸,脖子之上,空空荡荡。那只手以为摸错了地方,来来回回胡啦几遍,仍没摸到头,连下巴上的胡子跟脖子上那颗黑痣上的汗毛都没有摸到,更别说自己喜欢摸的耳朵了。身子知道头颅已经不在,顿时成了一截秃树桩。

"身首分离的重大事变,被刑天的头颅跟身体同时发现。

"他头颅上的眼睛跟身体上的乳眼,同时流下石子样的眼泪。

"霍然而落。他的头颅沉甸甸地摔在地上,弹跳了两下,发出几声回响。

"又一声巨响,他的身体轰然倒下,脖子处的血涌流着,像是呼唤自己的身体。

"刑天不甘心,他用手从地上抓起一把土,捂住脖子的伤口,已经来不及了,鲜血一股一股地喷涌出来,他两条腿一下一下地在地上蹬着,腿还不知道上头发生了什么事情。

"那个掉在地上的脑袋,更不甘心,口齿不清地在地上挣扎着,哇哇地喊着自己的身体,弹跳了几下,似乎想奋力飞起来,嚷嚷着去找他的身体。

"咬人狗扑上去,抱住那个头颅,压在身下。刑天鼻子都气歪了,一转脸,下嘴咬去,咔嚓一声。咬人狗一摸,摸到一把血,一只耳朵没了。

"幸亏力牧上来,将那头颅使劲按着,头颅才没有飞出去。

"刑天的身体挣扎着也要去对接自己的头颅,被几个人踩在脚下。旁边还躺着那只抱着自己头颅的蜻蜓。

"如果刑天的头颅与身体再次长在一起,谁输谁赢那还真不一定。

"他的头颅跟身体连接不上,咬人狗的狗又在一边疯狂地吼叫着,不远处漂浮的灵魂本来很镇静,被突然而来的狗叫声吓了一跳,它就附在一只乌鸦身上一溜烟地飞走了,或者是被吃灵魂者吸收了。灵魂临走时回头,看一眼那个头颅,又看一眼没有头的身体。

"大群红嘴乌鸦哑哑叫着,向山峰飞去。

"远方,几块石头正在悬崖上攀登,几只羊挂在那里吃草。"

嫘祖说:"好个刑天。"

《山海经·海外西经》记载:"刑天与帝至此争神,帝断其首,……乃以乳为目,以脐为口,操干戚以舞。"

【常羊山】

咬人狗感觉耳朵那里毛茸茸的,痒了一下,痛了一下,耳朵就被刑天长满胡子的嘴一口咬掉。咬人狗疼得眨了一下眼睛,刑天的眼睛连眨都没眨一下。咬人狗后来回想起来,依然感觉到耳朵边刑天的嘴唇由热变凉的那种不爽。

力牧问黄帝:"刑天死不瞑目,还睁着大眼,咋办?"

黄帝摸了一把刑天的脸,刑天还是睁着眼睛。

仓颉说:"葬于常羊山?"

"好。"

常羊山是神农的出生之地。《山海经·海外西经》曰:"刑天与帝至此争神,帝断其首,葬之常羊之山。"

力牧问:"他身上的两只乳还睁着眼,至今也没有合上,咋办?"

黄帝看仓颉。

仓颉说:"一条蚯蚓断成了两截,把两截埋在一起,它们会自己接起来。还是跟葬蚩尤那样,身首异处,不留后患。"

有一天,咬人狗忽然想起自己的耳朵还在刑天嘴里,就去找刑天的脑袋。一打听,刑天的头颅早埋掉了。

咬人狗问:"埋在哪里?"

力牧说:"恁仓颉伯说了,谁都不能说,除非谁的屁股痒了。"

咬人狗记得仓颉打过自己的屁股,对他也有些惧怕,就不再寻找自己的耳朵,抬起腿,撒了一泡尿。

刑天的头颅埋葬在常羊山上。刑天头颅上的眼睛经常外出寻找自己的身体。

刑天的身体被仓颉埋藏于秘境。刑天的身体仍在以乳为眼，到处寻找自己的头颅。

刑天肥肥的肚脐眼见人就问："你知道我的头在哪儿吗？"

刑天头颅上的眼睛见人就问："你知道我身子在哪儿吗？"

有一天，刑天头颅上的眼睛跟身体上的眼睛在黑暗深处相遇。两只牛角酒杯摆在四只眼睛之间。

下半身的肚脐眼说："你是我的头颅吗？"

头上的嘴巴说："拿你的眼睛看过来，看着我的眼睛。噫兮，我看见你右胸上面的黑痣，看见你左臂上被我留下的咬痕，你是我丢失的身子。"

"这么说你真是我的头颅？ 呀，是我丢失的头颅。"肚脐眼问道，"吃了没有？"

"没有身子，没有肚子，吃不吃已不是啥事。你的身体最近还好吧？"

"身体好着哩，就是没有头，老是感到头脑空空的，老是觉得头晕。"肚脐眼说。

乳眼说："让我好好看看你，我头颅上的眼睛。"

"让我好好看看你，以乳为眼的眼睛。"头颅上的眼睛说，"我看过女子胸前的奶子，从来不曾注意男人徒有虚名的奶头，更没有注意到你，我的兄弟。那天跟黄帝的决斗，我头一次注意你，我看你虎豹眼一样的眼睛，鹰眼一样的眼睛，冒着火的眼睛，噫兮，我这才知道，主人的身体上还藏着这样一双厉害的眼睛。"

双乳之眼说："以乳为眼，迫不得已。你这明亮的眼睛，才是眼睛的正宗。"

"以乳为眼,佩服。你是真正的眼睛,为咱们主人长了志气,立了大功。咱们虽败犹荣。试问天下,谁还有这样一双眼睛?噫兮,没有了!仅此一双,前面没有,后面也不会有了。"

"呀!你的眼睛布满了血丝,最近没有睡好?"

"怎能睡好,毕竟败了,死不瞑目!"

"败在黄帝刀下,也不算丢人。对了,我正想问你一问,那天你咋没有看住黄帝的刀?咋没有看好主人的头颅?咋让黄帝得手了?"

"我咋没有看好主人的头颅?我咋没有看住黄帝的刀?这些天我也老在想这个事情。"头颅上的眼睛微闭双目,继续思考的样子。

"是黄帝的刀快?"双乳之眼问道。

"刀快,真的快,主人给黄帝打的刀,主人替他磨好的刀,肯定是天下最快的刀,快得很,飞快,比飞还快。但是,刀再快,也不会比主人的眼神快。我一直在想,这些天我睁着眼睛闭上眼睛一直在想,还没有想明白。"

"呀你的眼睛,你的眼睛,我想起来在哪见过了,在黄帝胸前,像玄珠,对,像黄帝佩戴的玄珠。"双乳之眼说道。

"玄珠?你是说我这眼睛像玄珠?黄帝佩戴的玄珠?噫兮,我想起来了。黄帝使刀,使得生风。奇怪的是,他的刀上滚动着明晃晃的日头,还滚动着一个明晃晃的黑光。刀上的日头我认识,刀上那圆圆的黑光是什么?令我困惑,令我分心。我终于发现,那个黑光,来自黄帝佩戴的玄珠。噫兮,我想起来了。厮杀中,我一眼看见黄帝胸前的玄珠,玄珠随着黄帝的刀在他胸前晃动,黄帝的刀上,映着日头的样子,映着玄珠的影子。噫兮,我想起来了。我的目光往玄珠上一停,黄帝的刀就飞了过来,来不及了,已来不及告诉头颅躲闪,主人的头颅已飞了出来。这时候,琴声断了,你的眼睛睁开了!"

"是的,我的眼睛睁开了。起先我不知道主人的头颅已经飞走,我看见黄帝胸前的玄珠随着黄帝的胸腔起伏,我看见黄帝拿着主人打的刀站在那里,我看见主人的身体左手持盾,右手持斧,我看见主人的肥肥的肚脐眼变成了嘴,呼呼喘气,我才知道我成了主人的眼……"

"䶄鸓鱻麤靐龘龗厵鼺籬钃虋纞齺虪户躢饢癕纍齾灪爧齽……"

"黄帝的夜游神来了,我们躲躲……"

【蚕沙】

蚕吃下绿的桑叶,吐出白的丝,拉下黑色的屎粒。那屎粒,大小跟丰收后遗落在地上的谷粒一般大,嫘祖称它为蚕沙。

嫘祖在收拾蚕丝之余,捡起几粒蚕沙闻闻说:"噫,怪好闻哩。"

嫘祖将散落的蚕屎收集起来,淘洗干净,烈日下晒干,填进袋子里,当枕头枕。这蚕沙枕头,不软不硬不僵,适合头颅的形状跟转动,使人安眠,并且在安眠中能闻到蚕沙之香。

嫘祖做了一个又一个蚕沙枕头,给黄帝枕,给素女枕,给昌意枕,给韩流枕,给颛顼枕……一代一代枕,枕出一个个好头型,枕出一颗颗大好头颅——周正、富态、圆满的头颅。

嫘祖说:"咱家的人,都长着一颗好头。"

黄帝与蚩尤大战于涿鹿,生擒蚩尤。应龙手下的一位小将,手起刀落,蚩尤脑袋落地。嫘祖对黄帝说:"还说他是铜头铁额,我看不如蚕头。"黄帝说:"把蚩尤的脑袋悬在军门,威震四方。"嫘祖说:"入土为安,还是安葬吧。"

刑天大战黄帝,头颅被砍了下来。没有了头,刑天不死,舞干戚,以双乳为目,以肚脐为口,面对无物之物无阵之阵,他继续拼杀,直到轰然倒地。嫘母叹息道:"可惜了一颗好头,可惜了一身硬骨头。"

嫘祖说:"头还是长在脖子上好看,还是睡在蚕沙枕头上安稳。"

嫘祖枕着蚕沙枕头,不说话了。经过阵多的事情,她已经婉然从物。许多事情你拿它一点办法也没有,只能心平气和地面对跟接受。不过,她还是想不通,人咋老是打仗哩,你看人家草木从来不打架,你看蚕也不打仗。嫘祖这样想了一会儿,就不想这些事了。尽管不想这些事情了,她的内心还是觉得忧伤,那是包括黄帝在内的别人无法安慰、自己也抚不平自己的忧伤……她抬起头,看见墙角上的蜘蛛网……

戌篇　共主

《说文解字》:"戌,灭也。九月阳气微,万物毕成,阳下入地也。五行,土生于戊,盛于戌,从戊含一。"

戌,本义是斧类宽刃兵器。

戌,十二地支的第十一位。

【十二生肖】

那时候,一天跟一天长得一模一样,这个四季跟以前的四季长得一模一样。许多人不知自己活了多长时间,眼看着变老了、死掉了,也不知道活了多大岁数。黄帝也常常忘记自己的年龄,有时忽然感觉自己活了几百年了。

黄帝对嫘祖说:"十巫提议,排个属相,让人每年有个落脚处,也好记住自己的岁数。"

大家问:"为啥不排十一个,不排十三个,偏偏排十二个呢?"

十巫说:"地支一十二个。岁十有二。一年

月圆月缺十有二。神鸟的尾巴都是十二根羽毛。梧桐树上每个枝条上有十二片叶。"

巫咸说:"天帝吩咐了,就十二。"

"十二属相排完之后怎么办?"

巫咸说:"天帝说了,十二属相,循环往复,生生不息。"

大家想了一会儿说:"这个好玩,不过,十二生肖排谁不排谁呢? 黄帝定吧。"

黄帝说:"我有爱有憎,有亲有疏,容易出偏差,还是让嫘祖排吧。"

嫘祖说:"俺可没有本事排出十二生肖,还是抓阄吧,抓阄总比比武好,一比武就得打。巫咸你说,抓阄中不中?"

巫咸说:"抓阄? 中。抓住抓不住都是天帝的意思,中。"

苍鹰和乌鸦在天空盘旋,像是天帝派来观摩十二属相的诞生。

众草木说:"人族有鼻子有眼,游戏也玩得有鼻子有眼的。"

嫘祖想起桑伯从前的话,提醒说:"抓阄前,把手洗干净。"

天上飞的,水中游的,地上走的,土里钻的,有的去大河洗手,有的跑到山泉那里洗手,甩着手把手甩干,来到梓树下,一个一个准备抓阄。

梓树高高大大,树冠如云,人们没法看到它的树梢,也想象不到它的根系延伸到哪里,眼见的是,它落在地上的树荫每天从这边转移到那边,又从那边转移到这边,跟大鸟的翅膀一样;眼见的是,十巫经常在梓树下静坐,十巫手拉手围着梓树跳舞唱歌,十巫敲起陶鼓召唤部落的人在这里聚集。

巫咸看看日头,大声说道:"卯时已到,愿意抓阄进入十二属相者,先要通过十巫向天帝祈祷,你们通过我的手,我再用你们的手,抓阄。今日,阄是一片叶子,叶子上有十二属相的序列。"

祥鸟、飞仙在天空中飞来飞去,歌唱着,往下界撒花。

一群白鹿,拜敬十巫。巫咸代表白鹿,伸手一抓,伸出的手好像白鹿的手一样,抓出一片树叶,黄澄澄的白果叶,叶面上空空如也。巫咸说:"鹿,无。"白鹿眼神柔顺,嘴唇微张:"呀,俺没有抓到。"它觉得没有抓到也是很好玩的事情。

一队蚂蚁,拜过十巫。巫咸代表蚂蚁,伸手去抓,伸出的手跟蚂蚁的手一样,抓出一片白果叶,仍是黄澄澄的,叶面上空空如也。巫咸说:"蚂蚁,无。"

开屏的孔雀没有抓到。猫头鹰没有抓到。鸽子跟斑鸠没有抓到。扁嘴鸭子跟天鹅都没有抓到。蚯蚓没有抓到。猫没有抓到。

嫘抚摸着猫的脊背,安抚着猫。天帝使鸡司夜,使猫执鼠,猫没能进入属相,可惜了。嫘祖看一眼猫,猫抬起头看嫘祖。嫘祖说:"你不进入生肖也许是对的,你在人与神之间呀。"大家看嫘祖喜欢的猫都没有抓到进入十二属相的阄,增加了对抓阄的信任度。

一群老鼠,拜敬十巫。巫咸代表老鼠,伸出鼠手一样的手。老鼠目不转睛,身体随着巫咸的手落下升起。一片黄叶照亮了鼠的眼睛,老鼠高高跳起,轻轻落地。黄叶上写着"子"字。巫咸大声说:"子鼠。"黄帝说:"各位动物中,最早进入人家的是老鼠,老鼠成为属相中的头一个,当是天意。"嫘祖说:"小时候俺娘说,谁家鼠多谁家富,老鼠知道谁家有余粮。据说有一年发大水,冲走许多人,房子粮食都冲走了,幸亏鼠穴还有一些谷子作为种子,洪荒之后人族的粮食才没有中断。"

看老鼠位列属相头一个,松鼠倒挂树枝,拍手祝贺。猫的步子有些不平,它心想:我替人捉老鼠,却进不了属相。老鼠看透了猫的心思,它对猫说:"若是你把藏在掌中的利爪给我,若是把游戏规则改为我逮你,就是说把你吃我改成我吃你,我就把属相第一的位置给你,中不中?"猫弓起了脊背,想了一会儿说:"算了算了,猫继续做猫吧。"猫想,猫总有一天会进入人的生肖的。①

祥鸟、飞仙在天空中飞来飞去,歌唱着,往下界撒花。

红狐狸,白狐狸,参拜十巫。巫咸用跟狐狸手一样的手,抓到一片空叶子。红狐狸摘下落在头上的一个花瓣,白狐狸捏着那片空叶子,旋转变化,拖着华丽的尾巴掉头而去。

牛群哞哞叫着参拜十巫。巫咸的手变成牛的手,一抓,抓到的那片黄叶子上写着"丑"。巫咸大声说:"丑牛。"见牛进入人的属相,牵牛花顺着牛腿爬上牛背,高兴地吹响了喇叭,蜗牛爬上牛角大声祝贺。万物起于牵牛。据说最初的世界是牛使人。世道无常,经常翻转。人使牛后,牛成为家里的壮劳力。牛有一双美目,硕大、杏样、尾梢上扬,睫毛浓密。嫘喜欢看牛的眼睛,那清澈之中好像盛满了她能够想象到的全部事物。

苍鹰对乌鸦说:你去抓呀。乌鸦说:与我何干?

两虎一雄一雌,拜见十巫。巫咸的手忽然变得跟老虎掌一样勇猛有力。明明是巫咸在抓阄,大家看到老虎在抓阄。明明是巫咸摊开手掌观看,大家看到老虎威严一看。叶子上有个"寅"字。巫咸大声说:"寅虎。"两只老虎同时长啸,虎啸明亮,巫咸的头顶明亮。两只老虎与一群老虎一下一下一下一下碰碰鼻子,这是虎之吻。然后,两只老虎注视着眼前的众生,眼睛里都是威严跟不可冒犯。猫心想,我的体型如果有虎豹这样大,这世界谁是老大就不

---

① 据了解,在中国之南的一块地方上,猫取代兔子进入了十二生肖。

一定了。

兔用巫咸的手一抓,抓到了“卯”。巫咸大声宣布:“卯兔。”兔子看仓颉一眼,仓颉打个哆嗦。嫘祖说:“仓颉呀,你到底跟兔子结啥仇了?”仓颉说:“嫘祖,你得帮我把这个结解开,我可从没有得罪过兔子。”

狗有些担心:老鼠抓到了,猫没有抓到;兔子抓到了,狗还有机会吗?

祥鸟、飞仙在天空中飞来飞去,歌唱着,往下界撒花。

一条长虫,拜敬十巫。巫咸的身子变得蛇样修长柔软。蛇身一样的手一抓,捞出来一片叶子,一看,上面啥也没有,蛇的脸上立即显出失望的表情。忽然,巫咸把叶子一翻,一束阳光照在上面,有个“巳”字。蛇的脸立即笑起来。蛇吐了一下芯子,把自己的笑脸高高举起,举成风中的树,举成柔软的高。巫咸大声说:“巳蛇。”嫫母对嫘祖耳语道:“属蛇的人,皮肤肯定跟蛇一样好,跟绸子一样。”

昂首抖鬃,蹄声嗒嗒。拜过十巫,又拜巫咸。巫咸已经化身为马,用手一抓,抓到“午”。巫咸宣布:“午马。”马本来就是骄傲的,代表马家族抓阄的是家族中最年轻漂亮的白马,白马一口吃掉巫咸递来的黄叶子,骄傲地打着响鼻,好像荣将打响指一样。众马围拢上来,一齐举蹄翘尾,一齐打起响鼻,一齐变化步伐,把大地踩得嘚嘚作响,把自己笑得脸更长了。马师皇见马排上了属相,往马屁股上拍了一把,表示祝贺。马知道,马的辉煌时代快要到来。驴子跟骡子替马高兴,嘚嘚地敲着脚下的石头。嫘祖看一眼黄帝,黄帝看着马,眼睛放光。嫘想:黄帝的身体里饲养着一群骏马,那群骏马一直在奔腾啊。

看牛抓到了,驴还抱有一线希望;看马抓到了,驴一丝想法也没有了。驴果然没有抓到。驴做的是牛马的活,却没有牛马的地位。它心里冷冷地对人说:驴是鬼,摔下来不是断胳膊就是断腿;骑驴者,小心从驴背上掉下来。

骡子抓了一片空叶子。

羊拜十巫。羊咩咩地祝福说:"诸位吉祥。"巫咸成为羊的样子,一抓,叶子上有个"未"。巫咸大声说:"未羊。"属相不是香草,也足以让羊群喜悦。羊清纯的眼睛如天使一般,两只大角弯曲向前。作为羊的朋友,麋鹿也挺高兴的,它们牵着山羊绵羊一起跳起了羊羊之舞。

熊没有抓到,喃喃说:"难道手没有洗干净?"

一群猴子抓着几根青藤溜下来,弯腰参拜十巫。又扯起手来,把那巫咸围在中央。巫咸的脸变成猴子的脸,巫咸的手成为猴子的手。猴子伸手,去抓阄阄,抓来一看,抓了个"申"。巫咸宣布:"申猴。"一群猴猴,高兴地翻起了跟头,变化着花样。树上跕堆的一只老猴子高兴得哭起来。嫘祖说:"头一次见猴子像人一样痛哭流涕。"

公鸡母鸡牵手走来,拜十巫,拜巫咸。巫咸化成鸡,一抓,抓个"酉"字。巫咸宣布:"酉鸡。"公鸡兴奋地奓拉下一只翅膀,斜着身子绕着母鸡转了三圈,向着母鸡背上纵身一跳,被母鸡躲开。公鸡收起翅膀,伸长脖子打鸣。母鸡说:"高兴得忘乎所以啦?"鸡嘴会说话,是知道时间的家禽。有的说,鸡是日头派来的天使;有的说,日头是公鸡请出来的。反正鸡一叫,天就亮了,从来没有差池。

会孵蛋的鹅、鸭,会下蛋的种种飞鸟,都没有抓到,它们与人的属相无缘。

黄鼠狼抓鸡行,抓阉不行。

汪汪。狗离老虎远远的,它闻见老虎身上的味儿就会腿软。狗拜十巫。巫咸把白果叶子展示在狗跟大家面前,大声说:"戌狗。"狗张嘴在虚空中叩出声音:"汪汪。"抬起腿撒几滴尿作为记号。五圣说:"应该有狗,没有猫的时候狗逮耗子,有了猫后,狗为人守夜,狗叫前门有客,狗叫后门有贼,孩子他娘没有奶时,狗奶养活过人的孩子。"嫘祖说:"老辈人说,地动时大声喊狗,地就不摇晃了,狗是地的母舅。"咬人狗大声吆喝道:"好样的。"

祥鸟、飞仙在天空中飞来飞去,歌唱着,往下界撒花。

两只狼被一群狼推出来,它俩上场,炫耀一下自己的屁股。见到十巫,连忙收起自己的嘴脸,作庄严状,参拜毕,又向巫咸一拜。巫咸一抓,没有抓到。

猪吧唧着嘴拜过十巫。巫咸跟猪一样,先用尖嘴拱拱,拱之后再抓,一抓,抓到"亥"字。巫咸说:"亥猪。"猪摇着圆润的屁股,几乎要飞起来了。猪按造物主的秘笈安排,五官及肝胆肠胃肾等全面模仿人族,它以优良的性情跟肉体品质为人族所喜爱。

大象一抓,转脸走了。山雀啁啾着说:"别看大象块头比牛大,眼睛比猪眼还小,它没有抓到也不奇怪呀,眼神不中嘛。"黄帝忽然觉得这头大象面熟,对了,好像是在哪次大战间隙,在一个山洞的石壁上画过这头大象。

每只鸟都是天使。树上的一群麻雀议论说:"噫兮,人事不尽如鸟意,属相中,鸟族的一个也没有,人族呀你们如何跟鸟族学习飞翔?"

蚕化为蛾,跪拜十巫。巫咸化作蛾状,抓出一阄,上面空空。蚕蛾委屈地飞到嫘祖跟前的一朵花上,眼角上挂着一大滴泪。嫘祖说:"蚕吐丝,蜂酿蜜,都没有进入十二生肖,怪可惜的,好在牛马进来了。老辈人不是说嘛,蚕马同气,蜜蜂是牛身上生出来的。"

进入生肖的,都带着尾巴。

排在第五位的"辰"位一直空缺着,没有动物抓到,也不知道那个"辰"怎么找不见了。

这时候,已是辰时,天垂龙像。应龙手指着天,给黄帝看。

黄帝看天,只见云彩中的那条龙,角似鹿,头似驼,眼似兔,项似蛇,腹似蜃,鳞似鱼,爪似鹰,掌似虎,耳似牛,几乎把进入属相、没有进入属相的动物特征都归纳进来了,也把周围不同部落的图腾糅合在一起了。

黄帝说:"龙,鳞虫之长,能幽能明,能大能小,能长能短,能细能巨,春分而登天,秋分而潜渊,神物也。辰龙,中不中?"

应龙说:"辰龙,中。"

日头的光直射在巫咸光光的头顶上,他的头顶上闪着光,他的声音也闪着光,那闪光的声音说:"辰龙。"

长颈鹿在所有动物中是睡眠时间最少的,一天睡一个时辰就够了。这天它睡过了,匆匆跑来时,抓阄已经结束。

就这样,在黄帝、嫘祖的注目下,十二生肖一一排定:鼠、牛、虎、兔、龙、蛇、马、羊、猴、鸡、狗、猪。《古今事物考》:"黄帝立子丑十二辰以名月,又以十二名兽属之。"

"仓颉呀,这是个大事,得刻石铭记。"①黄帝又转过脸对宁封子说,"十二属相你是不是也要烧一窑呀?"

---

① 临潼骊山人祖庙,有"十二像石",上面刻有12种动物形象,传说为黄帝命仓颉刻勒。

【窫窳　贰负】

窫窳是黄帝的一位大将。黄帝有个臣子叫贰负。

贰负和黄帝的另一名臣子危，两人联手，用两把大刀杀了窫窳。

"齞齱齹齺齾齽齼齻鬱籲钃蠹蠻齾蘸尸跐馕癞曓齾灪㸆齉……"夜游神将贰负和危绑来，推到黄帝面前。

"为啥杀窫窳？"

贰负和危死也不说，一个字都不说。

"为啥杀窫窳？"

窫窳死了不会说。

人命关天，光打屁股不行，得以命抵命。

嫘祖说："已死了一个，再杀两个？"

杀人者、被杀者，都是黄帝的臣子。黄帝也于心不忍。他沉思了一会儿说："那就把他俩囚禁于疏属山的洞穴里，放些吃的，他们在里面是死是活，听天帝安排吧。"①

囚禁贰负之后，黄帝命人把窫窳抬到昆仑山，让巫彭、巫抵、巫履、巫阳、巫相、巫凡等巫师联手救他。六大巫师联手，用不死药救

---

① 《独异志》载："宣帝时，有人于疏属山石盖下得二人，俱被桎梏，将至长安，乃变为石。宣帝集群臣问之，无一知者。刘向对曰：'此是黄帝时窫窳国负贰之臣，犯罪大逆，黄帝不忍诛，流之疏属之山，若有明君，当得出外。'帝不信，谓其妖言，收向系狱。其子歆自应出募，以救其父，曰：'须七岁女子以乳之，即复变。'帝使女子乳，于是复为人，便能言语应答，如刘向之言。帝大悦，拜向大中大夫，歆为宗正卿，诏问何以知之，歆曰：'出《山海经》。'"

活了窫窳。

窫窳复活之后，已经不是窫窳。他神智迷乱，失足掉进了昆仑山下的弱水里……①黄帝和嫘祖周游至弱水时，还专门祭拜他。

一段人命关天的历史，连一点细节都没有留下来。黄帝想，从前的历史，几乎都没有留下情节、细节，没有留下历史的真相。没有留下历史的历史，是从前历史的主要部分。这不中，不中就得改，如何改呢……

【沧桑】

《帝王世纪》云："颛顼生十年而佐少昊。"颛顼跟着青阳伯伯去了东海，跟着青阳伯伯治理少昊之国。十年之后，他从东海回来，见了黄帝，见嫘祖。②

嫘祖看着眼前这个咚咚走来的大小伙子，问："你是谁？"

"奶奶，俺是颛顼呀。"

"你从哪儿来？"

"奶奶，俺打沧海来。"

嫘祖问："又是打，俺就不能听见打这个字。沧海？仓颉他老家？"

---

① 《山海经·海内西经》："贰负之臣曰危，危与贰负杀窫窳。""开明东有巫彭、巫抵、巫阳、巫履、巫凡、巫相，夹窫窳之尸，皆操不死之药以距之。窫窳者，蛇身人面，贰负臣所杀也。"

② 《山海经·大荒东经》："东海之外大壑，少昊之国。少昊孺帝颛顼于此，弃其琴瑟。"

颛顼说:"不是仓颉爷爷的家。沧海是水的家,海的家。大海里的水太多了,再多的水也装不满,再干旱也不见水少一点。"

嫘祖问:"比西陵河大? 比大河还大?"

颛顼说:"大河从此岸能看到彼岸,大海看不到对岸。我在沧海里游呀游,永远也游不出来,就从梦中吓醒了,奶奶。"

"噫,是颛顼回来啦?"嫘祖的脑子清醒了,她扯着颛顼的手说,"噫,长得像恁爷爷,比恁爷爷还结实。"

"奶奶,跟爷爷比俺可差远了。"

"你在东海,见到恁炎帝爷爷家的女娃没有?"

颛顼知道奶奶说的是女娃溺亡于东海的事儿。他对奶奶说:"女娃姑姑不小心掉进大海,她从大海里飘出来,化为精卫,每天飞来飞去,从西山衔来石头树枝,去填东海……"

嫘祖叹口气:"这闺女呀,一直跟俺养蚕就好了。"

"奶奶。"颛顼说,"我在东海听说有一种扶桑蚕,每只蚕,长七尺,围七寸。"

"阵大?"嫘祖一听说蚕,眼睛放光,"阵大的蚕? 颛顼你接着说。"

"扶桑蚕是黄色的,四季不死,它不结茧,只在每年五月初八在桑树枝上吐出黄丝,这种蚕丝用桑木灰水一煮,坚韧得两人使劲拉都拉不断。"

"颛顼呀,扶桑蚕可给奶奶带回来了?"

"老祖宗,扶桑蚕长在日头升起的那棵大扶桑树上,远得很哩,难去得很,我已派人坐着船去找了,一找到就给老祖宗送过来。"

嫘祖把耷拉下来的一缕头发拢上去:"你这是给老祖宗画个扶桑蚕,哄老祖宗高兴嘛,老祖宗见你高兴,有没有扶桑蚕都高兴。"

"老祖宗。"颛顼说,"在东海边,我梦见老祖宗桑田里的那棵空桑,有鱼在桑树枝叶之间游动。老祖宗,我要跟您一起去看空桑。"

"走,看空桑。"嫘祖说,"颛顼呀,你也算经历了沧桑。"

【天下共主】

平定蚩尤、刑天之后,黄帝声威大振。神农炎帝的影响力大不如从前。周围各部落,包括容成氏、打庭氏、伯皇氏、中央氏、栗陆氏、骊畜氏、赫胥氏、祝融氏、神农氏,都归顺于黄帝。《帝王世纪·自皇至五帝第一》记载:黄帝杀蚩尤之后,"诸侯有不服者,从而征之。凡五十二战,而天下大服"。那些相互侵伐、暴虐百姓的诸侯,都被黄帝的义兵征服。四面八方尊黄帝为天下共主,莫不率从,连远方的四夷都为黄帝的大德所感动,投奔而来。

明堂里,天天奏响《咸池》《云门》①,天天接待四方来宾。

长肱国来人了。深目国的人来了。贯胸国来人了。②

成群的凤凰在明堂周围飞舞歌唱。

知命告诉嫘祖:"那贯胸国的人长得太神奇了,每个人胸前都有一个洞,从洞里伸手过去,能摸到后背。人家不骑马不骑驴不坐

---

① 《白虎通义》:"《咸池》者,言大施天下之道而行之。天之所生,地之所载,咸蒙德施也。"《古今事物考》:"黄帝命伶伦考八音,调和八风,为《云门》,则其事于是乎备。"

② 《山海经·海外南经》注引《尸子》曰:"四夷之民有贯胸者,有深目者,有长肱者,黄帝之德常致之。"

车,而是拿一根长棍往人的胸口洞洞一穿,前后两人抬着一个人走路,三个人轮换着,抬着被抬着,就来到了咱们的明堂。"

嫘祖笑笑说:"又传神了。"

黄帝说:"眼下,民不习伪,官不怀私,家门不闭,总是真的吧。"

嫘祖说:"快跟华胥一样了。"

【蚂蚱出殡歌】

蚂蚱得了伤寒病,吃药扎针不见轻,不吃不喝三天整,两腿一蹬没了命。这下百虫受惊动,个个忙得可不轻。蜻蜓慌忙去打水,明火虫儿点灯来照明;螳螂举刀劈柴火,屎壳郎团蛋把馍蒸;蜗牛脱壳做棺材,蜘蛛扯丝搭灵棚;蚕蛹结茧做孝布,蝼蛄蚯蚓掘墓坑;蝈蝈执事一声喊,送殡队伍起了程;蚂蚁抬棺头前走,蚊子蠓虫喊着灵;知了给它掌大笛,蛐蛐蚰子捧着笙;青头蝇子去送殡,个个哭得两眼红;蟋蟀啾啾哭得痛,土萤哭得不会哼;豆虫哭得爬不动,马蜂哭得乱了营;蛤蟆哭得不想活,扑腾一声跳水坑。

黑甜一睡。梦醒来,嫘祖仍然清楚地记得这首《蚂蚱出殡歌》。

她不安地对黄帝说:"这歌俺小时候唱过,娘不让唱,后来就忘了,夜黑做梦,梦见这歌,一句不差,这会儿还记得清清楚楚。"

黄帝说:"一只虫子出殡都弄得这么隆重,我得给仓颉说说,安葬战死的将士时,得有个仪式,得隆重一些。"

嫘祖说:"俺死了,就用桑木做个棺材吧。"

【访问蛹房】

经过一片金黄色的树林,嫘祖走到一棵巨大的桑树跟前,她轻轻地叩响树干,"吱"的一声蚕茧紧闭的门打开了,开门的是两个赤肚的蚕娃娃。

这是祖传的老房子。经过混沌之门,走上雪白的大地,迎面看到的是巨大穹顶,嫘感觉好像进入了一个深邃而明亮的洞穴。面对眼前的大屋子,她恍惚觉得曾经在这里居住过,是从前迁徙时住过?她边走边想。没有风,没有鸟叫,草木上都覆盖着厚厚的雪,天不冷,跟春天一样温暖。嫘祖走着,少女嫘在雪地里走着。嫘祖坐下来,少女嫘在雪地里躺下了……嫘祖走过一朵朵白云彩,踩着阶石上的白藓,走过浓浓淡淡的树荫,穿过白色的薄雾,撩开一层一层白帘子,好像走在迷离的梦中。忽然,她闻到一股熟悉的蚕的气味,已经进入蚕室的内部。适应了幽暗,看清白墙漫漶,嫘祖感到茧室中的大光明。这就是住进蚕、住着蛹、飞出蚕蛾子的地方。

"蚕啊,天地生你,俺把你带出桑林,带回人家,改变了你的生存方式,你怨俺吗?"

"嫘祖啊,蚕在人间桑树上,一直等您呀,等您把俺们领回家去。在你之前,那么多人对蚕无动于衷。蚕终于把你等来了,你挪动了蚕,你是蚕祖啊。"

"蚕啊,俺带你们进入人族,也不知道给你们带来的是祸是福,俺老在想,俺是不是错了?"

"嫘祖啊,你把俺们领回了家,从此俺们有了家,就像燕子在你家筑巢,就像牛羊猫狗在你家安家,蚕从此有了自己的避风之所,不再惊心于风雨雷电。"

嫘祖看到,蚕蛹的赤身上正在长出新嫩的翅膀,她的心被扎了一下。

嫘祖说:"许多蚕蛹还没有长出翅膀,还没有传宗接代,就被俺毁掉了家园。你们本来都该摆脱爬行,一飞成蛾的,由于俺的干预,你们许多兄妹再也飞不起来了。为了人族的一袭衣裳、一方罗巾,俺要了多少蚕蛹的命,真是对不住呀。"

"嫘祖啊,一只蚕生下来,作茧自缚是它的命,赴汤抽丝是它的命,化蝶而出也是它的命。蚕经历的一切都是蚕生命中的一部分,都是蚕的生命过程。嫘祖,你依造物之理,尽蚕之性,俺们通过你编织的美丽丝绸飞得更高了。你是蚕神啊。"

"蚕啊,俺得感谢你,若不是你,俺一西陵小女子,普普通通,无声无息,自生自灭,不可能遇到黄帝,也不可能遇到这么多大事。俺如何才能报答你的大恩大德呢?"

"嫘祖啊,蚕该感恩你呢,你为蚕撑起了一片天,因为你的发现你的呵护你的培养,我的身体我的一切将在人族的身体上呈现出来。"

"蚕啊,你说我的前身是蚕,还是桑树。现在的嫘祖,不是本来的嫘,我想回去,回到蚕中,回到桑叶也中。蚕啊,你说我的下一辈子托生啥哩?如果我不能托生为嫘,不能再遇到黄帝,我就托生为桑,托生为蚕好吗……"

说话间,那个跟嫘祖说话的蚕蛹,摇动着身子,摇出马头,摇出四蹄,摇出飘逸的鬃毛,摇出翅膀,摇出马尾,化作千万匹白色的带着翅膀的骏马,有的嘚嘚嘚嘚奔跑,形成白色的波浪,有的化作天马在空中飞翔。嫘祖拉着一匹蚕马的尾巴,准备一跃而上马背,一使劲,腰骤然疼痛起来……把嫘祖疼醒了。

嫘祖叹口气说:"这不争气的老腰啊,这身子骨真是不中了……"

亥篇　桑丧

《说文解字》:"亥,荄也。十月,微阳起,接盛阴。从二,二,古文上字,一人男、一人女也。从乙,象裹子咳咳之形。《春秋传》曰:'亥有二首六身。'凡亥之属皆从亥。"

亥,本义是切割。

亥,十二地支的第十二位(最末位)。

【汤】

"活着,得干活,得把活干好,俺现在啥活也干不了啦,不该活着了。"嫘祖说,"尘归尘,土归土,谁都得老去,俺知道这天快要到来,蚕马拉的大车正从远方赶来。俺听见蚕马在窃窃私语,它们犹豫着,是该走快些还是走慢些。我说你们不要为难自己了。"

嫫母说:"嫘祖,您别想恁多了,有儿孙呢,您就坐这儿享您的清福吧。"

"俺活的时间太长了,把桑树都活老了。"

嫘祖说,"这两天咋不见猫咪?"

嫫母说:"老猫跑丢了,跑得无影无踪,素女正到处找呢。"

"别找了,俺知道它到哪儿去了。"嫘祖说,"那些动物邻居呀,它们死的时候,都是背着人,不让人看见,俺认识的恁多鸟兽都是自个儿悄悄地死了,不知所终,人要能像它们一样多好。"

那天赶路,一直走到天黑。嫘祖看到一棵巨大的桑树,桑树下有泉眼,跟鸽子一样咕咕叫着,清泉沸涌,润气上流。嫘祖欢喜地说:"今黑就在这儿歇脚吧,我觉得使哩慌,连上个小小的坡,都使一身汗,真是老了,不中用了。"

黄帝说:"咱们年轻时抱着马脖子就能飞身上马,眨眼就老了。"

"这辈子,喝过河水,湖水,溪水,雨水,雪水,泉水,四处迁徙时连脏水都喝过。"嫘祖捧了一捧泉水,看到泉水中冒着四个泉眼,说,"仓颉有四只眼睛,这个泉也有四只眼睛。"

嫫母说:"你看那儿有只龟,卧在枯荷叶上。"

嫘祖看去,果然脸盘大的龟正瞪着眼睛看过来,嫘祖的目光正好跟它相对。嫘祖心想,荷叶竟然承得住它⋯⋯荷叶也生锈了⋯⋯

嫫母说:"你看老龟身上还站着一只蝴蝶。"

嫘祖看去,果然有只蝴蝶跕堆在龟背上,跟蚕蛾子一样。

仓颉说:"我听说神龟三百岁才能浮游在荷叶之上,今天咱们遇到了神龟。"一回身,看嫘祖弯着腰站在泉边,对嫘祖说:"您像桩老梅。"

"还老梅哩,老桑,中不中?!"

晚上,嫘祖喝了一小碗用泉水熬的小米汤,然后说起了汤——

"俺从小就喝汤,汤真好,养人。日子难过的时候,汤能够照见自己脸,喝到肚子里,走起路来,一步一咣当,也能顶一阵子。日子好的时候,汤稠得插筷子不倒,飘着小米的香气。烧一锅汤,一家人喝;人多了,加瓢水。汤,还是不稀不稠好。汤呀,养人,身子不舒服了,喝汤就喝好了,连小猫小狗都喜欢喝汤。杜康的酒喝多了伤人,汤养人,不伤人。咱家边上那大河里流淌的要是汤就好了,你还别说,河里流的还真是汤呀,比汤还金贵。"

颛顼说:"老祖宗做的汤好喝。"

嫘祖说:"你娘做的汤也好喝。"

嫘祖早早地躺下了,临睡时说:"有一次,昌意呀急着喝汤,嘴给汤烫了,那不是汤不好,也不怪昌意,怪当娘的太粗心了。"

昌意说:"娘,娘,怪我,汤还没有晾凉哩,我猴急得等不及了。我嘴烫得正疼,娘往我嘴里吹一口气,一下子就不疼了。"

【蚕马】

嫘祖的猫咪不见了,嫫母跟素女商量了一下,素女留下来找猫,嫫母陪着嫘祖跟着迁徙的队伍继续走。

素女"咪咪咪"地喊了一天,旮旮旯旯找了一天,也没有见到猫咪的踪影。她不敢再耽搁时间,连忙去追赶黄帝跟嫘祖。

正走着,忽然看见一只青鸟拍打着翅膀从头顶飞过,然后迎面来了一辆车,素女闪身给车让路。那车从素女身边"嘚嘚"地飞快过去。素女看见,拉车的马,长着马的头,蚕的身子,蚕的身子上长着马的腿马的尾。素女想,这就是传说中的蚕马? 还真有蚕马?

她回头望去,蚕马拉着车已经消失得无影无踪。

素女一抬头,又看见一只青鸟拍打着翅膀从头顶飞过,跟刚才那只青鸟一样。她正想着,前面又来一辆车,跟刚才那辆车一模一样,也是蚕马拉车。素女闪身给车让路。素女瞄了一眼,恍惚看见,车上坐的好像是嫘祖,嫘祖边上还蹲着猫咪……蚕马拉的车飞驰而去,素女自己笑起来,她知道车上不可能是嫘祖,自己是找猫咪找得出现幻觉了。

素女走着想着,又看见一只青鸟拍打着翅膀从头顶飞过,跟刚才那只青鸟一样。青鸟过后,一辆蚕马拉的车子"嘚嘚"驰来,跟刚才那辆车一模一样。那车从素女身边飞快过去,素女仔细看了,车上坐的是嫘祖,嫘祖边上还蹲着猫咪……嫘祖回来接我来啦?素女大声喊"嫘祖,嫘祖"。嫘祖面朝前方,目光向前,没有看她一眼,蚕马拉着车已经跑得没有踪影。

素女有些恐慌。她让自己想了一想:五十弦减去二十五弦是多少弦?她自己回答:二十五弦。她又往自己的腿上拧了一把,感觉到了疼,自言自语说:"这不是做梦呀。"又问桂花,"刚才你看到啥没有?"

桂花神色紧张地说:"好像看见嫘祖坐在车上,猫咪跟嫘祖在一起。好像听见你喊嫘祖,嫘祖也不搭理咱。"

素女说:"别瞎说了,咱得赶紧追赶队伍。"

素女领着桂花走着,又看见一只青鸟拍打着翅膀从头顶飞过,青鸟过后又来一辆车,跟刚才那辆车一样,蚕马拉车。马蹄嘚嘚。那车从素女身边飞快过去,素女看得清楚,车上坐的真是嫘祖,嫘祖边上还蹲着猫咪……桂花大声喊"嫘祖,嫘祖"。嫘祖依旧面朝前方,没有看她们一眼,蚕马拉着车已经跑得没有踪影。

素女一下子瘫坐在地上。

【嫘祖老了】

嫫母做梦，梦见一滴巨大的眼泪悬挂在苍穹。

这天晚上，不远处的一棵杨树上的黄叶子拍得哗哗响，嫫母听得心惊肉跳，她几次起来看望嫘祖，见嫘祖睡得沉静，才放下心来。刚刚躺下，她听见桑树上臭姑姑在叫，听见桑树下的泉水汩汩哭起来，她不安得一夜没有安睡。她隐隐约约听见夜游神的声音——

"齱蟸蟲䴥靋齴鼺鬭龗籠籭钃虋纞臟虈庁躎饢癵爨齾灪爢龘……"

第二天早晨，嫘祖没有跟往常一样日出即起。吃饭的时候，嫫母跟素女一起叫醒嫘祖。

嫘祖说："俺跟草叶一样无力，叫黄帝，叫昌意，叫颛顼……"

黄帝急急赶过来，嫘祖抬起手，黄帝接过她的手。她说："刚才梦见雷公老了，变成了叨木官儿。"

叨木官儿在外面一声一声地敲着树。

老了，在西陵、轩辕部落的话语中，有时是说这个人年纪大了，有时是对一个人老死的婉转说法。

雷公走过来说："嫘祖我在哩，不过也快不中了。"

嫘祖说："刚听见你在外面叨木。"说着，又昏睡过去。

嫘祖再醒来时，眼睛亮亮的，她对黄帝说："下一辈子，俺托生成人，还来娶俺呀。"

黄帝握着嫘祖的手，点点头。

嫘祖说:"走了,走了,你们替俺照顾好蚕……"

嫘祖的眼神亮了亮,目光暗淡下去,慢慢地合上眼睛。

嫘祖合上了眼睛,气息越来越弱,一会儿又睁开了眼睛,面色嫩红,说了最后一句话:"以后不打仗……中不中?"

嫘祖老了。慈眉舒展地走了。

方雷氏、彤鱼氏、嫫母、素女都放声大哭起来。

黄帝把嫘祖的身体抱起来,一直抱着,几乎把她的身子暖热了,暖软了。

黄帝没有说话,没有眼泪。

那天的日头是为心碎的黄帝升起来的,那天的半个月亮和星星也是为缺失母亲的子孙跟臣民升起来的。

喜鹊说:"黄帝的眼窝如此之深,眼泪也漫不出来。"叨木官儿说:"他的眼硬,硬是没有掉下一滴泪。"草木说:"咱们想看到他为嫘祖流下的泪水变成琥珀,难道是天帝没有赐予他悲伤的眼泪?"

周围伫立的人们都看出来,黄帝抱着嫘祖,抱起了全天下的悲痛和忧伤。仓颉知道,哀而不伤,这是黄帝家族的节制。

嫫母一抬泪眼,看见嫘祖在不远的空中平静地看她,无喜无悲。她有些吃惊,连忙去看黄帝。

黄帝正低着头,他看见,嫘祖佩戴的那枚黄帝茧中,慢慢爬出来一个蛾子,振翅而飞,落在黄帝胸前的玄珠上。

嫫母想起嫘祖以前给她说过,黄嫘之茧中的蚕蛹一直没有化作蛾子飞出来。今天它飞了出来。

黄帝伸出手,蛾子落于手心。黄帝把手伸向虚空,蛾子飞起来,在黄帝跟嫘祖周围盘旋几圈,然后双翅揖别而去。

嫫母的眼睛再去寻找嫘祖时,嫘祖还在,形象渐渐淡化,化作一只蚕蛾子,跟黄帝手中飞出来的蛾子一起,融进一大群蛾子之中。

一时间,不知从哪儿飞来几千几万只蛾子。

桑之落矣,其黄而陨。岐伯对黄帝说:春蚕的丝吐尽了,灯油熬干了,嫘祖成而登天了。

黄帝抱着嫘祖的身体,眼前一幕幕都是,嫘的样子——

做饭的样子。摘花的样子。小鸟依人的样子。去捏蝴蝶翅膀的样子。草地上睡觉的样子。吐舌头的样子。喂奶的样子。忧伤的样子。男孩子般上树的样子。撒娇的样子。慵整纤纤手的样子。梳头的样子。无声流泪的样子。娇无力的样子。心疼人的样子。养蚕的样子。扭捏的样子。看儿子在怀里睡觉的样子。把丈夫当儿子的样子。在明火虫儿身上系丝线的样子。害羞的样子。不害羞的样子。浣纱的样子。低眉跟扬眉的样子。擀面条的样子。脸红的样子。回眸的样子。扬起下巴看星星月亮的样子。吃醋的样子。可怜的样子。坚强跟脆弱的样子。惊恐的样子。用草木汁液染布的样子。笑吟吟的样子。安静的样子。活泼的样子。拢头发的样子。生气的样子。弯腰的样子。惊喜的样子。老得没牙的样子……

【嫘祖林】

在素女悲哀的琴声中,嫘祖静静地躺在床上,像一只蚕,丝绸在她的身上微微起伏。

黄帝命嫫母为方相氏,将嫘祖送回桑梓安葬。

《事物纪原》记载："《轩辕本纪》曰：'帝周游行时，元妃嫘祖死于道，令次妃嫫母监护，因制方相氏，亦曰防丧。此盖其始也。'"

《云笈七签》卷一百记载："帝周游行时，元妃嫘祖死于道，帝祭之以为祖神。令次妃嫫母监护于道，以时祭之，因以嫫母为方相氏（向其方也，以护丧，亦曰防丧氏。今人将行，设酒食先祭道，谓之祖栈。祖，送也）。"

方相氏是逐疫驱鬼之神，送丧时作为葬使之导。《周礼·夏宫·方相氏》记载："方相氏掌蒙熊皮，黄金四目，玄衣朱裳，执戈扬盾，帅百隶而时难，以索室驱疫。大丧，先柩。"

嫫母受命，成为方相氏。方相氏在前面开道，灵车队伍跟在后面悲伤地行进。

一路上，几千几万只各色蛾子，还有不知名的白鸟，在嫘的灵车周围飞舞。

麻衣如雪。众人披麻戴孝，像一群蚕一样，一身洁白，三跪九叩，为嫘祖送行。

按黄帝的吩咐，将嫘祖安置在棺中。嫘祖的棺材，用的是百年桑木。这是黄帝家族头一次使用棺材。史书记载："棺椁之作，自黄帝始。"棺材中放着黄帝给嫘祖的玉蚕，宁封子做的陶蚕。

按照"臧之中野，不封不树"的古俗①，嫘祖埋葬之地，没有堆起坟包。

第二天，新土铺平的大地，被一场鹅毛大雪覆盖。这场大雪下得铺天盖地，跟嫘祖当闺女时的那场大雪一样。

---

① 《汉书》卷三十六《楚元王传》："《易》曰：'古之葬者，厚衣之以薪，臧之中野，不封不树。后世圣人易之以棺椁。'棺椁之作，自黄帝始。"

铺天盖地的大雪把嫘祖安睡之地,下成了无数个雪茧。

大地上,雪茧起伏。

大雪抚平了黄帝家族的悲伤。

大雪中,方雷氏、彤鱼氏、嫫母、素女堆起一个雪人。

嫘祖的弟弟——他也成为一个老人,和自己的子孙一起,踩着咯吱咯吱的雪,堆起一个雪人。周围的树跟神记得,嫘当年堆起的雪人也是这个样子。

后来,嫘祖埋葬之地,生长出一片一眼望不到边的桑树。桑树茂盛,像一群兄弟姐妹。人们都说,嫘祖有福呀,她躺在那里,一伸手,就能摘桑葚吃,还不耽误养蚕。后世称这片桑园为"嫘祖林"。

【蚕神庙】

蚕神庙里,有块石碑,上面刻着仓颉作《嫘诔》:

> 雷公擂雷,含泪把罍,诔我祖嫘。
> 累日若縲,耕耒壁垒,蚕丝累累。
> 养儿保蕾,石礌木櫑,一生懍蘽。
> 有教无类,不辞赢累,明光磊磊。
> 雷公擂雷,含泪把酹,诔我祖嫘。

《古今事物考》卷五《礼仪》曰:"西陵氏之女嫘祖,为黄帝元妃,始教民育蚕,治丝蚕以供衣服。后世祀焉先蚕。"

《通鉴外记》卷一《黄帝》曰:"西陵氏之女嫘祖,为帝之妃,治丝茧以供衣服,后世祀为先蚕。"

【桑·丧】

《说文解字》曰:"丧,亡也。"

"桑"这个字,仓颉在得知嫘母用桑叶养蚕时就造好了。

嫘祖走后,仓颉老想着嫘祖这一辈子与桑蚕的缘分。他想起蚕马传说中的女子消失在桑树上,他想起炎帝的女儿也是从桑树上升天的。

仓颉在"桑"字的基础上,造了一个"丧"字,与"桑"同音,几乎同形,是蚕在桑树上吃桑叶的情形。蚕把桑叶吃完了,桑叶消失了,化变成别的东西,是一个丧——丧失、丧亡的过程,所以用"丧"追念悼亡。

看甲骨文的"桑";看甲骨文的"丧":

"桑"与"丧"通,源于嫘祖。丧礼,也源于嫘祖的桑礼。《白虎通义》解释说:"人死谓之丧何,言其丧亡不可复得见也。不直言死,称丧者何? 为孝子之心不忍言也。"

嫘祖用桑木做棺之后,桑木成为棺材木料的首选。后来,桑、丧同音,人们不再用桑木做门做窗做家具,只用来做人生最后的房子——棺材。

嫘祖之后,炎黄子孙的丧礼习俗、丧礼文化逐渐形成。

【祖神·道神】

道神,又叫行神,又叫祖神。

《汉书·临江闵王刘荣传》颜师古注曰:"黄帝之子累祖,好远游而死于道,故后人以为行神也。"唐王瓘《轩辕本纪》曰:"帝周游行时,元妃嫘祖死于道,帝祭之以为祖神。"

嫘祖去世后,黄帝祭嫘祖为祖神。有人称,嫘祖是道神。这是因为嫘祖经常陪同黄帝巡视远游。

黄帝说:"嫘祖出入有光,道上安顺,咱都得记住嫘祖的话。"

众人行路的时候,都会想起嫘祖从前在路上说过的话。

嫘祖说——

记着路。记着好好走路。记着走过的路。

记着大树墩不能坐,那是老虎的座位。

记着一路上不能大喊大叫,不能惊吓草木跟鸟兽,它们会害怕。

记着向路边的老树致敬。(那天,竖亥问:"嫘祖,经过刚才一片花草时,大家嬉嬉闹闹,您不高兴了吧?"嫘祖说:"见到花草,谁都打心眼里高兴,咋会不高兴呢?"竖亥问:"那为啥见到老树要恭敬起来?"嫘祖说:"老树有神,得谦谨,怕众人忘了。")

记着随身带根绳子,总有用得着的地方。

记着被石头绊倒后不要踢石头,脚会替石头喊疼。记着摔倒了,爬起来继续走。

记着不能往水里吐吐沫。

记住人走人道。(昌意那天走到马蜂的路上,被马蜂咛了一下。嫘祖说:"蛇有蛇道,鸟有鸟道,万物各有其道。各走各的路,大家相安无事。羊走到虎的路上,人走到蛇的路上,庄稼走到大象的路上,狼走到弓箭的路上……那就要出事了。")

不能尿坑里。①

记着穿鞋的让着赤脚的。

记着让路,给石头让路,给对面过来的人让路,给老虎狮子让路,遇到成队的蚂蚁也得让路。(素女记得,嫘祖在路上讲过一个故事:记得那一天,羊肠小道上迎面走来一群羊。谁给谁让路呢?俺主动给羊让路?还是等羊给俺让路?俺正犹豫,头一只羊、第二只羊,后面所有的羊,都已闪到一边,把路给俺腾出来了。俺经过最后一只羊时,看它一眼,它也看俺一眼。羊的目光,干净、清澈。俺的老脸一下子红了。这时候俺感到河边的树、树下的花草,都在拿眼睛看着俺,山涧里的水也在低声说些啥,肯定是说俺的。俺想呀,人家羊都记得让道的老理,俺咋忘了哩?从此之后,走在路上,无论遇到羊、遇到猫、遇到鸟、遇到蝴蝶、遇到人、遇到狗,俺都早早地让路。)

记着遇到百鬼夜行主动让道。

记着看喜鹊的叫声,它仰脸叫的时候后面的天是晴天,它低头叫的时候马上就要变阴天啦。②

记着白云彩不下雨,黑云彩下雨。

记着路上躲开长虫,不要惊扰它。

---

① 坑,中原古语,水塘的意思。
② 《禽经》记载:"仰鸣则晴,俯鸣则阴。"

记着不要在鸠鸟洗澡的水坑喝水,渴也不能喝,水中有毒。

记着带盐。

记着每天早点找地儿过夜,黑夜野物多,不要走夜路。

记着树叶稠的一面是东方,树叶稀的一面是西方。

记着迷路时看天上的勺子星。

记着有鬼跟在身后时就朝身后撒一把豆子。记着鬼快撵上你时朝它吐口吐沫,鬼怕吐沫,鬼怕火。

记着照顾火,把火埋好,别忘了给火喂东西吃,火饿了,就长不大了,就跑了。火跑了,狼就来了。

记着手里拿根棍,记着打狼时往狼腰上打,狼跟狗不一样的是它的尾巴老是夹着,狗的尾巴会翘起来。

记着在林子里用火后把灰浇灭,把灰埋好。

记着路上帮人家一把,出门都不容易。

记着光光的石板上不能躺,那是山神躺的地方。

记着回家的路。

记着不要把鸡蛋放在一个篮子里。

记着外出前家里的门要留道缝,以便燕子跟鸟出入……

《宋书·礼志》注引崔实《四民月令》云:"祖,道神也。黄帝之子曰累祖,好远游,死道路,故祀以为道神,以求道路之福。"道神嫘祖,保佑行人平安。行路人敬着嫘祖,按着嫘祖说的走路,没有不平安的。

【荆山铸鼎】

仓颉病了。岐伯对仓颉说:"你任脉虚,太冲脉衰少,天癸竭,地道不通,形已坏了。"

安守岁月的黄帝在一边想,谁也逃不脱终将老去的命运,嫘祖走了,我也是要走的,身边这些大臣发齿渐稀,筋不能动,都老了,都是要走的。后人如何才能记住今天这些人呢?死人如何活在活人心里?黄帝想了许多天,犹豫了许多天,最后终于下定决心,派人到首山采铜,在荆山铸鼎。《新郑县志》记载:"帝采首山之铜,铸三鼎于荆山之阳。"

大鼎铸成,高一丈三尺,号称神鼎。这个神鼎,据《玉函山房辑佚书》记载:"知凶吉存亡,能轻能重,能息能行,不灼而沸,不汲自盈,中生五味。"

黄帝说:"把那些对百姓有贡献的人都刻上去,或许能被后人记住。"

镌刻于铜鼎上面的有:

嫘祖。

天老说:"彤鱼氏、方雷氏、嫫母、青阳、昌意,也要刻上去。"黄帝说:"那不成了俺家的家谱?"

镌刻于铜鼎上面的黄帝臣有六相:①

---

① 《通典》:"黄帝得六相而天地治,神明至(黄帝得蚩尤而明天道,得太常而察地理,得苍龙而辨东方,得祝融而辨南方,得风后而辨西方,得后土而辨北方,谓之六相)。"

蚩尤。太常。苍龙。祝融。风后。后土。

对于是否将蚩尤的名字刻在大鼎上,大家有争议。黄帝说:
"还是刻上好。"

镌刻于铜鼎上面的黄帝臣有七圣:①

风后。天老②。五圣。知命。规纪。地典。力牧。

镌刻于铜鼎上面的黄帝臣有三臣:③

常先。大鸿。荣光。

镌刻于铜鼎上面的黄帝臣有:

仓颉。沮诵④。史皇。

镌刻于铜鼎上面的黄帝臣有:

斥州。大封。大挠⑤。

镌刻于铜鼎上面的黄帝臣有几位医者:

---

① 《皇王大纪》:(黄帝)"有风后,天老,五圣,知命,规纪,地典,力牧七圣
为之辅。"
② 《韩诗外传》:"黄帝……未见凤凰,惟思其象,凤寐晨兴。乃对天老而
问之……"
③ 《皇王大纪》:(黄帝)"有常先,大鸿,荣光三臣为之佐。"
④ 《世本·作篇》曰:"黄帝之世,始立史官,仓颉、沮诵居其职矣。"《四体
书势》(西晋·卫桓):"昔在黄帝,创制造物,有仓颉、沮诵,始作书契,盖睹鸟迹
以兴思夜因而遂滋,则谓之字。"
⑤ 《世本·作篇》:"大挠作甲子。"宋注:"大挠,黄帝史官。"《吕氏春秋·
尊师》:"黄帝师大挠。"

雷公。岐伯①。马师皇②。俞跗③。

镌刻于铜鼎上面的黄帝臣有：

应龙。伶伦。荣将。奢龙④。

镌刻于铜鼎上面的黄帝臣有赤水寻找玄珠有功者：

知。离朱。吃诟。象罔。

镌刻于铜鼎上面的黄帝臣有门神：

神荼。郁垒。

镌刻于铜鼎上面的黄帝师有：

封矩。大填。大山稽。大挠。广成子⑤。牧马少年。

镌刻于铜鼎上面的黄帝臣有：

女魃。玄女。

镌刻于铜鼎上面的巫师有：

巫彭。巫抵。巫履。巫咸。巫相。巫凡。⑥

镌刻于铜鼎上面的黄帝臣还有：左彻。云阳。容成⑦。夷牟。

---

① 《太平御览》卷七二一引《帝王世纪》："黄帝有熊氏命雷公、岐伯论经脉。"《抱朴子·极言》："黄帝……著体诊则受雷、岐。"《古小说钩沈》辑《古异传》："斫木(啄木)，本是雷公采药使，化为鸟。"

② 《列仙传》："马师皇者，黄帝时马医也。知马形生死之诊，治之辄愈。"

③ 或作俞跗。《史记·扁鹊列传》："上古之时，医有俞跗，治病不以汤液、醴酒、镵石、挢引、按扤、毒熨，一拨见病之气。"《敦煌变文集》卷八引句道兴《搜神记》云："昔皇帝时有俞跗者，善好良医，能回丧车，起死人。"

④ 《管子·五行》："黄帝……得奢龙而辩于东方"，"奢龙辩于东方，故使为土师。"

⑤ 《汉唐地理书钞》辑《九州要记》："广成子为黄帝师。"

⑥ 《山海经》中有"十巫"之说，六巫或十巫，皆黄帝臣子。《归藏》云："昔黄帝将战，筮于巫咸。"《路史》云："黄帝命巫咸主筮。"

⑦ 《世本·作篇》(清张澍稡集补注本)："容成作调历。"宋衷注："容成，黄帝之臣。"《列仙传》卷上："容成公者自称黄帝师，见于周穆王，能善辅导之事。"

伯陵①。常伯。竖亥。茄丰。伯余。伯益②。胡曹。共鼓。货狄。尹寿③。容光。周昌④。乌胄⑤……

【左彻】

《开元占经》引《尚书说》记载："黄帝将亡则地裂。"

传说一阵地动山摇之后，黄帝的那匹白马突然生出翅膀，名曰乘黄。黄帝跨着乘黄，飞往仙界，成而登天。

黄帝仙去之后，左彻刻黄帝像，恭敬地放于明堂。

左彻每天率群臣到明堂参拜黄帝，跟黄帝在世的时候一样。《古本竹树纪年》记载："黄帝既仙去，其臣有左彻者，削木为黄帝之像，率诸侯朝奉之。"⑥

左彻从来不敢忘记黄帝跟嫘祖与昌意的一次对话——

那天，黄帝与嫘祖议论膝下这群孩子谁能把黄帝这一摊子撑起来。

嫘祖说："把众臣都叫来，把孩子们也叫来，听听大家的。"

黄帝把各位大臣叫来，把一群孩子叫来。黄帝之子二十五人，

---

① 炎帝之子。《路史》："炎帝器生钜及伯陵。伯陵为黄帝臣，封于逄。"

② 《说文解字》："伯益初作井。"

③ 铜镜发明者。

④ 《纬书集成·春秋编》："黄帝游玄扈阁洛水上，与大司马荣光，左右辅将周昌等百二十人临观，有凤衔图，以置帝前。"

⑤ 《说文解字》："古者，乌胄作簿。"

⑥ 《仙传拾遗》曰："黄帝臣左彻，因帝升天，乃刻木为帝状，率诸侯而朝之，此刻木像之初也。"

除了身在远方赶不回来的,除了战死的,病死的,活着的在家的还有一十八人。

黄帝说:"人都会老,我老之后,谁能接我的班? 你们都说说。"

大家不说话,所有的眼睛都看着年龄最大的昌意。

昌意对黄帝说:"俺儿子比您儿子强。"

昌意又转脸对颛顼说:"恁爹没有俺爹强。"

黄帝哈哈大笑起来。

嫘祖想了一会儿,也大笑起来。

众臣说:"颛顼中,颛顼中。"

"大家说我中,我就中。"颛顼大声说,"我中。"

黄帝说:"左彻呀,都说颛顼年十五而佐黄帝,他也就是跟在我屁股后跑来跑去跑跑腿,没有学到什么,今后呀交给恁了,恁多带带他。"

黄帝走后,左彻一边带着颛顼处理诸侯之事,一边考察着颛顼。

一岁一枯荣,转眼就是七年。经过七年观察,左彻放心了,将天下交给了颛顼。《路史·后记》说:"黄帝死七年,其臣左彻乃立颛顼。"《博物志·史补》记载:"黄帝登仙,其臣左彻者,削木象黄帝,率诸侯以朝之。"《山海经》吴任臣注:"颛顼之妻娽,生伯偁、卷掌、季禺。"

中华民族历史上的颛顼时代就这样开始了。

卷三　后嬲时代

绝地天通

天长地久。在天长地久那么长的时间里，人神混居。神可以自由地上天下地，沟通天地。地上一些有本领的人，也可以上天。人神和谐共处，人有神助，得神灵气；神在人间，接触地气，天地一派喜悦。嫘后时代，人不敬畏神，神亦有俗气，天帝就不满意了。

在很长时间里，人跟人也是一样的，没有多大分别，没有等级，没有美丑，没有好坏，肩膀头一样平。人跟人的关系，在嫘时代已有裂缝。嫘后时代，人跟人的分别愈加显著，有的高高在上，有的低低在下。低低在下的不甘心，向往着高高在上的。已经高高在上的，想永远高高在上。人间就起了冲突。

仓颉造字，是在春和景明的时节，天上下来的春雨滋润着地上的禾苗，鬼神却哭了起来。每一个字都泄露了存在的秘密。字有面相，字里有神，正像每朵白云、每棵老树上都住着神一样。嫘时代，人族的字词出现得一天比一天多，村里的鬼神、世间的鬼神越来越少。嫘后时代，人族的欲望、人与人的争夺越来越多了,大家都没有注意到身边的鬼神越来越少了。人族在创造中不能自拔,僭越的事情越来越多。字词不动声色地把人族的堕落悄悄地记录下来。

嫘后时代,嫘祖的孙子颛顼生了老童,老童生了重和黎。

人族越来越狂妄了,他们熙熙攘攘,争名夺利,还要上天入地。人都上天了,天上不就乱了?天帝看着如蚁之人,眼睛一亮,看见了颛顼。

颛顼受命于天,决定断绝天地之间之通道,分开天地。

他命令:"重,双手托起天,使劲把天托举得高高的。"

他命令:"黎,双手按下地,使劲往下按,把地按下去。"

天崩地裂,地动天摇。

颛顼从右肋抽出自己那根多出来的肋骨,竖立起来,竖成了昆仑样,一头撑着天,一头撑着地,天地就这样分开了。

天地分开后,再也没有办法交通,天地隔断。

从此,天地遥遥相望,永不可及。

从此,人神两隔,官民两分,尊卑有别,贵贱悬殊。

这就是中国历史上著名的"绝地天通"。

《国语·楚语》记载:"古者民神不杂。……及少之衰也,九黎乱德,民神杂糅,不可方物归。颛顼受之,乃命南正重司天以属神,命火正黎司地以属民,使复旧常,无相侵渎,是谓'绝地天通'。"

绝地天通之后,上神就不带人族玩了。

绝地天通之后,颛顼在地界的人族还算有所作为。他在接下来的炎黄后续战争中,打败共工,一统天下。

《史记》卷一《五帝本纪》记载:"帝颛顼高阳者,黄帝之孙而昌意之子也。静渊以有谋,疏通而知事;养材以任地,载时以象天,依鬼神以制义,治气以教化,絜诚以祭祀。北至于幽陵,南至于交阯,西至于流沙,东至于蟠木。动静之物,大小之神,日月所照,莫不砥属。"

据说,"颛顼……能修黄帝之功"(《国语》卷四《鲁语上》韦昭注)。"有圣德,在位七十八年,年九十八岁。"(《广黄帝本行记》)

众神远去

　　嫘祖走了。据说她的灵魂在青鸟的引领下,飞升至王母娘娘的花园中,在那里享福。

　　嫘祖走后,字越来越多,人知道的也越来越多,人的欲望跟自私也越来越拥挤膨胀。神不再眷顾人族。神都走了,或者隐身于人群里,轻易不再理睬身边的俗人。人身上神性的东西越来越少了。

　　嫘祖走后,那些从神话那里、从祖辈那里迁徙来的灵物离人远去,消失在远方的阳光中,化为虚无,再也见不到它们。青蛙藏一个冬天回来了,黑熊藏一个冬季回来了,燕子九月九走了三月三回来了,一些鬼神再也不回来了。

　　嫘祖走后,先前能够攀登的天梯已不能攀登,人族只能爬爬树,爬爬小山,崇高的事物人族是攀登不上去了,只好在地上爬爬,或者在人的面前,在人的膝下裆下爬爬。膝盖原本是方便走路,方便弯曲的,方便采摘果实时弹跳起来或者弯下膝盖。嫘祖走后,膝盖主要用于跪拜了,这是嫘祖从来没有想到的。

人的耳朵原本是用来听亲人的声音,听鸟虫的声音,听风吹过的声音,听水的声音,听寂静的声音。嫘之后,人的耳朵更多的是听到杀伐之声,背后说人长短的声音。

嫘祖在的时候,桃花、玫瑰与茉莉没有啥不同。仓颉造字,分别出桃花、玫瑰、茉莉等种种花草,文字把万事万物点亮了。后嫘时代,植物想隐姓埋名也不行了。

人族跟着鸟虫知道啥样的果菜能吃,啥样的草叶好吃。嫘祖之后,人族把所有可口的吃物都占为己有,人族之外的虫鸟只好皱着眉头去吃那些从前不吃、如今不得不吃的不好吃的吃物,只能捡吃那些被人族遗落的吃物。牛羊等个个都长出了清贫的嘴唇,辛勤的蚂蚁每天把人族掉下的馍渣、牛羊的粪便、一粒粒草籽搬回家里。百鸟自说自话,不跟人说话了,连多嘴的青蛙也不再跟人说话了。

嫘祖在的时候,鸟儿拉屎撒尿都是背着人的,觉得让人看见不好意思。嫘祖在的时候,人在路边拉屎撒尿,知道回避人,从来不回避草木虫子。嫘祖不在之后,鸟虫对人族失望了,鸟在人头上拉屎,知了在人头上撒尿。

嫘祖在的时候,她天天跟猫、狗、牛等这些跟人一起从远古走来的动物玩在一起,她把它们看作家里一员,看作亲近的邻居。嫘祖不在之后,人高兴不高兴的时候,都拿动物开骂,侵犯动物,妖魔化动物,逼得动物与人为敌,远人而去。蜜蜂的嗡嗡声都没有赶走大象,人硬是把大象从大河两岸逼走了。原来人们赶牛时,是用一根柳条在牛的眼前晃一晃,后来柳条就换成牛皮编的鞭子,鞭子一下一下地抽上了牛背,抽出血道子。那些没有走进人家的、活在野地里的野猫、野狗、野牛、野鸡,看着家禽家畜不自由,累得要死,快把家禽家畜笑话死了，笑话了一阵子，又心疼一阵子，然后发誓说，永远不跟人族合作。

嫘祖不在之后，四周不见狼虎出没，晚上也很少听到它们的叫声。虎狼之肉长在人的肉身，人与虎狼就分不清了。喜鹊学会猎食其他小鸟。草木不再跟人打招呼。树上的果实越来越向枝头生长，往人够不着的地方生长，它是被人族吃怕了，怕被人族吃得断子绝孙。

嫘时代，人跟江河共游戏，干干净净地走过大地跟日子。后嫘时代，人们天天伤害河流。河流只能在夜深人静的时候，赤裸裸地躺在河床上，慢慢地修复自己，把疲劳缓解，把浑浊澄清，把阻塞疏通，学会藏污纳垢，或者趁着夜色把进入河流里的多余的东西冲走，把人的血、动物的血冲淡……总之，河流得趁着夜色把对人族的不满忘掉，得把自己修复得跟啥也没有发生一样，天亮之后若无其事地继续流淌。河流实在气愤时，就发上一场大洪水，把大地冲个一干二净。

人体本来像蚂蚁一样清洁干净，嫘祖不在之后，许多人体长成了饱食者肮脏的肉体、刺客的身体、欲望的皮囊。

嫘祖走后，马蹄声碎，马嘶鸣着走上铁血沙场。天下无道，戎马生于郊。母马在打仗的时候，在那么多马和人面前，在人的血、马的血面前生下血淋淋的小马驹——也不知道马驹的前途如何，这在马看来是很不高贵的事情，但是马也没有办法。

后嫘时代，人越来越没有敬畏，在残杀同类、残杀鸟兽的同时，还四处追杀树木，说什么有杀不完的猪、砍不完的树。许多长了几千年的大树被人族砍伐，使得树神无处安身。万物觉得尤其可气可笑的是，人族竟然还让树木排队走路。

嫘时代的人家,有门不关门,关门也是虚掩着,后嫘时代的小偷经常撬锁偷盗。唉,人族德行一天天败坏下去,世风日下,没有办法,拦也拦不住,江河日下喽。

炎帝造床,造成了尿床、掉床、赖床,这不是他造床的初衷。黄帝造车,造成拉车者、驾车者、坐车者尊卑有别,这不是他造车的初衷。"遍身罗绮者,不是养蚕人"。嫘祖养蚕抽丝,造成了养蚕人与"遍身罗绮者"的区别,这也不是嫘祖的初衷。万物生成之后,逐渐地远离造物的初衷,这是炎黄和嫘祖当年都没有想到的。这是怎么回事呢?

中不中

中，是上天赋予中土的可以公开的生存秘诀。

中，乃言行的适当之处，无过，无不及。

"中"的因，结"中"的果。"不中"结"不中"的果。"中"这样的果，比上下左右前后都好，比胜负输赢都好，比"好"与"不好"都好。

后嫘时代，"中"的步履变得艰难。人心复杂了，"中"和"不中"似乎概括不了人族的全部。人族的问题，有的"中"，有的"不中"。更多的是，有的在"中"与"不中"之间；有的不是"中"，也不是"不中"。

人族的"中不中"之间，也从从前的宽厚仁心，逐渐走向表述的复杂与混乱。

有的回答"中"，其实"不中"；有的说"不中"，其实是"中"。有的说"中"，辜负了"不中"；有的说"不中"，辜负了"中"。

中不中？有时这样问，仅是问问而已，并不需要回答。

中不中？有时无论回答"中"或者"不中"，

都不符合问话者已经设定的答案。

中不中？有时这是问话者设计的陷阱，问中挖坑，问中有坑，等你往里面跳。

中不中？许多问题没有答案。

在不能肯定也不能否定的时候，在只可意会不可言传的时候，在只需行动无需言语的时候，在没有答案无法回答的时候，任何人都无法用"中"或者"不中"来作为回答。人族的事情越来越复杂了。

中不中？谁知道呢。

中乃大道。只有天帝清楚，那个管用适用受用的还是一个"中"。人族用不用，那是人族的问题，天帝不管。

天帝说：人族的毛病就两个字，"不中"。

天帝说：人族的出路就一个字，"中"。

十二生肖会议

后嬛时代，人族披荆斩棘，动物远人而去。那些相对来说还算喜欢人族的，性情驯良的，还跟人族凑合着一起住在家园里。那些不喜欢人族的，那些更喜欢大自然的动物，另外寻找居住生存的地方，与人族保持着距离，有的甚至移居到牛郎织女附近的天河。草木太深情，扎根太深，想躲开人也躲不开，只好一生一世地站在那里，耐心地等待人的觉醒跟自觉。人什么时候会觉醒呢？

后嬛时代的一天，十二生肖坐在一起开会，讨论跟人的关系。会议期间，有许多动植物列席旁听。这次会议的纪要，流传到人间的有五个版本，许多已经残缺不全了。这里选其优者，照录如下：

《十二生肖会议纪要》

会议主题：动物与人的关系

会议时间：鼠历 987654321 年 1234 月 4321 日黑时间。牛历 123456789 年闲季卧时。虎

历……(下缺)

与会者:(字迹模糊)

记录者:桑树,鹦鹉,叨木官儿,明火虫儿,蚯蚓。

猴说:吃了没有? 这句话是跟人学的。大家知道,人是由我们猴子进化的,进化得据说比猴子还聪明还愚蠢,这个猴子有不可推卸的责任。曾几何时,吾们这些还没有进化为人的猴子,在一旁看轩辕造车,看嫘祖养蚕,看仓颉造字、杜康酿酒……何其羡慕,曾经向往着尽快进化为人。于是乎,每天向人学习,时时处处模仿人。结果呢,多少年过去了,不仅没有进化为人,反而学会了人的不雅动作、不良习惯、不良嗜好,总之把人身上的坏毛病都学会了,把猴子身上的好东西丢掉不少,让其他动物笑话。蚂蚱的大牙就是这样笑掉的。蚂蚱你别笑。人不怕丢人,猴子害怕丢脸。猴子帝国决定,为防止猴子人化,就是说防止猴子的健康水平认知水平道德水平继续恶化,从今以后,不再向人族学习,停止跟人族的所有交流,更不可以再向人类进化。我们猴族已经阻断了猴子进化为人的基因链条,以保持猴子家族血统的先进性纯洁性纯净性。

猪说:哼哼,(众:猪哼哼的声音比人哼哼的声音好听)猴子说不再进化为人,俺老猪早已活在人身上。人的脸上、身上、精力跟精神中,有俺老猪的一部分,这一点人族已经改变不了啦。从前我亲耳听见嫘祖问身边人:谁知道猪的寿命有多长? 嫘祖把大家问傻了,所有人都傻了,所有人都不知道,没有一个人知道。(野猪:人不知道猪的寿命? 这么简单的问题都不知道答案?)人就是不知道。为啥子? 因为,因为,人从来没有把猪养到老、养到老死,都是猪活得好好的,被人一刀捅去,把猪杀吃了。自从来到人族的屋檐下,没有一头猪活到老死,没有一头猪自然死亡。我们猪呀羊呀鸡呀鱼呀,一个个走向人的刀子。在猪看来,人族的刀,明晃晃的刀,屠杀的刀,握在屠杀者手中的刀,真是好刀快刀。我欣赏刀的锋利与痛快,迷恋屠杀者的意志跟艺术,赞美刀的血淋淋的色调。猪要用好杀猪刀。杀不完的猪,砍不完的树。猪已洞悉真相,猪就是要通过人的刀、人的嘴,使猪的肥大肉体进入人的肉体,进入人的形象,进入人的灵魂,让猪在人身上呈现,让人不知不觉地在自己身上长出我们猪猪。

鼠说:猪兄的话使俺脑洞与鼠洞大开。不过呀,俺觉得:猪作为猪,还是要站稳猪的立场。你是猪! 你不是杀猪刀! 你不能站在杀猪刀的立场上说话办事! 正如作为老鼠,俺不能站在猫的立场上一样。作为老鼠,俺觉得人族对猫的偏心眼,是短视的。从前曾经托梦给嫘祖,嫘祖也关照过猫,不要穷追不舍,不要斩尽杀绝,中不中? 嫘祖还托梦给唐朝和尚王梵志,王梵志因此写过一首诗:"幸门如鼠穴,也须留一个。若还都塞了,好处却穿破。"就是说,别把老鼠俺逼急了。颛顼"绝地天通",是怕百姓造反。自古以来,官逼民反,老鼠也会造反的。有朝一日,俺们冲冠一怒,举国起事,什么圆圆地球,什么铁打江山,什么芸芸众生,俺们一起动嘴,把天咬个窟窿,把地咬个窟窿,把昼咬个窟窿,把夜咬个窟窿,把时间咬个窟窿,咬得大窟窿小窟窿、窟窿套窟窿,到那时,如此破碎的山河,看尔等如何收拾! 巫咸预测说,在下一次大规模物种灭绝中,老鼠将是赢家,并可能统治地球。所以,我劝衮衮诸公,劝那些鼠目寸光、贼眉鼠眼、胆小如鼠、抱头鼠窜、鼠窃狗盗之人族,当然包括在座的白猫黑猫,还有喜欢多管闲事的大狗小狗,保留些慈悲之心,让自己的后来者受益。

牛说:(牛的眼睛不再清澈,里面都是平静的悲伤和绝望,好像全天下的苦恼都收进它的眼睛）老鼠也太激愤了。（鼠说：对不起，我一激动，跟人一样，没有了应有的风度。猫友狗友体谅）牛郎织女的事，大家都知道，是我出主意让牛郎娶了王母娘娘的织女，这是我老牛一生中作出的最重大的决定。从此之后，王母娘娘赋予俺老牛的使命就是，任人骑，任鞭抽，任庖丁解，任人吃上了几万年。牛忍辱负重，舍生忘死，不再言语。牛的所有，都是牛应当负责的。诸位的苦恼，或许都是自己造成的。人是个不听话的草，是个长不大的草。人族的作孽，必然造成自己的苦难，必然导致人族的呜咽。我是这样想的，中不中，大家自己想想看。

　　鸡说：自从进入人家，鸡每天守夜而不失时，雄鸡一声天下白，一叫千门万户开。鸡鸣不已，让人不要睡过头，不要忘记下地干活，从来没有耽误过。可是人对鸡实在是太没有感情了。鸡界歌谣曰："村头路上一只鸡，一头哭来一头啼。有人问伊为啥哭？'屋里烧汤等我去。赴汤之前嘱小鸡：以后早点进棚早点归，免得黄狼野猫来衔去。我的老命不足惜，放心不下一群小小鸡，并非亲娘不肯照顾你，明日东家备宴席。'"黄鼠狼吃鸡，还偷偷摸摸，还趁黑夜，怕被看见了，脸面无光。人族讥讽说，黄鼠狼给鸡拜年——没安好心。但人族杀鸡，往往在光天化日之下，还当着客人的面，如此嚣张，如此明目张胆，如此理直气壮，一点愧色都没有。人脸太不好看了。你们说说，为啥人祖黄帝嫘祖的脸恁好看，他们之后的人族面相咋越来越难看了？人族跟鸡一样在土地里刨食吃，没有跟鸡学一点好。肯定是人族的世界观道德观出了毛病。人哪，你得听听黄帝的话，你要"与鸡俱兴"①。

----

① 《黄帝内经》："秋三月……早卧早起，与鸡俱兴，使志安宁。"

老虎说:诸位,诸位,眼下不是嫘时代,是后嫘时代,是互吃时代。你不吃掉他,他就吃掉你,如果你没有被吃掉,那是暂时没有被吃掉而已,早早晚晚都会被吃掉的。老虎厉害,老虎也会被谁吃掉,如果侥幸没有被人吃掉,最终也会被土地草木吃掉。至于大家说的人族嘛,老虎的基本判断是:人,是一块有危险的肉。小心小心。

马说:老牛说,人是不听话的草,说得好。嫘时代,嫘祖劝阻了黄帝,不让马走上战场,这推迟了马的苦难跟辉煌。嫘之后,马蹄声碎,铜铃叮当,一马当先,万马奔腾,马上逞英雄,马上得天下,铁蹄踏响河山。骑士们高唱:"人间的天堂在何方? 在马背上,在圣贤的经典里,在女人的胸脯上!"白马非马。开路的竖亥绝对想不到,走人的路上,走马跑马;更想不到,路将来会改名马路。种种迹象表明,马的风光跟苦难都将过去。难道嘚嘚的马蹄声是个美丽的错误? 人类拍马,巫咸巫师说了,马已非马。巫咸说了:人类失马,焉知非祸? 焉知非福?

狗说:狗是人族的朋友。按照老猪的研究成果,人脸上也呈现出狗脸,这俺同意;人的行为中出现狗的行为,这个观点狗不完全同意,毕竟人的行为许多时候不如狗嘛。最近,狗博士给人族的科举考试出了道题,题目叫《一只狗落水了》,下面有四个选择:第一,把狗救上岸。第二,不管不问,走自己的路。第三,岸上围观,指指点点。第四,痛打落水狗。诸位猜猜,人族的选择是什么?

兔说:狗博士出的这道题好玩。我先咬仓颉一口再说。(众:是狗落水了,不是仓颉落水了)狗落水了,我想嫘祖肯定是救狗上岸,桑伯估计选第二,人族的多数会选第三,看热闹,蚩尤刑天之类的人会选第四。(呼声:说说你们兔子如何选?)中。如果让俺们兔子答这道题嘛,兔子帝国具有巨大的多样性丰富性,可能选项比较分散。大家知道"兔子急了还咬人",从来没有说,兔子急了去咬狗,兔子急了会咬猫,兔子急了去咬羊,兔子跟老鼠经常在洞洞里碰面,也很少下嘴咬老鼠……兔子跟大家一样具有智慧的头脑,十只兔子聚会时产生的思想和智慧将使繁华的方圆十里内所有的智力跟思想黯然失色。人族连先有鸡还是先有蛋都弄不明白,这对兔子根本不是问题嘛。兔子聪明如许,我们从来没有声张,也不想张扬。让人族继续自以为是吧,让他们一直愚蠢下去,一直自以为是而不是自以为非地走下去,中不中?(众:中)(众:中啥呀,不中,不厚道)直到他们落水,掉进滔天洪水之中,我等再参照狗博士的四个选项进行选择,当然,可能还有第五、第六乃至第九个选择。(蛇:啥?那么多选择?)啥?嫘祖说过:啥?蛇!长虫。该你啦。

蛇说:你知道俺的小名叫长虫?你们知道嫘祖属啥吗?尽管一直没有明确的说法,蛇的直觉是嫘祖属蛇。蛇帝国最高研究院经过科学考证,嫘祖果然属蛇。(众:证据不充分。不同意。严重不同意)不争论,不争论,中不中?一争论,就像人族一样,分成了两派,一拨儿同意,一拨儿不同意,即使对方对了也死活不同意,派性害人呀。有的一争论就容易恼火走火,听不得不同意见,非要弄出个结论,没有包容性,没有弹性。缺乏弹性韧性,十二生肖谁也走不到今天。更何况,蛇的路长,鼠的路长,狗的路长,猴子尽管在树上的时候多,路也长,总之大家今后的路、时间还有故事都还长着哩,是不是?(羊正打瞌睡,听见蛇问"是不是",忙问:啥?)啥?嫘祖说过:啥?蛇!长虫!该你发言了,羊。

羊说:嫘祖表扬过俺,说,看看人家羊多好,吃草下奶,跟蚕吃桑叶吐蚕丝一样。羊之所以下奶,源头在于吃草。羊吃草,不是跟草对着干,不是打倒草,消灭草,辱骂草,不是要求草长多高多低多瘦多胖,是包容草,消化草,改造草,最终化草为奶。咱们对人族,也得包容,改造,转化。人族人多,不可怕,草不是很多吗? 牛羊照吃。人族厉害,不可怕,一只蚊子就足以让一个人心烦意乱,一黑睡不好。黄帝嫘祖创设十二属相,就是让人不要忘了身边的动物邻居。作为人的邻居,咱也有义务帮帮人族。帮人族,不能光骂,不能光生人族的气,不能看他们的笑话,得身体力行引导他们,要不然对不起嫘祖,俺说的对吧,猫。(猫面无表情,点点头)具体的俺也说不好,还是请龙大哥说吧。

龙说:最近,天人之《易》诞生。我提醒诸位,《易》的诞生,是跟嫘祖诞生、跟嫘祖养蚕一样重要的事件,是"易时间"的开始。《易》中有"乾","乾"是从龙说起,用龙说事,用龙说数,用龙说大道。(龙伸手在天上画了乾卦的符号"☰")这就是"乾"。吾与汝,羽虫,毛虫,甲虫,鳞虫,倮虫,等等虫,皆以"乾"共勉吧:

初九,潜龙勿用。

九二,见龙在田,利见大人。

九三,君子终日乾乾,夕惕若厉,无咎。

九四,或跃在渊,无咎。

九五,飞龙在天,利见大人。

上九,亢龙有悔。

用九,见群龙无首,吉。

《嫘祖》后记

如果要找一棵代表中国的树,我选桑树。

如果要找一个代表中国的虫子,我选蚕虫。中国或中国人一词在希腊和拉丁文中,就是蚕(Sinae、Serica、Seres)。

蚕吃青青桑叶,吐出白白蚕丝。一个叫嫘的西陵女子头一个发现了这个奇妙的情景。她养蚕抽丝,成为人族最伟大的事迹之一,开启人族的新时代,我称之为嫘时代。人与桑蚕一起成长。桑蚕改变了人的某些特征。

那洁白绵长的蚕丝,从蚕神嫘祖手中一诞生,美丽与华贵就与中国人紧紧地联系在了一起。

因为蚕丝,因为丝绸,人族变得高贵起来,柔软起来,交流起来,战斗起来,和谐起来。因为丝绸,人们拥有梦想跟远方。

"古时候的天地还在,古时候的日月还在,古时候的山河还在,古时候的人却不在了。"时间吞噬一切。真相被一代接一代的死亡带走。嫘祖事迹若隐若现,已成云烟。文献上对嫘祖的简略记载，与她的伟大贡献极不匹配。我相信，事迹在被死亡跟时间带走的同时，也随着新生命的诞生而延续。那些遗失的嫘祖消息，时刻通过最细微的毛细血管流传在天地之间，并在时空的褶皱里遗存。

黄帝开创中国、文明中国、改变中国的宏大历史叙事中，携带着元妃嫘祖的气息。黄帝开天辟地、惊天动地的伟大故事中，保留着嫘祖的指纹。一切即将发生。黄帝及嫘祖共同选择的生活，是对文明走向的最初判断跟选择。命名世界，建立秩序，中华民族开始走出暗黑时代。我们今天的日常，是从黄帝嫘祖那里开始的。

关于嫘祖的故里，存在十余种说法：河南的西平、开封、荥阳；湖北的宜昌、远安、黄岗、浠水；四川的盐亭、茂县、乐山；还有山西的夏县、山东的费县和浙江的杭州等。如此多的地方都以嫘祖故里为荣光，可见嫘祖的影响深入人心。我们每个人都是嫘祖的孩子啊。

《水经注》记载："西陵平夷，故曰西平。"老天把我生在嫘祖生活的土地上，让我在西陵的风土人情中生活近二十年。我从小就听妈妈说过嫘母的故事，我好奇地看着妈妈养蚕抽丝织布，我枕着妈妈给我做的蚕沙枕头进入梦乡。当我年过半百之后，忽然觉得我应该写写嫘祖，才无愧于嫘祖的子孙。我在桑蚕大地上寻找嫘祖。遥远的嫘祖，像亲娘一样牵起了我的小手。

万物有灵。一个鸿蒙世界存在于桑蚕之中。今天的每一棵桑树、每一只蚕都携带着从创世之初以来的全部信息。一片桑叶一粒桑葚，它们携带着自桑树诞生以来所有的桑树，所有的沧桑。一只蚕身上，存在着所有的蚕，以及蚕跟人的互动历史。桑蚕就是整个宇宙。

桑蚕生长,文字生长。从嫘祖和桑蚕开始,我与古老汉字进行对话。我往记忆的深处走,一点一滴地收拾、修补并且恢复那些被遗忘的记忆碎片、灵魂碎片。嫘时代的声音、气息、风俗跟景物扑面而来。我写不出黄帝的创世史诗、写不出国族寓言,那么我能否写出祖先的日常、肉身的记忆? 能否走进文明的源头跟初始? 走进黄帝建立的秩序中?

"反者道之动"。我从最开始的地方最简单的地方写,写出世界最初的样子,事情最初的样子,祖先最初的样子,没有受到儒佛道影响的样子。写出原始的样子,传达出祖辈的价值观。

我看见,嫘祖跟他的丈夫黄帝身上洋溢出来的那种高贵的单纯,简单的丰富,静穆的伟大,与生俱来的忧伤……

伟大的黄帝,伟大的嫘祖,伟大的仓颉,伟大的祖先向我伸出了援助之手。

笔写造化,桑蚕有功。丢失的历史,涌现出来。

我庆幸自己对嫘祖的书写,使我聆听跟接触到伟大。

写出《嫘祖》一稿后,我竟然好意思拿着粗糙的稿子请著名学者、编辑家、鲁奖得主穆涛老师批评,穆老师一字一句看了(估计是皱着眉头,烦得够呛),写了三页笔记,对小说的结构提出意见,引导我关注黄帝嫘祖建构的文明秩序。小说家、鲁奖获得者弋舟先生放下正在创作的长篇,与我讨论,他说:我们的日常是从黄帝嫘祖那里过来的,连黄帝跟嫘祖的争吵,也不仅仅是夫妻的矛盾,是对文明走向的选择跟判断。他怕我修改时有畏难情绪,还含蓄地说:一部作品,最幸福的阶段是修改阶段。

最后的修改是在老家西平进行的。改完最后一个字,抬起头,我看见嫘祖慈祥的笑,跟亲娘一样。

还得感谢河南文艺出版社的党华女士,她从朋友那里得知我正在写这篇小说,立即约稿,用心审读了这部书,并且写下了她对这部书的"判语",直接"导致"这部书的顺利出版。该感谢的还有美术编辑吴月。

写《嫘祖》时我感叹,"春蚕制茧亦可怜""春蚕制茧最堪哀",皆是"不通"。不会作茧的蚕,是没有完成自己的蚕。蚕的生命过程就是春蚕吐丝,就是作茧自缚,就是化蛹为蛾。无喜无悲,自自然然。只有作茧自缚,才能完成自己。只有化蛹为蛾,才能升华自己。这是我们应该从蚕身上学到的美德。

岁月不居,时节如流。蚕蛹化蝶、嫘祖抽丝之后,天地间令人激动的事物已经不多。

好在,我们走在大路上,穿着"蚕神"嫘祖留下来的丝绸,并有"行神"嫘祖的佑护,我们安然无恙……

胡松涛
壬寅年春于嫘祖书屋